失落一代的
反

池井戶潤
Jun Ikeido

半澤直樹系列3
失落一代的反擊・目次

人物關係圖

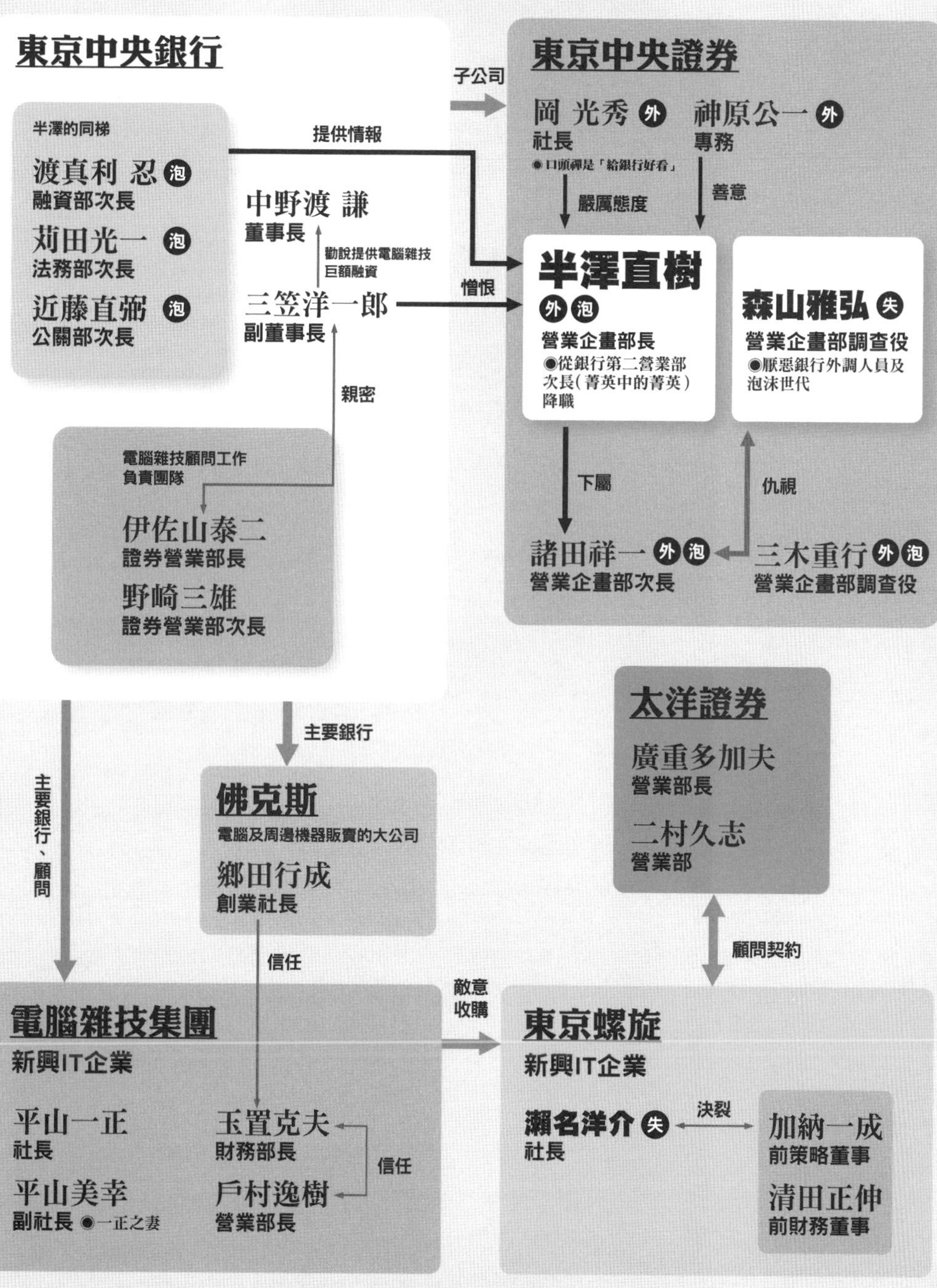

東京中央銀行
半澤的同梯
渡真利 忍 泡
融資部次長
苅田光一 泡
法務部次長
近藤直弼 泡
公關部次長
提供情報
中野渡 謙
董事長
勸說提供電腦雜技
巨額融資
三笠洋一郎
副董事長
憎恨
親密
電腦雜技顧問工作
負責團隊
伊佐山泰二
證券營業部長
野崎三雄
證券營業部次長
子公司
東京中央證券
岡 光秀 外
社長
◉口頭禪是「給銀行好看」
嚴厲態度
神原公一 外
專務
善意
半澤直樹
外 泡
營業企畫部長
◉從銀行第二營業部次長(菁英中的菁英)降職
森山雅弘 失
營業企畫部調查役
◉厭惡銀行外調人員及泡沫世代
下屬
仇視
諸田祥一 外 泡
營業企畫部次長
三木重行 外 泡
營業企畫部調查役
主要銀行
主要銀行、顧問
佛克斯
電腦及周邊機器販賣的大公司
鄉田行成
創業社長
信任
太洋證券
廣重多加夫
營業部長
二村久志
營業部
顧問契約
敵意收購
電腦雜技集團
新興IT企業
平山一正
社長
平山美幸
副社長 ◉一正之妻
玉置克夫
財務部長
戶村逸樹
營業部長
信任
東京螺旋
新興IT企業
瀨名洋介 失
社長
決裂
加納一成
前策略董事
清田正伸
前財務董事
外 從銀行到證券公司的外調組
泡 泡沫世代
失 失落世代

第一章　大風吹

1

電腦雜技集團的平山夫婦來訪，是在十月的某個星期一。

時間是二〇〇四年，鈴木一朗在美國大聯盟打破喬治・希斯勒保持的單季安打紀錄的次週。

半澤直樹來到專門招待重要顧客的第一會客室時，次長諸田祥一和森山雅弘兩人已經在場，接待ＩＴ企業「電腦雜技集團」的平山一正社長、以及他的妻子兼該公司副社長美幸夫人。

平山在三十五歲時離開原本任職的綜合商社，成立「電腦雜技集團」這家新創企業。令人聯想到中國企業的公司名稱，是平山在看過中國雜技團的特技表演後深受感動而命名的，期許這家公司在ＩＴ領域成為同樣運用超高技巧的專業集團。

創業第五年，公司股票在新興企業市場上市。當時平山已經得到巨額的創業者利益，爬上堪稱日本明星創業家的地位，現在已經是該領域無人不知的名人。

今年五十歲的平山身穿和上班族時期相仿的樸素西裝，但一旁的美幸卻穿著一看就知道是名牌的華麗服裝。

半澤來到之前，或許是得到了好消息，此刻諸田臉上充滿期待，請半澤坐在扶手椅。諸田旁邊的森山則一如平常板著臉，攤開筆記本拿著筆。

「我們正想要再度拜訪貴公司。非常感謝您特地前來。」

半澤開口道謝。兩個月前，他從東京中央銀行被外調到這家東京中央證券時，曾經到平山的公司進行部長就任的拜訪。在那之後，他就沒有見過平山。

東京中央證券雖然把電腦雜技集團定位為重要顧客，不過雙方的關係並沒有太大的進展，除了上市時擔任過主承銷商之外，並沒有多少交易實績。雖然透過負責該公司業務的森山向他們推銷各種商品，但全都被拒於門外。

「聽說有很重要的事要談，因此希望部長也能夠在場。」

諸田似乎逕自認定談話主題是生意。半澤向他道謝，把視線移向平山夫妻，不禁挑起眉毛。

兩人的表情格外嚴肅，散發著非比尋常的氣氛。

「今天很抱歉占用你們的時間。」平山社長稍稍欠身，切入話題。「本公司明年將迎接創業十五週年。這段期間，多虧各位大力協助，業績進展得還算順利。然而這幾年，經營環境越來越嚴峻，過去的經營方式或許無法再繼續應付下去。在迎接這個重要的年度之際，本公司需要支撐接下來十年、二十年持續成長的大膽創新策略。為了實現這樣的策略，務必需要貴公司的協助，因此才來占用你們的時間。」

平山外表雖然樸素，但素來標榜積極經營，說出這段話很符合他的風格。電腦雜技集團不斷推出新策略並獲得成功，營業額已經超過三千億日圓。

「是過去沒有的經營策略嗎？那真是太棒了。請務必讓我們也來幫忙。」諸田加入談話。「請問具體而言，是什麼樣的策略呢？」

「為了擴大企業規模，我決定選擇最佳也是最快的手段。」

平山的話中，浮現出類似決心的態度。

「最佳也是最快的手段——說得太好了。」諸田奉承平山。「請問有具體方案嗎？」

「我今天來討論的就是這個。」平山說完停頓一下，接著說：「——我想要收購東京螺旋公司。」

「啊？」諸田發出驚訝的聲音，整個人僵住了。森山停下記筆記的手，注視平山，臉上呈現明顯的驚愕表情。

這也是理所當然的。東京螺旋和平山領導的電腦雜技集團同樣是頂尖的ＩＴ公司。

社長瀨名洋介才三十歲。他和幾個夥伴創業之後，先從販售網路相關軟體出發，目前公司已經成長為營業額超過一千億日圓的規模，經營手腕受到高度評價。

「半澤部長，你有什麼看法？」平山的視線移向半澤。

「這個策略還真是大膽。」半澤老實說出感想。「不過在收購東京螺旋公司之後，您打算發展什麼樣的事業？」

「我想要得到該公司營運的網路搜尋網站。有了那個網站，就可以扭轉本公司偏向電腦相關硬體的結構，還能建立網路戰略的橋頭堡。」平山說出一部分的計畫。「關於東京螺旋公司的事業內容，我們也自行調查過了。只要這項收購計畫實現，本公司一定會有飛躍性的成長。希望能夠請貴公司擔任顧問，讓這項收購戰略獲得成功。」

「社長，非常感謝您給我們這麼好的機會。」半澤還來不及說話，諸田就興奮地插嘴。「我們一定會積極考慮。不只是貴公司，也讓本公司藉由這個收購案而飛躍吧！這筆生意無疑會為彼此帶來莫大的好處，一定要談成。我們會在詳細討論之後交出提案書，請多多指教。」

諸田說完深深鞠躬。

「沒想到會接到這麼有意思的案子。」

諸田目送兩人搭乘的電梯門關閉、樓層顯示的燈逐漸往下之後，以興奮的口吻說。「不愧是平山社長，真是大膽無敵。」

「不過這件收購案會很困難吧。」

半澤慎重地說。東京中央證券是東京中央銀行的證券子公司，雖然隸屬於名門集團，但資歷還很淺，沒有多少企業收購的實績，至於大型案件就更不用說了。半澤實際上也不敢保證這家公司擁有足夠的專業能力，可以收取高額顧問費。

諸田強有力地主張：「部長，我認為這筆生意一定要做，絕對不能不做。」

因為這項顧問業務能夠得到豐厚的收入。對於這陣子業績低迷的公司來說，可以說是求之不得的大生意。

半澤問：「你認為東京螺旋公司會輕易答應被收購嗎？這個案子勢必會成為惡意收購。本公司有相關經驗嗎？」

「一定會有辦法的。」

諸田雖然這麼說，但半澤不認為他的發言有任何根據。這家公司之前經手過的大宗案件，全都是從母公司的銀行轉來的。銀行的證券子公司因為得天獨厚，因此不知道市場的險惡。對於這樣的子公司來說，惡意收購的顧問業務將會是相當沉重的擔子。諸田太過樂觀了。

企業收購、M&A（mergers & acquisitions，併購）這樣的名詞雖然逐漸開始為人所知，但還不到耳熟能詳的地步。在這樣的時代，平山想要收購競爭公司（即使有企業規模的差異）、納入旗下的策略，的確是超乎眾人想像的奇襲，也因此失敗的可能性也很高。

「會那麼順利嗎？」森山提出質疑。「對於東京螺旋公司的員工來說，等於是被一直當作競爭對手的公司征服，一定會誓死抵抗。」

「那又怎麼樣？」諸田以突然變得不悅的眼神看著森山。「電腦雜技是你負責的客戶吧？你不想要增加收益嗎？光是呆等是沒辦法賺生活費的。你的本月目標根本沒有達成吧？」

森山收起表情，閉上嘴巴。今年剛升上調查役（註1）的森山雖然優秀，卻是很難使喚的下屬。他很愛講理，態度有些憤世嫉俗。他不會討好組織，在開會時也會公然說出反對意見，因此有不少上司受不了他。諸田也是其中之一，平日對森山的批評就特別嚴厲。

1 日本公司內部的職級名稱，位階高於沒有頭銜的新進行員。

「以盡可能接受為前提，立刻進行研議吧。」半澤命令森山。「雖然會是很困難的案件，不過我想現在的公司也需要這樣的經驗。」

「我知道了。」

森山短促地嘆了一口氣，回到自己的座位。諸田看著他的背影，忿忿地說：

「那傢伙在想什麼？怎麼可以擺出那種態度！」

他看著半澤徵求同意。諸田和半澤同屬於泡沫世代，也同樣是來自銀行的外調組。半澤的職位雖然比較高，但入行年次卻是諸田早了一年。諸田可以說是憑「氣勢」來工作的業務人員，另一方面森山則是重視理論的類型，兩人不可能合得來。

「這一來，本年度的業績也能喘一口氣了。」

諸田的口吻彷彿已經簽訂契約般，充滿了安心感。

2

「東京螺旋公司是由創業社長瀨名洋介和兩個朋友共同創立，並且成功上市。去年度的營收是一千兩百億日圓，經常利益為三百億日圓，稅後淨利為一百二十億日圓——」

「股價呢?」

諸田打斷森山的報告詢問。這是次日晚上六點開始召開的臨時會議。

「兩萬四千日圓。」

「所以呢?」諸田的聲音變得焦躁。「收購這家公司到底要多少錢?」

聽到他焦躁的口吻,森山便收起表情。諸田的語調比平常更加嚴厲。

「假設要取得過半數,需要將近一千五百億日圓的資金。」

森山一說出金額,小型會議室就瀰漫著無聲的興奮。畢竟大家從來沒有經驗過這麼大型的收購案件。

「完成這個案子,本年度收入就會大幅成長。」

諸田的話既像是對所有人發言,也像是在激勵自己。因為興奮而顫抖的聲音當中,浮現出對於營收機會的期待。

「可是目前的電腦雜技集團並沒有一千五百億日圓的資金。」

森山這麼說,諸田便憤怒地駁斥:

「資金這種東西根本不用擔心!不管是公司債或直接貸款,獲得資金的方法應該有很多才對。」

「該公司能夠用在收購的資金絕對稱不上充裕。」森山以極為冷靜的口吻說。「這一來會背負相同金額的付息負債。對該公司來說，不會是太沉重的負擔嗎？」

「沒有問題。」諸田斬釘截鐵地回應。「只要和東京螺旋公司合併，獲利能力和資產都會增加。哪會有什麼問題？」

「風險未免太高了。」森山以強硬的口吻主張。「本年度預期營收三千多億日圓的公司，竟然要貸款將近營收一半的金額收購競爭公司。東京螺旋和電腦雜技的企業風氣差太多了，彼此之間的競爭意識也很強烈。東京螺旋公司不可能毫不抵抗地答應被收購，員工的反彈一定也很大。這場收購行動成功的機率應該很低。」

「如果都像你這樣說，根本沒辦法做生意。」諸田充滿憎惡地駁斥。「我想要知道的是，本公司擔任顧問會不會遇到什麼障礙。沒有人在問你的意見。」

諸田以點燃怒火的眼神瞪著森山，質問：「到底怎麼樣？有沒有什麼會造成障礙的事實？」

「沒有特別的狀況。」

「那麼一開始就應該這樣說。」

個性急躁的諸田斥責完之後，轉向一旁的半澤說：「部長，情況就是這樣。這次的案件，我打算回覆平山社長願意接受委託。請問部長意見如何？」

森山的表情出現變化，陰沉的眼神望向半澤。似乎有話要說的眼睛在遇到半澤的視線之前就轉向別處，不過半澤看得出他的態度非常不滿。

半澤稍稍嘆息，將視線從森山移回諸田。

「我知道了，你去進行吧。我希望你儘速和平山先生談成條件。」

「遵命。」諸田點頭，然後對所有人說：「我想要組織全新的顧問團隊。」接著他當場挑選加入團隊的成員。

成員一共有五人。由於其中沒有電腦雜技業務的承辦人員森山的名字，因此氣氛變得有些微妙。

諸田宣布：「我想要以這些成員來進行。」

這時森山以燃燒著怒火的眼睛瞪著他說：「請等一下。我應該也在成員當中吧？畢竟電腦雜技的業務是我負責的。」

「沒有。這個案件和一般業務要分開來看。」

森山眼中的表情消失了。諸田不理會他，呼喚坐在會議桌角落的男人：「三木。」他指的是三木重行。「由你來當小組長。交給你了。」

「是，遵命！」

三木挺直背脊，充滿幹勁的聲音迴盪在會議室。半澤面對意想不到的發展，暗中皺起眉頭。

或許是因為這是很重要的案子，因此諸田排除年輕的森山，加入心腹的三木，不過這樣真的沒問題嗎？三木的頭銜雖然和森山同樣是調查役，但是年齡比半澤大了一歲。也就是說，他和諸田是同梯，而且同樣是來自銀行的外調組。半澤可以理解他們意氣相投，然而這不應該是挑選成員的合理理由。他雖然不打算連這樣的人選都干涉，但卻無法釋懷。

東京中央證券是東京中央銀行的相關企業，公司內部有兩種員工。

一種是原本就在該公司的原生員工，另一種則是來自銀行的外調組。由於公司成立年數較短，因此沒有原生員工出身的董事，主要職位也都由來自銀行的外調人員占據。公司內原生員工對外調人員抱持著根深柢固的不公平感，此刻也開始瀰漫著「又對銀行外調人員特別優待」的氣氛。

「請等一下。」森山忍不住制止他們。「我完全無法理解，為什麼我會被排除在團隊之外。」

諸田以帶刺的口吻說：「因為要找有經驗的人。這個案子我打算要慎重進行。你不足以勝任這份工作。」

「——少開玩笑。」

森山把臉撇到旁邊狠狠地說。聲音雖然小，但連半澤也聽得很清楚。現場的氣氛凍結，諸田的臉色變了。他的眼中開始冒出憤怒的火苗。

「怎樣，森山，你有什麼話要抱怨嗎？」

「沒什麼。」森山無所謂地撂下這句話。

「你說『沒什麼』是什麼意思？」

諸田的太陽穴附近冒出青筋，幾乎要聽見爆裂聲。

「沒什麼要抱怨的。」

森山顯現的態度不是憤怒，而是放棄。他的表情彷彿在說：和這種對手爭辯也沒用，對這種組織沒什麼好期待的。

「沒什麼要抱怨的話，就閉上嘴巴。」諸田以帶有怒氣的眼神盯著森山，發出低沉的聲音。

原本以為森山還會反駁，但他沒有再回應。

諸田把視線移回三木，對他說：「三木，我期待你的表現。」他鼓舞三木的語氣，和對待森山的態度截然不同。

會議結束之後，森山回到座位上，這時三木笑咪咪地走過來。

「森山，可以給我電腦雜技集團的檔案嗎？」

森山用下巴指著桌上的厚重檔案夾，書背上寫著電腦雜技集團。

「請便。直接拿走就行了吧。」

「怎麼搞的，你還懷恨在心啊？」

三木邊說邊親暱地拍拍板著臉的森山肩膀。

「別這樣。」

森山揮開他的手，以不耐的眼神看著這個比自己資深的員工。「我才不會無聊到對這種事懷恨在心。更重要的是，你有辦法處理這個案件嗎？」

「你這話是什麼意思？」三木一反先前在會議室表現出的誠懇態度，眼中透出惡毒的光芒。「就是因為你沒辦法處理，才會輪到我吧？」

「是嗎？」森山發出短促的笑聲。「是因為次長不喜歡我，才把我排除在外。除此之外根本沒有其他原因。」

「你之前從來沒有接觸過這類案件吧？」

「那麼你又如何？」森山反問。「你經手過企業收購的案件嗎？」

三木一時回答不出來。森山直視著他說：「至少在來到本公司的三年內，都沒有做過吧？」

「我之前是在銀行的情報開發部工作。」三木面對小他十歲的同事，毫不掩飾競爭心態。「我常常處理企業買賣的情報，也有成功的實際案例。」
森山問：「成功的實際案例？銀行的情報開發部會處理企業買賣的實務嗎？」
這個問題讓三木的表情變得有些尷尬，但他立刻把這樣的情感隱藏在面具後方。
「實務是業務人員的工作，不過我知道公司買賣是怎麼回事——至少比你懂。」
「你真有自信。希望事情也能如此順利進行。」
「你說這話是什麼意思？」
三木怒視話中充滿嘲諷的森山。森山迅速收集桌上的資料。「砰」一聲放在三木面前。
「電腦雜技集團的文件都在這裡，請拿走吧。」
三木憎惡地看著森山。
「有什麼不了解的地方，我會再來問你。」
說完他就捧著資料轉身離去。
森山看著他的背影，忍不住啐了一聲。
「喂，脾氣不要那麼暴躁。」
在後方座位聽到他們完整對話的尾西克彥這麼說。尾西一直盯著三木回到座位的背影，然後把視線移到森山身上。尾西比森山早一年進入公司，和森山同樣是一畢業就進入這家東京中央證券的原生員工。

尾西低聲說：「真是受夠了。要不要去吃飯？還是說你還有其他工作？」

「我已經沒心情做事了。」

森山開始收拾桌上的文件，尾西也同樣迅速地收起文件，然後兩人便離開座位。

「我們先告辭了。」

他們朝著次長座位說。諸田低沉地回應一聲「哦」，然後瞥了一眼牆上的時鐘。時間還不到晚上七點。

諸田的表情顯得不滿，似乎覺得他們太早下班了。

誰管他。

森山心中這麼想，和尾西並肩走出辦公室，最後瞥見的是剛剛拿到資料、此刻已經展開並專心閱讀的三木身影。

三木不可能會在諸田下班前回去。他對上司謙卑恭順、百般討好，對地位較低的人則擺出前輩的態度耍威風。

真是辛苦啦。

森山冷冷地在心中自言自語，然後跟隨尾西走到電梯間，搭電梯到一樓。他們要去的是位於丸之內OAZO內一家常去的店。

森山和尾西都不是特別喜歡喝酒，即使去了居酒屋，頂多也只喝一兩杯生啤酒，剩下時間就一直吃東西。

第一杯啤酒入喉，感覺格外美味。

「話說回來，竟然找那麼無能的傢伙當承辦人員，諸田次長到底在想什麼？」

「他根本不信任原生員工。」森山瞪著啤酒杯，手指緊緊掐住杯子。「重要的案子，大概只想找自己人一起進行吧。」

「自己人」指的是東京中央銀行出身的人。諸田很明顯地有輕視原生員工的傾向。負責重要工作、重要顧客以及關鍵統計數字的，都是銀行的外調人員，證券公司的原生員工簡直就被當作助理看待。

「那個人根本就是自以為菁英的典型。」

「應該說是既得利益者的典型吧。」森山憎惡地評斷。「在泡沫時期進入銀行，沒什麼能力也能當到次長。他根本不是那個料。」

由於平常動不動就被當成眼中釘，因此森山對諸田的批判毫不留情。

然而他越是出言批判，內心越是感受到苦澀的疏離感。他沒有遇到好上司，身為上班族也絕對稱不上順利。他雖然費了很大的心力才進入這家公司，但他卻不覺得這裡是他的棲身之處。

「銀行出身的人真的那麼值得信任嗎？」

由於對象是可以推心置腹的尾西，因此森山的怒火燃燒得很旺盛。

尾西說：「三木先生根本只會說『好好好』，沒辦法主導任何事情。」

「不只是這樣，他連處理事務工作的能力都沒有。之前戶川還在抱怨，三木先生的憑單有一大堆錯誤。」戶川是在營業企劃部擔任事務員的女員工。「跟他說寫錯了要他修正，他竟然說『妳幫我修吧』。」

「就是因為這樣才會被外調，而且那把年紀了，還停留在調查役的職位。」尾西一口咬定。「這次的案子也不知道會不會有問題。基本上，三木先生根本沒有買賣企業的專業知識吧？」

「聽說他之前是情報開發部的。」

森山說完，兩人都笑了。

尾西邊笑邊說：「那又怎麼樣？情報開發部很了不起嗎？」

「他說他經常處理企業買賣的情報，也有成功的實際案例。」

「什麼實際案例？騙誰！」

尾西在大笑的同時，心中也感到憤怒。

「說穿了，實務方面其實是業務人員的工作。」

森山補充說明，尾西已經笑不出來，而是深深嘆息。

「也就是說，他根本什麼都不會。那個團隊除了三木先生以外的成員，倒是還可以。」

五名成員當中，三木以外的四人是原生員工，而且全都是精通證券事務程序的專家。事實上，就算三木完全派不上用場，這個團隊應該也能夠運作到某種程度。

「次長或許是想要把功勞送給三木，讓他晉升一級。可是如果讓那種傢伙升官，底下的人會很辛苦。」

森山同意尾山的說法。

「基本上，部長也有問題。」尾西的矛頭也指向營業企劃部長半澤。「那個人在銀行是第二營業部的次長吧？雖然不知道他在銀行闖了什麼禍，可是像那種菁英中的菁英，怎麼會到我們公司來？很明顯是降職嘛！到頭來，那個人也和諸田一樣，都是享盡既得利益的傢伙，就跟其他泡沫時期入行組一樣。」

尾西的評論徹頭徹尾地辛辣。

泡沫時代究竟是什麼？

當時森山的父親在千葉縣某地方城市的市公所工作，是個公務員。市公所的員工不論景氣好壞，待遇方面都沒有太大差異。不過森山從國中到高中的摯友洋介的家卻不一樣。洋介的父親在不動產公司任職，每年暑假全家都會到夏威夷旅行。在泡沫時代的顛峰期，一次獎金就有五百萬日圓，高出森山父親年收入的一半。不只是洋介，由於森山念的是私立的國高中一貫學校，因此同校的朋友常常提到父親投資股票大賺一筆、或是用獎金買了賓士車等話題。

森山雖然沒有對父親提起過，不過當時的他覺得自己有點可憐。社會上雖然景氣很好，但森山家裡為了支付他高昂的學費，必須過著節衣縮食的生活。父親並不是特別擅長交際，也沒有格外突出的能力，只是很穩健地每天千篇一律前往市公所，除了年度末的繁忙時期以外，幾乎都在固定時間回到家。森山一直討厭這樣的父親以及他平凡的人生，打心底不想變得和父親一樣。

然而當森山從國中升上高一的秋天，局勢出現了變化。

他的摯友洋介有一天突然說要退學。

「我爸投資股票虧了錢。」

森山感到極大的衝擊。要讓小孩退學，一定是很嚴重的情況，卻因為股票這種東西發生了。怎麼會有這種事？

他告訴父親這件事，父親便說「哦，那大概是『信用交易』吧。」父親的個性很認真，自己完全不碰股票，不過似乎也具備一般知識，於是簡單地對森山進行講解。

洋介的父親因為信用交易而虧了一大筆錢，花光存款還不夠，必須賣掉房屋填補損失。如果只是這樣，洋介或許還不用退學，但不妙的是，洋介的父親為了挽回損失，反而更進一步擴大損失。

森山最要好的朋友離開學校，不知搬到哪座城市去了。在那之後，森山就沒有和洋介聯絡過，直到今天也是如此。

那年的前一年，也就是平成元年十二月的大納會（註2），日經平均股票價格達到史上最高的三萬八千日圓左右之後，股價就一路跌落。森山因為洋介的事件而開始看報紙的股票欄，並且從這個時候開始，對於宛若生物般搖擺的走勢圖感受到畏懼與魅力。像這樣的經驗，無疑促使他在日後大學畢業時，決定尋找證券公司的工作。

除了洋介以外，在升上高二之前，還有其他幾個同學也因為雙親的緣故而退學，在森山心中刻下難以忘懷的記憶。學生之間逐漸不再談論帶有樂觀氣息的景氣

2　日本證券交易所一年內最後一個營業日。平成元年（一九八九年）十二月，日本股市達到史上最高值，接下來便隨著泡沫經濟崩潰而一路下跌。

話題，整個社會變得好像家裡有人罹患慢性病般陰沉。

另一方面，森山自己多少也跟大人一樣，認為眼前的不景氣只是暫時性的，馬上就會恢復原本的好景氣。

然而這只是毫無根據的期待性觀測。不論等多久或期待多久，景氣依舊沒有恢復的跡象。股價與土地價格持續跌落，名為不景氣的怪獸拖著長長的尾巴，即使在森山大學畢業時、甚至在那之後，仍舊以就業困難的形式橫擋在前方。

森山被迫在就業冰河期當中進行求職活動，接受幾十家公司的面試都沒有錄取。

他早就知道求職會很困難，因此在求學時期就努力充實自己，除了英語對話，也很勤奮地準備證券分析師的資格測驗等。他上課幾乎全勤，成績幾乎都是「優」——但還是沒有被錄取。

沒有被錄取的理由往往不明。

與其說無法理解，不如說沒有道理。

接二連三的未錄取通知，讓森山心中充滿無從發洩的怒氣。

森山念國中到高中時的好景氣被稱作泡沫時期、在那之後的不景氣被命名為泡沫破滅，也是在這個時候。

創造出被形容為「泡沫」的奇特時代、又讓它破滅的是誰？

森山無法找出特定人物，只知道那不是他們這個世代。然而無法順利求職而吃虧的卻是他們。

每次接受求職面試，他的自尊心和自信就會被撕裂得體無完膚，卻連抱怨的餘地都沒有。當時的森山不斷與對未來的不安戰鬥，忍受著即使遭到打擊也只能默默爬起來的每一天。

雖然不算大公司，不過他最終獲得這家東京中央證券公司錄取時，仍舊深深鬆了口氣。他已經不在乎工作場所是一流或二流，只要找到自己能夠安身的場所就行了。他的朋友當中，有人直到最後都找不到工作，決定要延畢來準備明年的求職活動，而他卻獲得錄取。

森山經歷的這段被稱作冰河期的就業困難時期，後來延續很長一段時間，直到二〇〇四年的此刻，狀況依舊沒有改變。

整個社會陷入泡沫時期後的不景氣隧道當中，在這十年間為了尋求出口而掙扎。在一九九四年到二〇〇四年的就業冰河期出社會的年輕人，後來被某全國性報紙命名為「失落的一代」，簡稱失落世代。

然而——

當森山千辛萬苦找到工作、進入公司，面對的卻是沒什麼能力、只因為當年是賣方市場而獲得大量錄取、毫無危機意識的員工。這些員工升上中間管理職，形成龐大的勢力。

他們就是泡沫時期入行組。

對於森山來說，這些人純粹是因為景氣好而獲得大量錄取、只會領薪水而毫無能力的米蟲。

為了養活因為大量錄取而人數眾多的泡沫世代，少數精銳的失落世代被迫辛勤工作，飽受欺壓。

社會沒有為森山他們的世代做任何事，公司更不可能伸出援手。

泡沫世代或許深信，公司可以保護自己。

然而對森山等失落世代而言，只有自己能夠保護自己。

「公司是公司，我是我。」

森山在昏暗的店內，盯著牆上空白的一點。這句話與其說是對尾西說的，不如說是告誡自己的咒語。

「我也覺得。」

過了片刻，尾西以深有同感的表情點頭。「不管是半澤部長、諸田次長，或是那個白痴三木，個別的能力都比我們差，只因為處在公司組織這樣的架構當中，才能擺出上司的姿態指使我們。就只是這樣而已。那些人一旦失去公司的頭銜，就什麼也不剩了。在他們離開公司之前，就不可能實現憑真正實力來決定勝負的公司組織。」

尾西說話的口吻彷彿是要發動反政府革命的鬥士般。他接著說：「在那之前，為了養那些無能的傢伙，必須繼續支付不合理的人事費，和其他競爭公司周旋。話說回來，這樣的情況大概在每家公司都一樣吧。泡沫世代已經超越公司的框架，成為全社會的米蟲世代。這才是真正的社會問題。」

到頭來，不論走到哪裡，倒楣的都是我們失落世代——森山如此確信。

3

「收購金額粗算為一千五百億日圓的案子，一定可以帶來相當豐厚的收入吧？」

與電腦雜技集團簽訂顧問契約的當天，東京中央證券的社長岡光秀心情特別好。半澤此時正為了簽約而來到社長室。

岡原本是東京中央銀行的專務董事，在搶奪董事長座位的升遷競爭中敗北，於一年前來到現職。

他野心勃勃而好勝心強，屬於那種感情直接流露在外的類型。他的口頭禪就是「不能輸給銀行」。

「他們是以成功後支付報酬的形式委託。」半澤回答。

提議採用成功後支付報酬形式的是諸田。這一來手續費雖然高，但如果失敗，就連一塊錢都拿不到。在勢必相當艱難的這個案件，風險未免太高了。半澤表示為難，岡社長卻指示要採用這個方式。

理由只有一個：他想要在企業買賣的領域獲得高收益，讓母公司見識到他的厲害。

「一定要成功。這是命令，營業企劃部長。」

岡社長執拗的視線朝向半澤。老實說，半澤並沒有把握一定能成功，不過在這個場面也不能反駁。他只說了一句「我會全力以赴」，然後就走出辦公室。

「社長說什麼？」

半澤回到座位上，諸田就帶著期待的笑容來到他面前。諸田無疑是想要聽到岡社長的讚詞。半澤告訴他：「社長說他抱持很大的期待，但不容許失敗。」諸田聽了便收起笑容。

「目前專案團隊正在擬定方案，不久之後應該就能報告了。」

「可以擬出好的方案嗎？」

「我們會憑毅力來完成。」

諸田說出這種精神主義的話，讓半澤感到不安。

他在銀行工作時，常聽到這種說法，每次都覺得很受不了。事情哪有簡單到可以憑毅力來克服？有很多事情，即使想要成功，也往往無法如願。

對於位居營業企劃部次長要職的人，半澤期待的是看清狀況的冷靜判斷力，但諸田有嗎？

「光是講『我們認真努力過了，但是沒成功』，是不會被接受的。這個案子會成為左右本公司今年度業績的重要案子。」

「我知道。如果這件收購案沒辦法成功，就失去做為證券公司的未來了。」

諸田又提出毫無根據的論調，讓半澤覺得很受不了。

「今後我們還要一起工作，所以我先說好：希望你少談這些精神主義，能夠更客觀地來研討。」

諸田的表情微微扭曲。他對於半澤不認同自己工作方式感到不滿。

「部長，我會負責完成本案，希望你能夠全權交給我處理。」

他的口吻有些焦躁。諸田在銀行時期任職於證券部門，或許自認比不同領域的半澤更懂吧。「專案團隊成員都是本公司最優秀的人才。即使客觀分析，終究也只是預測。結果才是最重要的，不是嗎？」

諸田的個性原本就很高傲，在談話中逐漸無法壓抑內心的怒火，臉色轉眼間變得通紅。

半澤說：「那就做出結果吧。既然選擇成功才收取報酬，你必須做出來的結果就只有一個，那就是讓收購案成功。」

「那當然。敬請期待。」

諸田以挑釁的眼神看著半澤，鞠了一躬之後就走出房間。半澤目送他的背影，獨自一人深深嘆了一口氣。

4

然而即使諸田顯得很有幹勁，以三木為組長的專案團隊卻在過了大約一星期之後，仍舊沒有提出具體的方案。半澤得知他們的混亂程度，是在這天出席團隊會議的時候。

「我認為應該先告知東京螺旋公司我方收購意願。如果對方的態度不明，就無法訂出我們這邊的方案了。」

發言的是營業本部的金谷。他長年在業務前線工作，草根性強，不過精通證券實務。

「嗯，說得也對。」

擔任會議主席的隊長三木邊點頭邊寫在本子上。

「要不要請平山社長私下去問他們？」

看到現場氣氛都在肯定三木的發言，半澤連忙說：

「等一下，你們會不會太認定收購路線是既定方針了？你們對東京螺旋公司調查多少？應該先徹底調查，判斷平山社長收購這家公司的策略是否正確吧？視情況也可能會選擇放棄收購東京螺旋公司。」

所有人都沉默不語。

這時三木提出反駁：「部長，這個案子是成功後才收取報酬，所以應該以收購為前提來進行。而且要不要收購，在簽訂契約前的事前調查就已經考慮過了。」

「事前調查只提到收購可能性並非零吧？你們難道不去調查就要完全接受嗎？」

「可是已經簽訂契約了……」

三木的反駁讓半澤不禁仰望天花板。接著他把視線移回來，用慍怒的語氣說：

「成立這個團隊到底是為了什麼？你們這群專家聚集在一起，就是為了要進行縝密的調查與評估才能提案吧？把報酬的事暫時放在一邊，我要你們先去探討這項收購案是否妥當。還有——」

半澤瞪著聚集在會議室中的五人。

「還沒研擬出接下來的方案，就要請平山社長探詢東京螺旋被收購的意願，他對本公司的信任一定會跌到谷底。」

沒有人反駁。

三木的團隊又過了一個星期左右，才整理出可以稱得上提案的東西。

這一天，室內瀰漫著緊張的氣氛。

這裡是電腦雜技集團的會議室。半澤坐在中央的座位，旁邊是次長諸田，接著是以三木為首的五名專案團隊成員。他們緊張地等候平山社長進入室內。

上午十點整，有人敲門，平山社長出現了。

「副社長有其他要事，所以今天不能出席。」

平山一開口就為了太太不在的事道歉。接著他掃視列席的東京中央證券成員。

「今天各位來訪，有什麼事嗎？」

聽到這句令人有些意外的話，半澤不禁張大眼睛。不用說也應該知道，他們來此是為了談收購案的事，怎麼會問「什麼事」呢？

半澤回答：「是關於您委託的案子。我們帶來了收購方案的初步構想，想要針對內容進行說明。」

「哦，那件事啊。」

半澤看到平山的嘴唇泛起困窘的笑容，在這個瞬間感覺到奇妙的不對勁。對於亟欲收購東京螺旋的平山來說，應該迫不及待地想要開這場會議才對，然而此刻眼前的平山卻絲毫沒有期待或關注的模樣。

半澤敏感地察覺到變化，幾乎就在同時，平山說出令人驚愕的話：「這件事已經不用麻煩你們了。」

「請問這是怎麼回事？」

半澤連忙詢問，平山的視線便閃到牆上。當他移回視線時，眼中顯露出憤怒的神情。

「半澤先生，自從我拜託你們之後，已經過了兩個星期以上。」平靜的口吻中，可以感受到平山的情緒。「可是這段期間當中，貴公司沒有任何聯絡。我是因為公司上市時曾經受到貴公司協助，因此才拜託你們，然而像這樣的對待沒辦法讓我繼續信任你們、請你們工作。」

聽到「沒有任何聯絡」這段，半澤忍不住瞥了三木一眼。三木的臉頰痙攣，錯愕到下巴都快要掉下來。

「關於這一點，真的很抱歉。」半澤說。「不過本公司的團隊針對這個案子，進行了詳細的研究——」

「太遲了。」平山以嚴肅的表情打斷他。「在我們IT業界，速度重於一切。這是一個隨時都得搶奪先機的業界。憑你們這樣的速度，我實在無法安心讓你們當工作夥伴。事情就是這樣，半澤先生——」平山直視半澤。「先前的顧問契約，就請你們當作沒有這回事。再會。」

他說完就站起來，快步走向門口。

「社長，請等一下。」

半澤連忙呼喚，但平山固執地把臉朝著前方沒有回頭，打開門後離開會議室。

平山完全不給他們溝通的機會。

一旁的諸田抱著頭，接著朝向同樣啞口無言的三木等團隊成員怒吼：

「為什麼沒有聯絡？難道完全沒有溝通嗎？」

團隊成員各個都像埴輪人偶（註3）般面無表情，坐在椅子上沒有回應。

「真的很抱歉。」不久之後，三木開口道歉。

「你們到底在想什麼？真是的！」諸田扭曲臉孔，露出懊惱的表情。「關於毀約的條款是怎麼定的？中途解約的規定是什麼？」

三木從公事包拿出契約，迅速檢視條款。

「沒有特別的罰則規定。」

聽到他的回答，諸田仰望天花板。「怎麼會變成這樣！」他發出悲痛的聲音。

「很抱歉。」三木面色蒼白地說。「上個星期，大家都專注在製作專案上。」

這是毫無意義的辯解。他們明明知道平山個性嚴謹，卻疏忽了應對的工作。半澤閉上眼睛，接著緩緩站起來。

「我們回去吧。」

半澤說完就率先走出房間。

「嗨，你不是半澤嗎？」

當半澤正要走出大廈入口的時候，有人叫住了他。

3　日本古墳時代的陶器人偶，五官簡單而看不出表情。

「伊佐山先生。」

站在他面前的，是東京中央銀行的證券營業部長，伊佐山泰二。他穿著深藍色西裝，一雙眼睛從一百九十公分的高大身材俯視半澤。只要看過一次就難以忘記的馬臉上，泛起得意的笑容。

「好久不見。怎樣，中央證券的飯好吃嗎？」

「還可以。」

半澤回答時，發現在伊佐山背後的男人當中也有野崎三雄，感到有些訝異。野崎是東京中央銀行的證券營業部次長，國內外的企業收購案都由他擔綱。

野崎為什麼會在這裡？在解答這個疑問之前，伊佐山興致很好地繼續說：「那就好。對了，你今天是來電腦雜技公司跑業務嗎？」

伊佐山雖然以親暱的口吻對他說話，不過在銀行的企劃部時代，他們是激烈競爭的對手。東京中央銀行是合併銀行。「舊東京第一銀行」和「舊產業中央銀行」（彼此稱為舊東京、舊產業）的人脈複雜交錯。半澤是舊產業出身，伊佐山則是舊東京的青壯派領袖，被看好將來一定會晉升核心經營階層。

半澤知道伊佐山不喜歡他。伊佐山之所以流露出勝利的表情，大概是對於被外調到證券子公司的半澤懷有優越感吧。

「差不多。你們呢？」半澤瞥了野崎一眼反問。

「也是類似的情況。」

伊佐山含糊地回答，在他背後的野崎則以銳利的視線盯著半澤。野崎被稱作伊佐山的左右手，此刻想必是認定伊佐山的敵人就是自己的敵人。

對話到此結束。

伊佐山舉起右手說聲「再會」，然後與身後的行員走向櫃檯。半澤也沒有多餘的心力去探索伊佐山來訪的理由。他目送伊佐山等人離去，移開視線迅速離開大樓。

「這是怎麼搞的！」

岡嚴厲地斥責，怒氣激烈到牆邊花瓶裡的花彷彿也在顫抖。

「很抱歉。」

半澤按捺湧起的怒火道歉。從電腦雜技回來之後，半澤首先告知岡事情經過。

「為什麼沒有跟對方聯絡？如果有聯絡，就不會發生這種事了。」

「因為我方的方案還沒有確定。」

「沒這回事。」岡說出令人意外的話。「我聽說專案團隊已經完成草案了，可是你卻下令要他們修改。」
岡的曲解令半澤感到驚訝。
「那是因為一開始的方針不可能會被平山社長接受。」
「總比太遲來得好。」
岡斬釘截鐵地拒絕半澤的反駁。
半澤有話想說。
然而如果說出來，就有可能會把責任推給三木。即使不成材，三木仍舊是半澤的下屬，而半澤把聯絡平山的事完全交給三木處理，因此也有責任。
「是我不夠周全。」
半澤道歉，岡又毫不容情地繼續說：
「半澤，你真是沒一件好事。聽說你在銀行也老是惹是生非。都是因為你，害本公司失去巨額的營收機會。你要怎麼負起責任？」
「很抱歉。」
「真是個瘟神。你大概以為可以繼續像在銀行工作那樣，仗著招牌談生意，才會發生這種事。」
岡做出見解錯誤的批判，以憎惡的眼神看著半澤。

「我會讓你負起這個責任。」

他如此斷言，然後把臉轉向旁邊。

半澤鞠躬之後離開社長室，心中湧起苦澀的失敗感。

一切都還亂七八糟、沒有成形的時候，就被單方面命令退場——他有這樣的感覺。

雖然說到現在才抱怨也沒用，可是當初簽了成功後才支付報酬的契約，一定也讓平山更容易毀約。如果是事先支付定額報酬的契約，或許就能夠避免中途解約。

他回到辦公室之後，過了片刻，門外傳來謹慎的敲門聲，接著諸田探頭進來。

「很抱歉，部長。」

他說完深深鞠躬。

——聽說專案團隊已經完成草案了，可是你卻下令要他們修改。

岡的這句話閃過半澤腦中。他很想詢問諸田：是你這樣呈報的嗎？

——敬請期待。

諸田對半澤誇口時強硬的態度已經消失殆盡，此刻的他只是汲汲於保身。

「算了。」

半澤沒有繼續多說，站起來轉身背對諸田。他眯起眼睛，望著窗外晚秋陽光中的大手町街景。這時他感覺到諸田悄悄離去，並聽見門關上的聲音。

當天下午，半澤的朋友——東京中央銀行融資部的渡真利忍——打電話來。

「我聽到一件難以立刻相信的消息，想要跟你確認一下。」

由於渡真利平時就很喜歡誇大其辭，因此半澤猜想他大概又聽到無聊的人事八卦，不過他接下來說的話卻讓半澤懷疑耳朵。

「這件事你千萬別告訴別人是聽我說的。」

渡真利說了這樣的開場白之後，才問半澤：「證券營業部好像簽了企業收購的顧問契約，對象是電腦雜技集團。聽說是從你們那裡搶來的生意，是真的嗎？」

「銀行接了這個工作？」半澤問。「這是怎麼回事？」

「證券營業部得到電腦雜技想要收購企業的情報，就利用主要往來銀行的立場，說服電腦雜技的社長改由本行來當顧問。」

半澤腦中浮現伊佐山得意的笑容。原來是這麼一回事。半澤屏住氣，一時說不出話來。

平山批評東京中央證券的應對太慢，但這或許只是藉口罷了。

「你們那裡的幕後黑手是伊佐山嗎？」半澤問了之後，又感到疑惑：「可是他為什麼會知道電腦雜技的收購案？」

平山不太可能會將同一個案子也拿到銀行，然後比較利益得失。會不會是消息在哪裡走漏了？

「我也不知道。」渡真利回答。「要不要我替你調查一下？」

「如果可以的話，就拜託了。」

半澤道謝之後，結束與渡真利的通話，接著立刻打電話給電腦雜技集團的平山。接電話的是祕書。

「我想要請平山先生撥空談一下。」

半澤提出請求，祕書便以太忙為理由當場拒絕，大概是事先就被下令如此回應。

「這是很重要的事情。」半澤說。「如果沒有見面的時間，可以至少在電話裡談一下嗎？我不會占用太多時間。」

祕書回了一句「請等一下」，半澤便聽見保留音樂的「卡農」。旋律反覆兩次之後，終於聽到平山以急性子的口吻快速說：「喂，是我。」

「今天早上很抱歉。」半澤道歉之後切入正題：「社長，關於顧問契約的事，我聽說貴公司要和東京中央銀行簽約。」

「你的消息還真靈通。」平山停頓一下，接著問：「那又怎麼樣？」

「我感到很奇怪，銀行為什麼會知道貴公司的收購案。是社長跟他們談的嗎？」

「我們跟哪家公司簽約，跟你無關吧？」平山迴避回應。

「銀行沒有對你們施加壓力嗎？」

隔了半晌，平山才回答：

「是誰跟你這樣說的？」

「我聽到相關的傳聞。請問是真的嗎？」半澤問。

「是真是假都不重要吧？」平山的回應很冷淡。「銀行的確跟我們談過，不過貴公司應對太慢也是事實吧？」

「因為應對太慢遭到毀約，和被銀行強奪而遭到毀約，意義完全不同。」半澤說。「社長，可以請你告訴我真相嗎？」

「現在還問這種事幹什麼？」平山的口氣變得有些焦躁。「我跟貴公司的契約已經作廢了。不論理由是什麼，貴公司都不夠格當我們的顧問，就這麼簡單。我現在很忙，就談到這裡吧。」

電話單方面被掛斷了。

5

「替我召集團隊成員。只要找還在公司的人就行了。」

半澤結束和平山的通話之後，走出自己的辦公室，對坐在座位上的三木這麼說。接著他也招呼剛從外面回來的森山：「你也來參加吧。」

聚集到會議室的有四名顧問團隊成員、森山以及諸田等共六人。

「我剛剛從某個管道得到情報，我們失去的顧問契約被『銀行』拿走了。」

銀行指的是東京中央銀行。眾人屏住氣息，似乎都在思考著這句話的含意而沉默不語。所有人的視線彷彿被線連結般朝向半澤。

森山問：「是電腦雜技向銀行提出申請嗎？」

半澤搖頭說：「似乎是銀行得到收購案的情報，就去說服平山社長換顧問公司。電腦雜技去年到中國發展的時候，曾經向東京中央銀行貸款幾百億日圓。要是銀行強硬要求，他們也無法拒絕。」

「也就是說，到頭來不論我們提出什麼樣的方案，都早已註定會有這樣的結果嗎？」森山以嘲諷的表情這麼說。

「大概吧。」半澤的面色變得凝重。

「我還是無法理解。」團隊中的一人發言。「這麼說，電腦雜技去向銀行報告過收購案的事嗎？」

「不，應該沒有。如果他們去向銀行報告過，就不會委託我們當顧問了。東京中央銀行很有可能是從某個地方得到收購案的情報，然後根據這項情報，向電腦雜技提議更換顧問。問題是情報的出處。」

半澤環顧團隊的每一個人。「我懷疑是從我們公司傳出去的。有人知道任何線索嗎？」

沒有人回應。室內瀰漫著困惑的氣氛。

「真過分。」

森山撂下這麼一句話。「如果是從我們公司洩漏出去的，怎麼想都是跟東京中央銀行有關係的人吧？」

東京中央證券有許多來自銀行的外調人員，不過知道電腦雜技集團收購案的，只有營業企劃部的員工。也就是說，是參與這個案子的某個人。

「強奪的一方也很過分。銀行到底把我們當什麼？」森山以黯淡的眼神看著半澤。「我們是子公司吧？子公司好不容易得到契約，卻被母公司用這種強硬的方式搶走，太奇怪了吧？而且連聲招呼也沒打。」

顧問團隊當中有幾個人深深點頭表示同意。團隊中，領隊的三木年長了一截，其他人則都是和森山年紀相仿的年輕人。森山的發言代表了他們的心聲。

「我了解你想說什麼。」半澤說。

「部長，你真的了解嗎？」森山泛起哭笑不得的表情。「銀行對我們予取予求，我們卻連一句話都不能抱怨。這樣下去，我們不是很像白痴嗎？」

「不，這筆帳一定要算清楚。」

半澤說。

「——而且要加倍奉還。」

第二章　奇襲攻擊

1

「半澤，你可以過來一下嗎？」

打內線電話來的是人事部的橫山。他比半澤年長三歲，不例外地也是從銀行來的外調組。

「銀行提出幾個人事案來探詢，我想聽一下你的意見。其中也包含了你的事。」

半澤一進入人事部的小會議室，橫山便切入正題。

「我的事？我不是才剛剛調來嗎？」半澤挑起眉毛。

橫山含糊其辭地說：「畢竟你惹了一些事。」

「是社長要求撤換的嗎？」

或許是因為猜中了，橫山移開視線。

「這種事按照規定是不能說的。」他以冷淡的口吻回答，接著又說：「你搞不好會被隸屬到人事部。」

半澤無需特地問這是什麼意思。

他將重新被外調。

如果是這樣的話，這次就不再是有機會回到銀行的外調，而是單程車票的外調。他的銀行員生涯將告終止。

「岡社長的原則就是賞罰分明，如果失敗就一定要有人負責。這次的事件是你管理不周造成的。」

扯什麼原則——半澤壓抑想要反駁的衝動，瞪著對方。岡那種人沒有稱得上原則的信念。他只是基於自卑而意氣用事，想要向把自己趕到子公司的銀行爭一口氣。

「所以會怎樣？」半澤問。

「關於可能會隸屬到銀行人事部這一點，我想也應該聽聽你的意見。」

「我的意見根本不重要吧？」半澤嗤之以鼻。「就算我拒絕隸屬於人事部，還不是照樣會被安排。」

「沒錯。」

這傢伙是笨蛋嗎？——半澤雖然這麼想，但忍住沒有說出來。

「不過我還是要聲明清楚——」半澤說。「才上任一個月的人，要為了管理不周而被隸屬到人事部，這種組織根本就有問題。這樣的做法算是濫用人事權吧？」

半澤知道橫山漲紅了臉，但他毫不在意地繼續說下去。

「遵照上頭的指示隨便亂下達人事令，這樣的人事部有什麼意義？請你冷卻腦袋仔細想想看，這是正確的人事做法嗎？」

橫山不高興地說：「你這個人實在是太不像話了。別以為你能一直這麼強硬。銀行也會有忍無可忍的時候。」

「銀行早就忍不下去了，所以我才會在這裡。」半澤說完，又催促他繼續說下去：「還有另外的人事案是什麼？」

橫山啐了一聲，忍下想要斥責的話，然後繼續說：「銀行在探詢三木調動的事宜。」

「這不會太早了嗎？」

三木外調到證券公司，應該也才一年半左右。對於半澤的詢問，橫山把頭歪向一邊，露出無法釋懷的表情。

「不過這次的調動對他本人有好處，所以我打算接受。是銀行證券營業部要請他過去。」

「證券營業部？」半澤感到無法理解，問：「為什麼會找上三木？」

「不知道，總之是對方指名。也許有人認識三木，想要拉拔他吧。」

「我不認為他有值得拉拔的實力。」

半澤忍不住說出真心話，橫山便冷冷地回應：

「我才不管這種事。你到底要不要接受？」

「人事令什麼時候會下達？」半澤問。

「抱歉有點趕，如果要接受的話，下星期就會發布了。」

「我知道了，就這麼辦吧。下任員工什麼時候會到？」

「關於這一點……」橫山有些難以啟齒地動了一下身體，刻意板起臉說：「對於本公司來說，刪減人事經費也是急務。所以很抱歉，沒有接任的人。希望你們能夠以現有人力來調度。」

半澤面色憂鬱，只能嘆息。

「喂，聽說他要調職了。」

後座的尾西聽到三木被人事部叫去，便用只有森山聽得見的聲音告訴他。

不久之後，三木面色紅潤地回到位子上。

「三木，恭喜。」

看諸田祝福他的模樣，似乎是調到不錯的職位。

「調到哪裡？」

尾西在背後喃喃自語時，森山聽到正在和三木說話的諸田口中說出「證券營業部」這個詞，不禁回頭和尾西面面相覷。

「怎麼可能？」

尾西瞪大眼睛。

然而不到五分鐘，他們就知道這個「怎麼可能」的消息是真的。三木升遷為銀行證券營業部調查役的人事令發布了。

「到底是怎麼搞的？」

午餐後，尾西與森山一起在餐廳喝咖啡的時候，再度瞪大眼睛。

「銀行那麼缺人才嗎？嚴重到必須特地找那種傢伙過去？」

尾西和森山都是東京中央證券的原生員工，這家公司就是他們一輩子工作的地方，沒有「回到」銀行的想法。他們反倒慶幸像三木那樣沒用的同事離開職場。即便如此，這項人事令仍舊令人費解。

「你看到三木得意洋洋的表情了嗎？真是噁心。」尾西說話毫不留情。「那位大叔還以為是自己的實力。」

森山喝了一口卡布奇諾，忽然陷入沉思，像是喃喃自語般地說：「三木的升遷如果不是憑實力，那是憑什麼？」

「什麼意思？」尾西壓低聲音。

「太奇怪了吧？我不知道三木怎麼分析自己，可是不論由誰來評斷，他的實力都沒什麼大不了的。他的年紀也不小了，又沒有足以回到證券本部的實績，也沒什麼特別技能。那個人是不是有什麼特別的門路？」

尾西問：「你想說什麼？」

「也許是靠關係之類的。」

尾西在面前揮揮手說：「不可能。他如果可以靠關係，一開始就不會外調到我們公司了。這次大概是諸田次長去向銀行求情，說如果把他拖得太久，就會落後別人一圈了。」

這裡指的落後是指三木的升遷。對於尾西充滿惡意的玩笑，森山只是應酬性地笑了一下，但他並沒有接受這個說法。

森山心想，不可能。

諸田不是那麼好心的男人。

不論怎麼想，森山都無法理解三木的人事。

2

平山快步走入室內，朝著從沙發站起來的伊佐山和野崎兩人說「請坐」，自己則坐到對面的扶手椅。過了片刻，他的妻子美幸也接著進來，坐在平山的旁邊。這天是十月下旬的星期五。

「很抱歉在百忙當中請你們過來。關於拜託你們的事，我想要請你們報告一下進度。」

平山以急躁的口吻這麼說。

「我們正想要向您進行提案。」

伊佐山的態度很穩重，問了一聲「可以嗎」，然後從胸前的口袋取出香菸點燃。

平山並不抽菸。重要訪客專用的這間豪華會客室裡沒有菸灰缸。

美幸匆匆站起來拿起對講機，用僵硬的聲音命令「拿菸灰缸過來」，祕書便火速拿著菸灰缸過來。

「真是不好意思，副社長。」

伊佐山悠然地將菸灰撣落在菸灰缸內。這幅景象彷彿是一場儀式，重新確認東京中央銀行與電腦雜技集團的權力關係。

去年，東京中央銀行資助了電腦雜技向中國發展的營運資金。

平山很早就對搶奪國內使用者的競爭感覺到極限。他把目標市場定為全亞洲，第一步就是要在中國設立網購公司。

他在上海設置總公司，在中國境內的廣州等地設置三個流通據點，成立規模幾千人的販賣公司。

為了在日新月異的網路相關業界存活下去，電腦雜技集團標榜著被稱為「超級攻擊性」的經營戰略。接二連三的積極策略，需要相當龐大的資金。

平山把上市時湊得的資金投資在別的地方，因此必須依賴往來銀行的東京中央銀行資助進入中國市場的費用。

這是為了戰勝競爭企業的必要資金。

即使只是一時借用，在講究時機與速度的業界，這筆巨額貸款無疑提升了電腦雜技集團在業界內的地位。

「我們在內部討論過這個案子。對象既然是東京螺旋公司，就不是準備好收購資金就能解決的問題了。如果老實向他們提出要收購，一定會被拒絕，因此必須針對這一點擬定方案。今天我就是來提出這個方案的。」

聽到伊佐山的話，原本神經質地皺起眉頭的平山放鬆了表情。

「真是迅速，不愧是東京中央銀行。」

伊佐山以一副理所當然的態度接受讚美。「野崎。」他示意坐在隔壁的下屬進行說明。

野崎從放在膝上的牛皮信封拿出提案書，遞給平山與美幸各一份。

「接下來要說明的是東京螺旋公司收購計畫的第一階段。在此報告內容概要：電腦雜技集團首先要花總資金七百億日圓，取得東京螺旋公司將近百分之三十的股票。」

野崎繼續說：「將近百分之三十的這些股票，將會以不被東京螺旋公司知悉的方式取得——也就是暗中收購。當他們發現的時候，貴公司已經成為東京螺旋公司的最大股東了。」

看著提案書的平山抬起頭注視野崎，臉上浮現明顯的驚愕。

「有可能辦到嗎？」

野崎沒有直接回答平山的問題，繼續說明：

「請看下一頁。我會詳細說明。」

平山連忙翻到下一頁，看到上面畫的計畫架構圖，發出沉吟聲。

「這真的是奇襲策略。」

野崎沒有回應他的嘆服，接著又花了將近一小時說明提案內容，並耐心回答平山與妻子不時提出的完全外行的疑問。

不久之後美幸開口，臉頰因興奮而紅潤。她一再閱讀提案書，彷彿深深受到吸引。

「真是太棒了。」

「社長，您認為如何？」一直默默聆聽的伊佐山插嘴。「您是否滿意這份提案？」

「當然了。」平山回答。「這麼說很失禮，不過我原本沒有預期能夠得到這麼好的提案。改和貴行簽訂契約，果然是正確的。」

「真沒想到會被拿來和子公司的『證券』比較。」

伊佐山發出笑聲，得意地和野崎對看一眼。東京中央銀行的人把子公司東京中央證券簡稱為「證券」。

「不好意思，我不知道雙方能力有這麼大的差別，只因為上市時的主承銷商是東京中央證券，就去委託他們了。」

「您理解就好。」伊佐山擺出從容的態度，並且斷言：「他們畢竟缺乏規模和經驗，無法完成這麼困難的案件。」

「你說得沒錯。」美幸以贊同的表情回應，然後轉頭對平山說：「在那之後，東京中央證券還向我們提出抱怨。」

「真的嗎？」伊佐山似乎產生興趣。「什麼樣的抱怨？」

平山回答：「他們問，是不是貴行對我們施壓。」

「說得真難聽。」

伊佐山誇大地表示詫異，不過眼睛並沒有在笑。提醒他們投資中國時提供融資的實績，還暗示會影響到今後營運資金的貸款、迫使他們解除先前契約的，正是伊佐山本人。這是貨真價實的施壓。但他沒有想到，這件事已經被東京中央證券知道了。

伊佐山問：「是誰說這種話的？」

平山回答：「不知道你有沒有聽過，是營業企劃部一個叫半澤的。」

「哦，我很熟悉這個男人。」伊佐山語帶嘲諷地回答。「他是個常常惹麻煩的人物。雖然一度讓他擔任過第二營業部的次長，但是到後來在銀行派不上用場，就被外調到證券公司了。」

「這樣啊。」平山和妻子面面相覷。「根據目前為止的印象，很難想像他是那樣的人。」

野崎說：「您不是也說過，他們的反應太慢了。」

「的確。」

平山忽然想到某件事。「不過他也提起讓我有些在意的事。他問我們，為什麼銀行會知道這起收購案件，還問是不是我告訴貴行的。」

野崎動了一下，偷偷窺伺伊佐山。

伊佐山問：「社長，您怎麼回答？」

「我告訴他，不是我說的。」平山繼續說。「不過東京中央證券的消息也滿靈通的。」

「那些傢伙真是不容輕忽。話說回來——」伊佐山迅速拉回話題。「社長，對於這次的計畫，您打算什麼時候決定？」

「我現在就可以做決定了。」

這句話很符合獨裁社長的風格，但野崎還是慎重地問：「不需要經過董事會決議嗎？」

「董事會？」

平山嗤之以鼻。

「那種東西只是形式。我不會讓他們反對。」

3

「你聽說了嗎？三木好像被分配到總務組。」

週末的工作結束後，在一群夥伴參加的酒席上，尾西壓低聲音說。

「你聽誰說的？」

森山擦拭著乾杯後的生啤酒泡沫，瞪大眼睛。

「銀行裡認識的人。」尾西發出惡毒的「嘻嘻」笑聲。「活該。」

「我實在沒辦法理解。」森山歪頭表示不解，所有人的視線都集中到他身上。「證券營業部不是特地要求把他調回總部嗎？既然是這樣，為什麼會分派到總務組？要找人做那樣的工作，不用特地從證券子公司挖人，也能找到很多代替人選吧？」

「你說得沒錯。」尾西也努力思考，然後開玩笑說：「該不會是他總務方面的實力很強吧？」

「連一張憑單都寫不好，有可能嗎？」同一單位較年輕的職員這麼說，引來大家的笑聲。

森山笑不出來。

「森山，別擺出那麼嚴肅的表情。這一來你也痛快多了吧？沒有人承認他的實力。這樣不是很好嗎？」

「不是這樣的問題……」森山露出無法理解的表情。「仔細想想，有太多不可思議的事情了。一開始電腦雜技集團找上我們就很奇怪了，再加上三木的人事案，還有他在銀行受到的待遇——這一切都搭不起來。」

「姑且不論三木的人事案，你說電腦雜技找上我們很奇怪，是什麼意思？」尾西用食指搔著鼻頭問。

森山回答：「這種事由我來說或許不太適合，但是我一直在想，電腦雜技集團為什麼要委託我們當顧問？我們缺乏企業收購的經驗，更何況對象是東京螺旋公司，連方案能不能擬定出來都不知道。雖然不甘心，但是以提案能力來說，銀行證券部門絕對比較厲害。不只是這樣，還有大型證券公司或外資投資銀行等等，很多公司都會很想接這一類的生意。為什麼不去找那些公司談呢？」

尾西說：「是因為平山先生的個性吧？他是個很正經的人，或許就像他自己說的，很感念我們擔任主承銷商的恩情吧？」

「就算口頭上說這種話，那個人也不會為了恩情而行動。」森山針對平山，說出令人意外的評論。「他是很現實的人。說得更直接一點，他的行動基準只有利益得失而已。我之前對電腦雜技集團推銷過種種方案，但是那家公司連一次都沒有理會過。我和平山先生只有在新到任打招呼的時候交談過，平常做為窗口的財務部根本不把我們放在眼裡，可是他們卻把這麼重要的案件委託給我們，說實在的很難理解。」

「也許他們和大型證券公司沒有人脈關係，又怕被外資銀行占便宜吧？」尾西提出推測。「平山先生的警戒心特別強烈，有可能是挑選過足以信賴的對象。」

如果是這樣，更應該一開始就去找銀行才對。

平山或許還有其他更合理、直接與利益得失有關的理由。

然而森山不知道那是什麼樣的理由。

「話說回來，就算是東京中央銀行，應該也很難讓這次的收購案成功。你想得出什麼方案嗎？」

尾西這樣問，森山一時回答不出來。

失去顧問契約的確是一大打擊。即便如此，要是問他能提出什麼有效建議，他也很難回答。

「我們就等著看銀行會提出什麼方案吧。」

尾西說完，嘴角泛起嘲諷的笑容。

「三木先生，請你影印這些文件。」

捧著一疊文件過來的，是入行五年的男職員。

「這是什麼？」

三木以專橫的態度詢問。對方似乎也察覺到他的聲音中帶刺，顯得有些戒備。

「這是……毛塚次長說，要請你幫忙影印。」

三木瞥了一眼毛塚位於辦公室中央的辦公桌，看到照例深鎖眉頭、看起來很神經質的男人側臉。毛塚是證券營業部五名次長之一，比三木小三歲，卻是他的上司。

「自己去影印。」

對方眼中浮現困惑的神情，但三木不理會他，將視線落在桌上攤開的交接資料。

年輕職員忍住沒有反駁，離開三木的辦公桌。

三木感到氣憤難平——他們以為我是誰！

自尊心一旦著火，憤怒便急速湧上心頭。

「喂，三木。」

他抬起頭，看到毛塚從另一區招手。先前拜託三木影印的年輕人一臉尷尬地站在毛塚面前。

「什麼叫自己去影印？」毛塚焦躁地怒視三木。「份量這麼多，應該由總務來做吧？」

毛塚的話語中帶著不由分說的傲慢。

三木反駁：「總務組不是負責影印的單位，請你們不要搞錯好嗎？我們也有自己的工作要做。」

毛塚的表情變得凶狠，將手中的原子筆發出聲音放在文件上。

「如果是大量影印，為了提升事務效率，依照規定是交由總務來做。」

三木無言以對。他沒有聽過這種規定。

「你為什麼不知道？」

毛塚怒眼瞪著三木，銳利地質問。

就任時日尚淺的三木不知道也是難免的，但毛塚並不接受這樣的藉口。

「那我去找人來做。很急嗎？」

「那當然。」或許是因為平日處於極大的壓力之下，毛塚一副要吵架的態度。「不要去找別人，你自己來做吧。」

「我？」

三木反問，毛塚便以鄙視的口吻說：

「其他人都很忙。這樣不是剛好嗎？反正你現在也還沒有工作。」

毛塚表情中帶有明顯的敵意，或者應該說是惡意。

「喂，仲下，交給他吧。」

毛塚吩咐在一旁觀望的年輕人，然後一副不滿被這種瑣事浪費時間的態度，再度開始處理桌上的文件。

「那麼這些就拜託了。」

三木被塞了厚厚的一疊文件，只能垂頭喪氣地回到自己的座位。

「瀧澤小姐，這些要緊急影印，拜託妳了。」

他招呼忙碌工作的資深女行員，將捧來的文件交給她。瀧澤有一瞬間顯露不悅的表情，但默默地收下了。

「喂，這種東西可以盡量拒絕嗎？」

這時直屬上司川北次長不耐煩地提醒他。

三木忍不住反駁：「可是我聽毛塚次長說，大量影印要由總務來做。」

「那樣也算是大量影印嗎？」川北如此指摘，三木便說不出話來。「頂多也才兩、三百張吧？這種也要由總務來做的話，我們不管有多少人力都不夠用。這點小事，你應該要能夠自己判斷才行。」

川北以一副受不了的表情看著三木。川北入行年次比三木早了一年，不過在兩年前已經當上次長，在仕途上已經遠遠超越停留在調查役的三木。

川北對仍拿著文件的瀧澤說「那個不用妳來做」，接著指示三木：

「那些就由你來影印吧。她現在很忙。」

瀧澤默默地將文件放在三木的辦公桌上，迅速回到自己的座位。她的態度很冷淡。

三木無可奈何地拿著文件站在影印機前，心中充滿了屈辱。

他在先前的職位也沒有做過這種打雜工作。

他無可奈何地將最上方的文件放在紙盤上，按下影印按鈕。他印了三張左右，就聽到川北的斥責：

「你幹麼一張張慢吞吞地影印？使用連續影印功能就行了。你以為這是幾年前的影印機？」

有人在笑。三木連忙去看影印機的操作盤，但卻搞不懂使用方式。

「喂，瀧澤，麻煩妳去教他一下吧。」

瀧澤以不耐的表情走過來，無言地拿了三木的文件，放入原稿臺上方的自動送稿機，按下開始按鈕就回去了。連影印都不會——她的側臉顯露著對三木的輕蔑。

不應該是這樣。

三木面對如此不近情理的發展，束手無策地呆站著，心裡這麼想。

可惡，竟敢小看我。給我等著瞧——

這時他看到伊佐山走出部長室，以緩慢的步伐離開辦公室。

他追上去，湊巧電梯間裡只有伊佐山一人。

「辛苦了。」三木開口打招呼。

「哦，辛苦了。」伊佐山以不太起勁的語調回應。對於剛到新職場的三木，他連一句慰問的話都沒有。

三木鼓起勇氣切入話題：

「部長，可以讓我轉到業務部門，而不是總務組嗎？」

他的意思是想要到業務的最前線工作。伊佐山低頭看著自己的鞋尖，然後抬頭看電梯的樓層顯示。

「憑你不可能吧。」不久之後，他說出毫不留情的回應。

「可是這和約定不一樣——」

「我不是讓你回到銀行了嗎？而且依照約定是證券營業部。」

這個話題大概只會讓伊佐山感到厭煩，因此他的態度很粗魯。

「可是我期待的不是總務工作。可以讓我進入業務部隊嗎？」

「你以為自己有足夠的能力嗎？」伊佐山毫不留情地說出銳利的評價。「我有姑且探詢過，但是沒有單位要收留你。簡單地說就是這樣。」

三木無法接受這個說法。

電梯到達，伊佐山便迅速走進去。

三木獨自被留在電梯間，心中湧起沮喪與失望。

4

「電腦雜技的融資案好像通過了，金額是一千五百億。」

十一月的第一個星期一，渡真利打電話來。

半澤忽然感到在意，便問：「決定過程很順利嗎？」

「沒有，果然還是經過一番爭論。我聽說中野渡董事長不太情願。」

「畢竟他很講究脈絡。」

為什麼決定要融資？為什麼有必要融資？為什麼一定要由本行來融資——在背負授信風險之前，中野渡謙在意的總是很基本的問題。不僅如此，身經百戰的中野渡還有獨特的嗅覺。

半澤說：「話說回來，到這個地步也沒辦法說要取消吧。」顧問契約已經簽訂，在那個階段，對於巨額融資就等於答應了一半。這時渡真利突然說出意外的話：

「中野渡先生對於方案本身也有意見，問說這樣做真的好嗎。」

「這個方案最後通過了嗎？」

渡真利回答：「內容嚴格保密，所以我也不知道，只知道好像交給副董事長和證券營業部決定。要不要依照這個方案來做，就看他們的判斷。」

「也就是說，在實際看到方案執行之前，誰都不知道。」

「明天會有動靜。」渡真利冷不防地說。「公關部在準備舉辦記者會。」

「這是近藤提供的情報嗎？」

近藤直弼與半澤和渡真利同梯，目前擔任公關部次長。

「猜對了。」渡真利說。「聽說證券營業部提出要求，說要在本行內舉辦記者會。野崎那傢伙不知道會出什麼招，就讓我們等著瞧吧。」

「追蹤東京螺旋的股價，如果有變動就向我報告。我想應該會有很大的變動。」

次日上午九點前，半澤把渡真利的情報告訴森山並下達命令，自己也操作電腦，叫出電腦雜技集團與東京螺旋兩大ＩＴ企業的股價。

電腦雜技如果買下東京螺旋的股票，市場價格應該會立即升到漲停。

在此同時，東京螺旋也會知道是哪一家企業、以什麼目的來購買自己公司的股票。得知買方為電腦雜技集團，只是時間的問題。

然而——

剛過九點的時候，股票盤面上只有呈現小變化，完全沒有大量買進的跡象。

明明已經到了該出現變動的時候，但卻絲毫沒有跡象。

前場（註4）在沒有變化的情況下結束了。

到底是怎麼回事？半澤正感到疑惑，就聽到有人敲部長室的門。是森山。他說：

「我一直在追蹤，可是沒有特別的變化。真的是今天會有動作嗎？部長。」

他會想要這樣問，也是無可厚非的。

半澤問：「你覺得還有什麼樣的情況？」

森山沉思片刻，說：

4　日本股市交易時間分為上午與下午時段，上午稱作前場，下午稱作後場。

「電腦雜技集團應該想要盡快得到東京螺旋的股份，可是光憑現在的賣量，能夠買進的股數有限，就算要進行櫃檯交易，如果要購買三分之一以上股份，也得公開收購。這一來，即使融資金額有一千五百億日圓，應該也不是一次使用全額，比較可能的方式是先收購三分之一以下吧。」

「即使是這樣，股價應該也會有很大的變動。」

半澤如此指出，森山也點頭。

「也就是說，他們還沒有使用融資的資金收購股票。」森山做出結論。

「大概就是這樣吧。」半澤也同意。「總之，後場也請你繼續觀測。」

森山以招牌的撲克臉點頭，走出半澤的房間。然而後場依舊沒有任何動靜就結束了。

「到底是怎麼搞的……」

過了下午三點，半澤在自己的辦公室，望著螢幕上交易結束的畫面自言自語。

或許他們是打算在接下來的記者會發表公開收購的計畫，在那之後才展開行動？當他正在思索的時候，手機響了。

是渡真利打來的。

「今天沒有任何動靜。」半澤說。「到底是怎麼回事？」

「有動靜。」

半澤有一瞬間懷疑自己的耳朵。「什麼？」

「我說，有動靜。」渡真利重複一次。「電腦雜技集團剛剛在記者會上發表，已經收購東京螺旋將近三成的股份。」

「怎麼做到的？」

半澤仍舊盯著停止變化的畫面，屏住氣息。

「時間外交易。」

這是完全沒有預期的答案。

「時間外交易？就這樣買進將近三成的股票？」

渡真利說：「我還不知道詳情。目前已經確定的是，今後電腦雜技為了將東京螺旋公司納入旗下，將會透過公開收購方式得到過半數股份。喂，半澤，你在聽嗎？」

第三章　白馬騎士

1

「剛剛電視新聞提到珍珠港。這個比喻滿不錯的。」

半澤為了更詳細了解記者會的內容，在當天晚上與渡真利見面。

由於正值忙碌的月初，兩人在新橋會合時已經是偏晚的晚上九點半。他們進入車站旁的串燒店，找了店內角落的位置，像平常一樣點了啤酒之後低聲交談。

從傍晚的記者會過了五個多小時，電腦雜技集團的收購手法漸趨明朗。

針對時間外交易這種突襲策略，已經引起正反兩面的論戰。同時發表的股票公開收購期間，是次日的十一月三日到年底的五十八天。由於在當天的時間外交易已經取得將近三成的股份，因此他們打算在收購期間內取得剩餘兩成多的股份，將東京螺旋公司納入旗下。

渡真利說：「姑且不論做法恰不恰當，對本行來說有很大的好處。即使在那邊爭論道德問題，最重要的還是要達成目的。今後如果有企業家考慮進行困難的企業收購，這個案子就會是很好的宣傳，讓他們知道，找本行討論就能得到有趣的建議。也因此才會特地選在銀行開記者會，而不是在電腦雜技總公司。這似乎是伊佐山的提案。」

半澤說：「不論是伊佐山或野崎，都提升了評價。」

「沒錯。評價直落的就是你，半澤。」渡真利立即指出。

「話說回來，賣股票給電腦雜技的大股東是誰？」半澤問他。

「這點因為關係到個人資訊，所以在記者會上也沒有公布。」

「人數也沒提到嗎？」

「平山先生提到不只一人，不過詳情不清楚。問題在於東京螺旋公司會如何接招。」

根據新聞報導，東京螺旋公司的瀨名社長在晚上七點多召開記者會，以強硬的態度表明會堅決對抗收購。

「終於要展開全面戰爭了。」渡真利顯得頗為興奮。「電腦雜技不知道能不能買進過半數的東京螺旋股票。真正的勝負接下來才要開始。」

結束記者會回到社長室之後，瀨名洋介感到疲憊不堪，無力地坐在會客用沙發組的扶手椅上。

「社長，不要緊嗎？」

公關人員擔心地詢問。

「不要緊。」

這裡是位在澀谷櫻丘町大廈的東京螺旋公司社長室。

電腦雜技集團單方面舉辦收購記者會之後，東京螺旋也在晚上七點多緊急召開記者會。現場只有瀨名一人出席。

原本應該一起參加的財務董事和策略董事都不在場。

此刻讓瀨名深感疲勞的，與其說是被時間外交易的非常手段買去近三成股票的荒謬，不如說是在這種時候還必須孤軍奮鬥的狀況。

「王八蛋！」

他從褲子口袋取出手機，找到清田正伸的電話號碼，按下通話鈕並等候。

回鈴音開始響起，不久後切換為留言錄音，他便掛斷電話。

「可惡！」

在電腦雜技的記者會之後，他不知道打了幾次電話給前財務董事清田。

如果要賣掉將近三分之一的大量股票，就只有清田和策略董事加納一成兩人有可能了。

清田和加納主張極端的擴大路線，為了經營方針和瀨名嚴重對立，上個月他們才分道揚鑣。

打電話給加納時，依舊切換到留言錄音，瀨名便把手機丟到桌上。

「可惡！平山那傢伙！」

瀨名咒罵的時候，有人敲門，並以不安的表情進入室內。

進來的是新任財務董事望月。

雖然說是董事，但他才二十多歲，既年輕又沒有經驗。過去財務幾乎都是由清田在管理，望月只是在他底下工作的事務人員。

一如預期，望月進來之後只說「辛苦了」，然後就默默地等候瀨名指示。如果是清田，在瀨名開口前就一定會確實說出自己的意見，相形之下差了許多。

清田和加納都是和瀨名共同成立東京螺旋的創業成員，他們對瀨名也毫不客氣。

「那些傢伙，想要拿賣股票的錢去創立新公司嗎？」

瀨名憤恨地質問，望月便有所顧忌地說：

「關於這件事，他們好像問過幾個員工要不要一起做。」

「什麼？」瀨名發出憤怒的聲音，讓望月面色蒼白。「你為什麼沒有立刻向我報告？」

「很抱歉。」

新任財務董事縮起脖子，以膽怯的眼神看著瀨名。

不要用那種眼神看我。

瀨名焦躁地仰望天花板。他最討厭的就是不會回擊的對手。

難道沒有更有骨氣的傢伙嗎？

這時祕書過來，告知太洋證券的業務人員來訪。

「承蒙關照。」二村久志照例以奉承迎合的態度出現。「社長，這次真是災難啊！」他說完，沒有等人請他坐下就坐到對面的椅子。

東京螺旋和太洋證券是在大約一年前開始往來。當時他們和上市時的主承銷商「櫻花證券」在資本戰略上產生爭執，當時的財務董事清田便介紹二村給瀨名。

「簡直就是晴天霹靂。平山那傢伙太可惡了，真想掐死他。」

「這樣會構成犯罪，應該採取更合乎法律的行動。」對於瀨名過激的發言，二村很巧妙地回應。「對了，社長，針對這次的收購，您打算採取什麼樣的防衛策略？」

瀨名說：「對方才剛剛宣戰，怎麼可能會有策略！」

二村低著頭，抬起眼珠子看著瀨名。「那麼這樣如何？可以請您委託本公司來當顧問嗎？」

「那要看你們提出的方案。面對公開收購，可以採取什麼樣的防衛策略？你們提案吧。」

「謝謝您。」二村深深鞠躬。「我會立刻請公司的人寫提案書。」

「那麼就在明天以前送來。」

「明天以前？」二村驚訝地眨眼。

「有什麼問題嗎？」

瀨名不悅地問，二村立刻誠惶誠恐地說：「我知道了。那麼我會立刻回到公司研議。」說完他就迅速離開。

「真是輕浮的傢伙。」瀨名嘆了一口氣，然後問望月：「你有什麼收購防衛策略嗎？」但望月只回以困惑的表情。

「你應該也知道，電腦雜技要收購我們公司吧？你到底怎麼想？你以為我贊成被收購嗎？」

「不，沒那回事。」

「那麼你身為財務董事該做什麼！」

瀨名發出粗暴的聲音，瞪著在他面前顫抖的望月。

「要怎麼做才能對抗電腦雜技的收購策略？你首要的工作就是去思考這一點吧？這幾個小時，你都在做什麼？」

「很抱歉。」

望月沒有反駁，只有道歉，臉色顯得相當蒼白。

沒用的傢伙。

瀨名焦躁地「啐」了一聲。

五年前，瀨名二十五歲的時候，成立了東京螺旋公司。

在成立公司的七年前，他從高中畢業，因為家裡的情況而放棄升大學，進入東京都內一家小型軟體開發公司工作。

他原本就喜歡電腦，興趣是設計程式。他屬於那種迷上一件事就要徹底鑽研到底的個性。由於生性開朗，再加上腦筋很好，以業務見習身分進入公司之後，瀨名轉眼間就超越資深員工的成績，成為頂尖業務員。

後來他成為兼任業務員的系統工程師，磨練程式設計的技術，三年間馬不停蹄地工作，然而公司卻倒閉了。他面臨失業的厄運，雖然想要再度就業，但泡沫經濟崩壞後的景氣太差，就業冰河期來臨，連大學畢業生也很難找到工作。

公司和社會都不足以依賴。

深切感受到這一點的瀨名採取的行動，就是和兩名前同事合作，成立自己的公司。

在網路興盛的時代，瀨名以網站相關的最新技術為強項，成立軟體的網購公司，接著立刻又開設日後成為東京螺旋公司飛躍原動力的入口網站。

資本額只有區區一百萬日圓。

他們是湊出在公司上班時存下的僅有的錢創業的。之所以由瀨名擔任社長，不只是因為他是發起人，也是因為他具備新公司強項的入口網站程式設計能力。原本當會計的清田擔任財務部長，瀨名當業務員時的學長加納則擔任業務部長。他們以瀨名當時位於世田谷的公寓為總公司，開始營業。

在來自美國的搜尋網站日本版獨占市場的當中，對於瀨名等人的冒險，世人一開始都抱持否定的看法。

「那種東西不可能會被接受。一定會馬上倒閉。」

除了創業的本人以外，不論是誰大概都這麼想，實際上也有不少人當面對瀨名提出忠告。

然而瀨名不理會一切忠告而創立的搜尋引擎「螺旋」，因為便利性而轉眼間就吸引大量使用者。

當初裹足不前的客戶逐漸開始注意這家公司。創業兩年後，搜尋引擎使用率躍升到首位，他們也成長為擁有許多上市企業客戶的未來之星。

等到公司終於上市之後，就展開毫無停歇的快速進擊，瀨名也確立了ＩＴ企業家的評價。

實際上，他們的業績不斷持續上升，東京螺旋的股價也急速上漲，瀨名得到將近一百億日圓的創業者利益，未來似乎一片光明。

然而到了去年，一路成長的速度開始變得遲緩，原本和清田等人合作無間的關係也受到微妙影響。

兩人主張應該往投資、金融等新領域發展事業，瀨名則主張要堅持過去路線，投資在入口網站相關技術並擴充服務。雙方的主張彼此衝突，在每一件事上都激烈對立。

瀨名也感到焦躁。一路急速成長的趨勢一旦出現遲緩，股東就開始騷動不安，媒體也不負責任地加以批評。

「經營遇到瓶頸」、「神話崩壞」——報章雜誌出現這樣的標題。

習於常勝的觀眾隨時都在追求勝利。

清田和加納也無法隔絕周圍的雜音。他們感到慌亂不安，為了尋求新的生意，甚至開始考慮要涉足不熟悉也沒有興趣的領域。

他們不只一次在董事會議上大聲爭執。

其中成為決裂關鍵的，就是清田提議的新創企業投資計畫。

這是投資將來有望的新創企業、在股票公開時獲取資本利得的事業模型。

瀨名當場否決這項計畫。

「這種東西根本不行。」瀨名斷言。

然而此時清田非比尋常地動怒，質問：「怎麼可以不說理由就否定！」

這是在董事會議上發生的。

出席的有全公司部長以上職位的二十人。所有人都屏住呼吸，觀望事情發展。

瀨名開始說明：

「這還用說嗎？我們沒有投資方面的實際知識，也沒有培育一般公司的實際知識。」

「我們有。」清田反駁。「我們從白手起家成長到這樣的規模，怎麼會沒有實際知識呢？」

「你大概搞錯什麼了吧？」瀨名泛起冷笑。「我們之所以能夠成長到這個地步，是因為擁有最先進的網站技術。企業成長的實際知識？別開玩笑。企業要成長只有一個竅門，就是擁有其他公司沒有的技術與競爭力。基本上，無法辨別對方技術力的傢伙根本沒辦法投資。你不理解技術吧？」

「又不是我本人要去辨別。評價方面可以交給第三方。提供資金給有競爭力卻沒有錢的公司，不是很有意義的事嗎？賭對了就能大賺一筆。」清田主張。「想想我們剛創業的時候吧。當時的我們如果遇到肯出一千萬日圓資金的公司，就不用那麼辛苦了。」

「把錢投資在來路不明、也不知道技術能不能派上用場的公司有什麼用？」瀨名搖頭。「你應該也知道，事情沒有那麼簡單。你終究只是個搞會計的，幹麼去畫那麼大的餅？沒有比這個更危險的事情了。」

清田被稱作「搞會計的」，臉色瞬間漲得通紅。

清田最討厭這樣的稱呼，部分原因是對於瀨名的競爭意識。世人評價普遍認為，公司能夠成功上市都要歸功於瀨名的能力。清田擔任不起眼的財務角色，處在備受矚目的瀨名陰影之下，但他也有一直支撐著公司財務的自信。

清田的職務雖然不起眼，但個性卻很激烈。每次帶一群下屬去喝酒時，就會像口頭禪般地說：要是沒有我，東京螺旋不會這麼成功。

「聽好，清田——加納和其他人也一樣。你們以為我們公司的競爭力在哪裡？」

當時瀨名正面質問會議桌周圍的所有人。「是資金嗎？是上市公司的身分嗎？還是擁有大客戶？這些到現在確實成為強項，或許也可以稱作競爭力，可是真正的競爭力泉源不是這些，而是網站的最新技術。就是因為有這項技術，東京螺旋才能維持高於其他搜尋網站的使用率。也就是說，如果沒有相當於網站技術的競爭力，就算嘗試其他事業型態，也只是白白花錢而已。進入既不擅長又沒有敏感度的業界，不可能成功。這世界沒有那麼天真。想要擴大營業內容、增加營收的話，該做的不是跑去闖不熟悉的業界，而是專注於本業。除此之外沒有存活之道。」

「你以為這樣就能讓股東接受嗎？」策略董事加納立即反駁。「目前就是在這個擅長領域當中，出現成長停滯的現象。現在還來得及。我們應該準備『保險』。為了多角化經營事業、摸索將來的成長領域，這項投資計畫是最好的管道。如果是有希望的公司，我們也可以進行收購。」

「喂，你是認真在說這種話嗎？」

瀨名頓時感到憤怒，瞪著加納。

過去當東京螺旋公司出現成長跡象的時候，曾經有某家ＩＴ企業接近他們。

當時他們還沒有錢。

對方以花言巧語得到三人的信任，提議要出資幾千萬日圓，但那家公司真正的意圖，是要將前途光明的東京螺旋納入旗下。

出資之後，對方就打算選出取代瀨名等人的代表。這是他們聽熟知該公司的其他經營者說的。也就是說，這是很巧妙的併購計畫。

瀨名至今無法忘記當時感受到的強烈憤怒。

清田和加納應該也同樣憤怒，可是他們現在卻打算做出和那家公司相同的事。

瀨名絕對無法接受這種提議。

「你問是不是認真的？」加納憤恨地說。「那當然。不論是清田或我，都覺得現在的狀況持續下去會很糟糕。如果什麼都不做，就無法度過這個危機。所以我們才絞盡腦汁，思考能夠做什麼。社長立即否定我們的提案，有什麼替代方案嗎？」

「替代方案？你剛剛到底是怎麼聽的？」瀨名冷冷地回答。「我的主張從頭到尾都沒變，就是不要投資到沒有專業知識的領域。應該要擴充本業的網站技術。就只有這樣而已。」

這時加納追問：「那麼你打算做什麼樣的擴充？我認為這才是關鍵。如果社長能夠清楚指示，我們也會跟隨。你說呢？」

「讓入口網站的功能更充實，搜尋功能和速度也要比現在——」

「這樣就能增加使用者嗎？」加納打斷瀨名的發言。「身為策略負責人，我必須指出，變更規格需要大筆開發費用，投資效果卻很低。想要藉此提升營收，就方法論來說是錯誤的吧？」

加納是瀨名以前當業務時的學長，因此發言也不客氣。

「網站的維護和擴充，是絕對不可或缺的例行公事吧？要是輕忽這方面，使用者一下子就會離開。」瀨名極力主張。「一開始的效果或許很低，但是我們在這個領域具有敏感度。從這樣的地方，才能找到通往下一階段的提示。不能因為成長率變低，就慌慌張張地把資金投入不熟悉的新事業。應該更冷靜因應才行。」

「社長，難道你沒有危機意識嗎？」

加納激動地頂撞他。「IT業界日新月異在進步。現在就必須決定將來要往哪裡走。如果現在不做些事，股東也不會接受。」

「因為心慌而去發展新事業，結果卻失敗的話，股東更不能接受吧？」瀨名冷冷地說。「公司規模稍微變大，就想要裝闊去搞投資事業嗎？那是上市之後資金找不到用途的公司玩的遊戲。看看外面，有哪一家公司靠投資事業能夠確實提升業績？規模變大、變得有錢，就誤以為自己掌握了實際知識——這種傢伙根本就是白痴。」

「社長，請你收回發言。」清田以低沉的聲音說。「你說白痴是什麼意思？這是上市公司的董事會議該用的語言嗎？」

「白痴就是白痴。」瀨名也以挑釁的態度回應。「上市公司又怎樣？規模稍微大一點，就想要裝高雅？只能擬出這種愚蠢計畫的傢伙，不要講那種自以為是的話。」

瀨名從創業時代就常常和清田與加納兩人議論，甚至還會吵到幾乎要打起來。然而原本以為會回嘴的清田，此時卻沉默不語。

瀨名感到意外，不過他當時只是有些嘲諷地想，偶爾也會出現這種怪事。

那場會議的次日，清田和加納兩人便告訴他要辭去董事職位。

瀨名事後才知道，被他立即否定的投資事業計畫是以清田和加納為中心、一再反覆討論、精心準備的計畫。

在此同時，他也得知這兩人不知從何時開始，就對他心懷不滿。

「我們原本就打算，如果那項營業計畫被否決，就要提出辭呈。」

清田來告知要辭職時說的話，至今仍留在瀨名心中。清田另外也說：

「到頭來，你這個人只相信自己，你以為只有自己才是最正確的。你是個沒穿衣服的國王。」

2

瀨名回到位於青山的自宅大廈時，母親獨自以擔憂的神情坐在客廳沙發上。

「我看到新聞了。不要緊嗎？」

「不要緊。」

瀨名說完，把外套丟到沙發上，將疲憊的身體沉入椅子中。

他按捺內心的焦躁，閉上眼睛。這棟大廈位於都心最高價的地段，不過因為遠離大馬路，因此房間裡很安靜。

瀨名和母親兩人住在這座大廈。

父親在瀨名高二時死了。他因為股票投資失敗，欠下巨額債款而自殺。

瀨名的父親為了還債，失去了能夠稱為財產的屋子和存款等，只能租公寓生活，再加上薪水也有部分被扣款抵債，因此可說是死於貧困當中。舉辦過只有親戚參加的簡單喪禮之後，留下的母子兩人過著簡樸的生活。

為了維持生活，在父親股票投資失敗前一直是專職主婦的母親白天在超市工作，晚上則到附近的餐飲店工作到深夜。瀨名為了讓母親稍微輕鬆一些，放學之後到附近的便利商店打工，週末的時間也幾乎都花在兼差上。他絲毫沒有花掉打工費，全數交給母親，勉強能夠負擔租金、餐飲費、最低限度的電費瓦斯費、以及瀨名的學費。唯一的奢侈，就是偶爾和母親到附近的拉麵店用餐。

父親死後只有一項好處，就是先前債主毫無間斷的討債總算平息了。

選擇死亡之前的父親深陷懊悔當中，變得歇斯底里，動不動就會對瀨名和母親發怒。

每次聽到電話響起或是有人敲門，父親就會心驚膽戰、面色蒼白。對這樣的父親來說，將近一億的債務是無論如何掙扎都無法逃脫的泥沼。

不久前景氣一片大好的社會，在這段期間也逐漸失速。股價持續下跌，而且一反社會上「一定還會再漲」的樂觀想法與期待，宛若失速的滑翔機般不斷墜落。父親任職的不動產公司業績，也是在這個時候開始蒙上陰影。

原本陌生的「裁員」一詞變得普及，而瀨名在父親死後才知道，父親也成為裁員對象。

直到今日，瀨名仍舊會思考父親的人生究竟算什麼。

父親從群馬的鄉下來到東京上大學，畢業之後懷抱夢想與希望進入公司，結婚生子、建立幸福的家庭。究竟是什麼打亂了父親的人生？

總是教導瀨名「不可以造成他人困擾」的父親直到最後都沒有申請破產，而是選擇死亡。父親似乎對母親說過，不想取消債務造成困擾，即使花上一輩子也要慢慢還債；但是他從來沒有告訴瀨名這樣的狀況。

瀨名事後聽到這段話，感到無法釋懷。

父親是為了錢而決定和他們永別嗎？

父親的遺書中，詳細載明拿到壽險的保險金之後，要還給哪家公司多少錢。

他為什麼要被欠債束縛到那種地步？

對父親的人生產生的質疑，在瀨名心中逐漸轉變為對金錢的質疑。

為什麼人必須為了錢而死？

然而即使產生這種想法，他也從自己和母親的生活中確實感受到。「沒有錢」的現實是如何艱困。

瀨名為了錢而工作，並且放棄上大學。

沒有任何人對困境中的瀨名母子伸出援手。有很多人會鼓勵他們說「辛苦了」、「加油」，但是包括親戚在內，沒有人願意給予金錢援助。當母親向自己娘家討論能不能借錢讓兒子上大學而被拒絕，瀨名便領悟到，自己的人生終究必須靠自己來開闢。

這時母親問他：「你認識那家電腦什麼公司的社長嗎？」

「我有見過面，可是不熟。」瀨名回答。「這件事真的很可惡。」

母親替看起來相當疲憊的瀨名泡了熱茶。

「真抱歉，都這麼晚了。媽，妳還是先去睡吧。」

時間已經過了深夜零點。

「這種時候我完全幫不上忙，能做的就只有這樣了。」

母親說完，自己也在瀨名坐著的沙發坐下。瀨名知道母親感到不安。她很明顯希望能聽瀨名談這天的收購事件。對母親來說，瀨名是人生僅剩的最後希望。瀨名也理解這一點。

自從瀨名成立東京螺旋公司，並且讓公司上市得到巨額創業者利益，母親的口頭禪就是「如果你爸爸還活著，一定會很高興」。

瀨名也這麼想。然而父親因為選擇死亡而放棄了這樣的機會。

「他們竟然突然說要收購你的公司，也不先問問你的意見，怎麼可以這麼任性！真是太沒禮貌了。」

只有兼差與打工經驗的母親有些生氣。

「這是一個大家都拚得你死我活的業界，所以這也是沒辦法的事。我猜大概是清田和加納把股票賣給電腦雜技。」

「清田他們賣的？」

母親瞪大眼睛，臉上浮現困惑的表情。她當然會感到難以置信。東京螺旋公司剛成立的時候，母親偶爾到東京來，就會住在瀨名的公寓替他們煮飯。三人吃完母親的料理之後工作到深夜的日子，彷彿是昨天的事。他還沒有告訴母親，那兩人已經和他分道揚鑣。

母親說：「他們明明是那麼好的人。」

「總之，發生了一些事情。他們或許也有自己的想法。只是如果要賣股票，至少也應該先跟我商量一下。」

母親皺起眉頭問：「接下來要怎麼辦？你不打算被收購吧？」她的眼中顯露出不安。

「那當然。」瀨名很果斷地說。「我一定要打倒他們。媽，妳不用那麼擔心，不要緊的。」

母親問：「這種時候有什麼規定的做法嗎？」

「我不知道規定是怎麼樣，不過我想應該有很多因應方式。」

瀨名雖然這麼說，但自己也不知道有哪些具體方式。「今後應該會參考證券公司的建議來進行。不論如何，一定會花上滿長的時間，可是我絕對不會讓電腦雜技的平山收購。還有，我也一定會讓他後悔企圖收購我們公司。」

「我相信你一定有辦法應付，可是那個叫平山的人，為什麼會想要收購你們公司？」

母親提出很基本的疑問。

「他應該是想要我們的入口網站吧。」

「有那個網站，對那家電腦什麼公司會很有利嗎？」

「大概吧。」

瀨名雖然這麼回答，但是他也看不懂平山在思考什麼樣的商業模式。電腦雜技究竟為什麼會想要收購東京螺旋公司？

「洋介，如果你是對方公司，你會想要做同樣的事嗎？」

這是個很好的問題。

「老實說，我也不知道。」瀨名回答。「不過如果電腦雜技買下我們公司，那個叫平山的傢伙就會成為ＩＴ業界的龍頭。也許那就是他的目標吧。」

怎麼可以為了這種理由被收購——瀨名心中燃起反抗的火焰。

3

「偶爾也一起吃個飯吧。」

電腦雜技集團發表收購東京螺旋的計畫後，過了幾天的某個晚上，半澤正想要回家，看到尾西和森山從辦公室走出來，便開口邀他們。

他知道年輕員工之間瀰漫著種種不滿情緒，也想要找機會聽聽他們的意見。

「我們也剛好要去吃飯。」

尾西說完回頭看森山，像是在問「怎麼辦」。

「也好。」

森山回答，半澤便和兩人前往神田一家居酒屋老店。

他們簡單地乾杯之後，話題很快就轉移到電腦雜技的時間外交易。東京中央銀行的收購手段無疑帶來相當大的衝擊。

「沒想到他們竟然會採取那樣的手段。」尾西憎惡地說，然後吁了一口氣。「這個方案完全出乎意料。不過這一來，大概就證明電腦雜技是正確的。」

「怎麼說？」

半澤邊問邊把端上來的湯豆腐放入嘴裡。

尾西說：「如果是我們公司的團隊，就不可能使出那種招式了。那些人腦筋都很硬，再加上由三木領導，根本不會想到那種點子。」

「你還真是有話直說。」

半澤並沒有特別指責。他知道年輕員工對三木的評價很低。

「部長如果也肯定三木的能力，那我就只能說抱歉了。」尾西果然話中帶刺，然後瞥了森山一眼，繼續說：「在我們來看，這麼重要的案件，組團隊的時候應該更重視實力才對。負責電腦雜技業務的是森山，所以讓森山來做就好了。這樣的話，也不會那麼難堪地被毀約，而且這傢伙或許可以想到像這次的奇襲策略。」

「不對，我想應該不可能。」

森山說話時右手拿著啤酒杯，雙眼盯著餐桌上的一點。「就算是我來做，也不可能提出那樣的方案。我連情報都沒有。」

半澤問：「你是指股東相關的情報嗎？」

森山點頭。「我當然也調查過東京螺旋公司的股東結構，知道誰是大股東，可是東京中央銀行卻更進一步掌握到，大股東當中有人打算出售股票。」

半澤默默地喝杯中的燒酒，望著顯露挫折感的森山。森山繼續說：「雖然不能原諒銀行奪走我們契約的做法，但是電腦雜技的平山社長大概也覺得，這個案子改找東京中央銀行是正確的。換作是我，也會這麼想。」

「真想問問三木對這次的事有什麼看法。」尾西的話中摻雜著嘲諷。

半澤問：「你們認為這次收購會成功嗎？」

兩人暫時沉默，各自陷入思考。

尾西回答：「這要看東京螺旋公司如何因應吧。他們應該也會請適當的顧問，不知道會採取什麼手段。」

在東京螺旋公司的記者會中，瀨名社長明確表示拒絕被收購的態度，並明言會採取防衛措施。

「和東京螺旋有往來的好像是太洋證券。」

這是一家中堅證券公司，對於這類惡意收購案件稱不上經驗豐富。另一方面，東京中央銀行的野崎曾經在倫敦經手過企業收購案，在這個領域是國內首屈一指的銀行員。

森山也說：「太洋證券當顧問，好像有點弱。」

尾西開玩笑說：「瀨名社長雖然那樣宣示，不過搞不好還是會豎起白旗，乖乖答應被收購吧。」

「瀨名才不是那麼軟弱的傢伙。」

森山的口吻格外篤定，半澤不禁盯著他的臉。尾西立刻嘲諷他：

「森山，你怎麼了？你的口氣好像跟瀨名社長很熟一樣。」

森山臉上沒有笑容，說出令人意外的話：

「我跟瀨名很熟。」

「真的假的？」尾西瞪大眼睛，把上半身往後仰。「你怎麼認識的？你們上同一間大學嗎？」

森山回答：「不是大學，是國中跟高中。瀨名洋介是我國高中時候的好朋友，我都稱呼他洋介。他因為父親的因素轉學，在那之後就失去聯絡，不過後來卻成為知名人物。」

尾西驚訝地說：「真的假的？話說回來，即使是好朋友，也是好幾年前的事了吧？他的個性搞不好也變了。」

「還是一樣。我看過記者會和新聞，他一點都沒有變，依舊是以前那個不肯服輸的好朋友瀨名洋介。」

「可是你們是好朋友，怎麼會失去聯絡？聽說人出名之後就會多很多朋友，你大概也是其中之一吧？」

嘴巴刻薄的尾西自以為巧妙地點出森山的矛盾，但森山臉上卻不知為何泛起悲傷的表情。

「他父親投資股票失敗了。」

聽到這句話，就連尾西也收斂起表情。

「我記得洋介的父親好像是在不動產公司工作，可是因為股票信用交易，欠下一大筆錢，必須賣掉房子。我們上的是私立學校，後來他們家連學費也付不出來，所以洋介大概也不太方便跟我或班上同學聯絡吧。他或許覺得很難為情。」

「原來瀨名曾經吃苦過。」尾西的口吻變得感傷。「不過你看到以前的好朋友變得那麼出名，一定很驚訝吧？」

森山說：「我之前在報章雜誌上看過東京螺旋公司瀨名洋介的名字，不過一開始並沒有想到是同一個人。可是有一天，我在車站的商店買了週刊，在電車上打開來看，剛好就看到很大一張大頭照……我當時嚇一大跳，心想：啊，這不是洋介嗎？」

半澤問：「你沒有跟他聯絡嗎？」

森山把視線落在餐桌上。

「我很想對他說聲恭喜，可是我不知道他的私人郵件帳號，也不可能打電話到東京螺旋公司代表號，報出名字說要找社長……而且以前的朋友到現在才出現，瀨名也會感到很困擾吧。」

「嗯，你說得也對。」尾西用筷子夾起湯豆腐，放入嘴裡說。「就算你不去找他，他也應該增加了很多朋友。」

森山繼續說：「而且想到他吃的苦，就會覺得自己好像不配去找他。我在雜誌上讀到瀨名的生平，包括他父親投資股票失敗，還有他跟母親兩人過著貧困生活的事，都毫無隱瞞地寫在報導中。文章裡也提到他為了減輕母親的負擔去打工、放棄升學去就業的經過。洋介那麼辛苦的時候，我卻毫不懷疑地過著平凡的人生。在那段期間，洋介吃了很多苦，獨自承受世間的巨浪。像我這種安穩念完大學、卻在公司意氣消沉的傢伙，就算是以前的朋友，也沒資格隨便跑去認像他那樣的人。」

這樣的想法頗符合森山冷眼看世間的性格。

半澤倒了端上來的酒，對他說：「你想太多了。跟他聯絡吧。如果是以前的朋友，他一定會很高興。」

「可是現在才去找他，感覺也太晚了。」森山顯得躊躇。

半澤說：「你又不是別有居心要去找他。只要告訴他自己在做什麼工作之類的近況就行了。瀨名或許也很想要見你。」

「他才不會理我。」

森山這麼說，半澤便告訴他：「如果真是那樣，那就沒辦法了。不過他是那種會因為自己變得有名、有錢就對老朋友冷淡的人嗎？」

森山陷入沉思，沒有回答。

4

太洋證券的二村依照約定，在記者會次日的傍晚來訪。

「真抱歉，回覆得這麼晚。」

訪客有兩人，另一人是二村的上司，營業部長廣重多加夫。瀨名從以前就認識他。

「社長，昨天很感謝您委託二村。」

廣重以慣例的低姿態道謝。他不愧是業務工作的主管，態度比二村還要熱絡，不過也以精明幹練著稱——這是離開公司的清田曾經說過的。

「我們立刻討論了對策，今天就是來向您提案的。」

「那就謝了。」

瀨名並沒有抱持太大的期待，因此以不帶感情的聲音這麼說。

「首先，針對這次電腦雜技方面的收購，不論對方提出任何條件，都要進行防衛——這點沒錯吧？」廣重進行確認。

「那當然。」

瀨名回答後，廣重便遞出薄薄的一張提案書。

「這份提案還真簡單。」

「的確很簡單。」廣重說。「惡意收購的防衛措施聽起來很艱深，不過麻煩的主要是從各種防衛措施當中做選擇。這段複雜的研議過程，已經由熟知貴公司狀況的我們充分進行過了。今天就是要來提出其中堪稱最好的方案。」

「你說的就是這個——要我們發行新股？」

瀨名讀完提案書之後詢問。

「沒錯。透過發行股票，讓電腦雜技公司不論如何買進，都絕對無法取得過半。」廣重說到這裡，露出意有所指的表情。「不過光是發行股票無法成為防衛措施，必須要讓某人持有。」

「你是指新股的部分？」瀨名問。「有誰能出那麼多錢？金額會是好幾百億日圓。」

「那當然。」

提案書上畫了簡單的表，但新股收購者的部分是空白的。

「我們會提出沒有敵意而且願意協助的公司——也就是白馬騎士（註5）來收購這些股票。」

「到底是哪一家公司？」

廣重沒有回答瀨名的問題。

「這種計畫不就是『說易行難』的典型嗎？根本就是紙上談兵。你們真的有著落嗎？」

瀨名抱持懷疑的態度，廣重卻以勝利的眼神看著他，明確地回答：

「有的。」

瀨名無言地注視探身向前、以認真的眼神注視自己的這張臉，然後將提案書放回桌上，往後靠在椅背上。

「社長，您意下如何？」廣重湊向前問。「可以讓我們擔任顧問嗎？我們一定會阻止電腦雜技集團的意圖。」

瀨名問：「是哪一家公司？」

5　企業在面臨惡意收購時，採取的防衛對策之一便是尋找友好的第三方（稱作「白馬騎士（white knight）」）來收購自家公司股票，相對地減少惡意收購者擁有的股份。

「這點必須請您簽訂契約之後才能說出來。因為這等於是亮出我們的底牌。」廣重以強硬的口吻說。「白馬騎士的選定，是這項計畫的關鍵。」

瀨名說：「給我看契約書。」

二村將早已準備好的契約書放在桌上。

「我們會收取三千萬日圓的契約金。在成功阻止惡意收購計畫之後，再收取五億日圓——社長，您認為呢？」

瀨名問：「如果我不喜歡那個白馬騎士怎麼辦？你們會去找替代的公司嗎？」

「當然了。」

廣重停頓一下才回應，或許是因為尋找替代的白馬騎士沒有那麼簡單。

「可是也可能根本找不到吧？就算找到了，也不能確定我會不會喜歡。在這個環節就有可能失敗，還要收取三千萬的契約金，太貴了吧？」瀨名展現擅長交涉的一面。「如果要支付三千萬日圓，必須先找到我中意的白馬騎士才行。這樣的話，我就願意簽訂契約。」

廣重似乎在猶豫而沉默不語，最後才回應：

「尋找白馬騎士沒有那麼簡單。必須要慎重地從本公司的顧客網當中篩選，隱藏貴公司的名字來確認對方意願才行。這是相當費工的過程。」

「我知道這會花很多工夫。那麼你的月薪是多少？」瀨名立即指出重點。「假設你為了這項工作花了整整一個月，為什麼需要三千萬日圓的契約金？我完全無法理解。廣重先生，你的月薪有那麼高嗎？像這樣的索價算是獅子大開口吧？」

「社長，這是貴公司生死存亡的危機呀！」

面對極力訴求的二村，瀨名冷冷反駁：

「那又怎麼樣？如果因為公司遇到危機，就簽這種趁人之危的契約書，有多少錢都不夠。」

「那麼多少錢您才願意接受呢？」廣重終於認輸。「我們要進行這樣的調查，也是需要人力的。這點希望您能夠理解。」

瀨名說：「契約金一百萬日圓。找到我接受的白馬騎士之後，再支付三千萬日圓。接下來，如果你們在對付電腦雜技的方面提供有幫助的建議、最終阻止惡意收購，我會再支付三億日圓。就算成功阻止收購，五億日圓還是太貴了。」

對方沒有回應。瀨名繼續說：「還有，老實說我並不是非常信任貴公司的顧問能力。所以如果得不到有效建議，也可能會在契約中途毀約。我希望不要訂定這種情況的罰則。」

「社長，這樣的條件還滿嚴苛的。」

廣重收起平常友善的笑容，從褲子後方的口袋掏出手帕，擦拭額頭上的汗水。

瀨名說：「哪會嚴苛。這樣是很正常的。不願意的話，我就不簽約。」

二村不安穩地動了動身體。廣重深深鎖起眉頭，顯露出面臨重大抉擇而苦惱的神情。

這麼大筆的契約金與成功後的報酬金額，可以輕易想見上層勢必嚴令他們一定要取得契約。

「社長，可以請您再重新考慮嗎？」廣重再度勸說。「如此巨額的收購案件，換成大型證券公司來當顧問的話，一定會索取好幾倍的報酬。」

「貴公司不是大型公司。」瀨名反駁。「要不然我就去找幾家證券公司比比看，如果貴公司提的條件比較有利，我就跟你們簽訂契約。這樣的話我也能接受。」

「請別這麼說，一定要委託本公司。」

二村深深低下頭，額頭幾乎要貼在桌面。

「就依照瀨名社長的條件吧。」

廣重似乎下定決心，以平靜的聲音插話。

「部長，真的沒關係嗎？」二村緊張地問。

「沒關係。」

廣重從容的表情之下，似乎浮現出另一種感情，但轉眼間就被隱藏在交際用的親和笑容底下。「這個案子受到廣泛矚目，如果我們的防衛措施獲得好評，今後就能得到同樣的委託。這樣就足夠了。就依照社長提出的條件來做吧。」

瀨名當場確認契約書的內容，蓋了印章，然後催促他繼續說下去。

「然後呢？白馬騎士是哪一家公司？」

「是佛克斯公司。」

瀨名露出驚愕的表情。廣重以慎重的口吻繼續說：「我們私下探詢過，該公司回覆願意收購股票。鄉田社長也非常積極。」

「佛克斯」是電腦與周邊商品的大型販賣公司，由原本任職於大型電腦公司的鄉田行成在四十歲時辭去公司成立。在這十五年當中，以接近拋售價的低廉價格販賣電腦，使公司營收不斷成長。

最近因為同類公司增加，成長似乎有趨緩的傾向，不過營收在顛峰時期應該有兩千五百億日圓。鄉田本身擁有號稱電腦的縝密頭腦，在ＩＴ業界是備受敬重的人物。因為在同一個業界，瀨名也曾和鄉田交談過幾次，相當敬佩對方嚴謹踏實的人格。

「鄉田社長說，他也認為電腦雜技的做法很不好。他說如果有幫得上忙的地方，他非常樂意幫忙。」廣重說明。「鄉田社長對瀨名社長有很高的評價。如果要發行新股，他也說一定會收購，不知您意下如何？我想這絕對不會是壞事。」

瀨名問：「佛克斯成為我們的股東，對於他們的事業有什麼好處？」

「有無限的好處。」廣重誇張地張開雙臂。「佛克斯持有貴公司股票，就能夠結成『佛克斯・螺旋』的ＩＴ聯盟。入口網站和電腦硬體販售結合在一起，會吸引許多企業想要搭便車。這兩家公司合作，理所當然會提高企業價值，光是這樣就能拉高股價。這一來，電腦雜技收購股票的費用也會大幅增加，視情況也可能光是這樣就讓他們放棄收購。」

瀨名沒有回答，只是啜飲咖啡。在他思考的期間，社長室陷入片刻的沉默。

不久之後，瀨名總算說「我知道了」，讓現場的氣氛頓時變得輕鬆。

「該怎麼做？」瀨名詢問今後的時間表。

「首先希望貴公司能夠決議發行新股。」廣重說。「接著只需實際發行，然後請佛克斯收購。越快越好。為了力挫電腦雜技集團的公開收購，應該及早發表才是上策。」

「缺點呢？」

聽到瀨名這句話，原本顯得很積極的兩人便沉默下來。

瀨名問：「這個方案應該會有缺點或風險吧？」

「我們確認過，這個方案本身沒有缺點或風險。」二村斷言。

然而瀨名沒有回應。

或許是率領東京螺旋這家小公司成為上市企業的經營直覺，讓他覺得有哪裡不太對勁。

不久之後，瀨名說：「我會考慮之後再回答。」

氣氛變得好像在對話中途被打斷般不上不下。

「那麼我們就恭候您的回覆。不過我必須再次提醒，我們是在和時間賽跑。」廣重特別叮嚀。

真是討厭的傢伙。瀨名打心底感到厭惡，皺起臉孔。

他沒有送證券公司的兩人到電梯間，直接在社長室向他們道別，然後大聲嘆了一口氣。

就在這個時候，祕書探頭進來，告知他有人打電話來。

「社長，有一位森山先生打電話來。」

「森山？」瀨名慵懶地坐在沙發上，問：「哪一個森山？」

「他說是社長國中時的同學，名叫森山雅弘。」

「森山……」

瀨名喃喃自語，腦中浮現有一雙細眼睛的友善臉孔。

「幫我接過來。」

他對祕書說完，拿起桌上的電話。

「呃，那個，我是在星野中學跟你同班的森山。」

聽筒另一端傳來有些緊張而生硬的聲音。瀨名頓時回憶起愉快的國中時期，在這個瞬間，意識彷彿回到十五年前。

「阿雅？」

瀨名不禁脫口而出。

「嗯，對呀。」森山有些不知所措地回應。「洋介？」

「喂，阿雅，你過得怎麼樣？」瀨名很親暱地問。

「嗯，勉強過得去。」森山說。「別提我了，洋介，你實在是太厲害了，恭喜。」

「我只是運氣好而已。」瀨名說完，又問：「你在做什麼？」

「上班族。」森山簡短地回答。「我在一家叫東京中央證券的公司上班。」

「你在證券公司上班？」

瀨名記得阿雅是個有趣、愉快而愛好幻想的人，個性應該是有話直說。他很難想像那樣的阿雅會選擇證券公司。正義感強烈的阿雅和爾虞我詐的金融世界感覺格格不入。

「沒錯。我自己也覺得不適合。」森山有些靦腆地說完，又顧慮到瀨名：「真抱歉，在你這麼忙的時候突然打電話。事實上，我本來想更早跟你道賀的，可是我想說你大概已經忘記我了。」

「你還是跟以前一樣，會在莫名其妙的場合變得內向。」

「也許吧。」

電話另一端的森山發出笑聲。他的笑聲還是跟以前一樣。

「總之，很高興能跟你通電話。我一直想跟你聯絡，這一來總算清爽多了。」

「沒想到你會打電話給我，阿雅。謝謝你。」瀨名如此回答，然後開口邀約：「如果你願意的話，可以找時間吃頓飯嗎？」

森山停頓一下才回答：

「謝謝。我很想去，不過我沒去過你平常去的那種高級餐廳。」

對於森山的不安，瀨名笑著回應：

「我去的都是居酒屋。」

「這樣的話，憑我的薪水也沒問題了。」森山鬆了一口氣說。

瀨名問：「你什麼時候有空？」
「你比較忙，就配合你的時間吧。」
瀨名提出兩、三個日子，他們便決定日期。
「這麼久沒見面，不知道認不認得出來。」
瀨名有些擔心，森山便笑著說：「你大概認不出我了，不過誰都認得出瀨名洋介。」
「真期待見面。」
瀨名結束和森山的通話。在危機重重的狀況中，只有這時候讓他感受到些許溫馨。

5

到了那一天，森山前往約定的店，瀨名已經先到了。森山原本為了不想讓對方等候而提早到，可是瀨名面前的菸灰缸已經躺了兩根菸蒂。
「你來得真早。」這是睽違十五年重逢後，森山說的第一句話。
「因為我很閒。」瀨名笑著伸出右手。「好久不見。」

瀨名指定的是有樂町的居酒屋。這裡的座位是包廂，客人彼此看不到臉，對於瀨名這樣的名人想必很方便。

「話說回來，你能夠獲得成功真是太好了，洋介。」

乾杯之後，森山打心底這麼說，瀨名便泛起有些靦腆的笑容。

「我也不知道算不算成功，目前感覺是勉強還活著。」

他的口吻不知是謙虛還是自嘲。瀨名在國中時開朗而無憂無慮。十五年的歲月，將那個男孩轉變為有些沉鬱氣質的大人。

「沒這回事，根本就是大成功。」

瀨名依舊只是笑了笑，沒有回答。接著他說：

「我也遇到很多麻煩的事。你應該也知道吧。」

他說完喝了一口杯中的啤酒，依舊迴避視線點燃香菸。他的側臉朝著森山，吐出煙時稍稍皺著眉頭，再加上隨興的便服裝扮，看起來完全不像是時下叱吒風雲的ＩＴ企業家。

「嗯，我知道。不過你們公司應該也有可靠的顧問吧？」森山詢問。

「也不知道能不能算可靠的顧問。」瀨名邊嘆氣邊回答。

「這樣啊。」森山不知道該如何回應，內心感到為難。「不論如何，必須阻止收購才行。」

「那當然。」

瀨名的聲音突然變得粗暴。他為了電腦雜技的收購案，變得相當神經質。當他說出口，才發現語氣太強烈，恢復理智道歉說：

「真抱歉，我變得有些暴躁。因為實在是太火大了。」

「沒關係。」

森山把啤酒杯端到嘴前，忽然詢問一直很在意的事：

「不過老實說，我也很驚訝。他們竟然會利用時間外交易取得大量股票。」

「的確。」瀨名坦率地回應，然後在菸灰缸捻熄香菸，說出意外的話：「不過如果是你，應該一開始就知道他們會用什麼手段吧？」

「為什麼？」

森山瞪大眼睛。

「東京中央證券就是東京中央銀行的子公司吧？」

瀨名的聲音當中帶著些許焦躁。森山看他好像有些懷疑，連忙辯解：

「雖然說是子公司，可是基本上是不同的公司。我們並沒有跟東京中央銀行共享情報，更沒有和他們合作。以這次的案子來說，其實剛好相反。」

「你說剛好相反是什麼意思？」瀨名似乎產生興趣。

森山回答：「一開始原本是我們公司要擔任電腦雜技的顧問。」

「你們公司？」

瀨名聽了也不禁露出驚訝的表情。

「電腦雜技的平山先生向我們提出委託，都已經簽訂契約了，可是卻被銀行那幫人奪走。說起來也滿難堪的。」

「母公司竟然搶走子公司的契約？」瀨名瞪大眼睛。

「你很難相信吧？我也一樣。」森山自嘲地說。「只不過在企業收購的領域，母公司和我們處於競爭關係。東京中央銀行成為電腦雜技的顧問之後，不會把情報分享給我們，而且我們直到事情揭曉，都不知道他們會使用那種方式。我們當然也還是不知道，是誰把股票賣給電腦雜技集團。」

「股票是我們公司的前董事賣的。」

聽到瀨名的發言，森山發出驚訝的聲音。「董事賣的？」

「財務董事清田和策略董事加納。這兩個人剛好不久前才剛離開公司。」瀨名懊惱地說。「兩人持有的股份，和這次電腦雜技宣稱購買的數量大致相符。東京中央銀行內部一定有人知道他們跟我分道揚鑣。」

併購企業可說是情報戰。不論東京中央銀行採取了什麼樣的手段，他們確實掌握了情報，並且將情報上的優勢發揮到最大極限。

「可是他們為什麼做到那種地步也想要當顧問？」瀨名抽出一根香菸，靠在牆壁點火。「雖然說，應該可以賺到很豐厚的手續費吧。」

「不只是這樣。」森山說。「我不太想告訴你這種事情，不過這項收購案如果成功，做為企業收購顧問的評價就會大幅提高。這一來在今後的企業收購市場就能占有優勢。」

「如果成功的話。」瀨名說。

「沒錯，如果成功的話。」森山說。「但是如果失敗，不僅賠了夫人又折兵，還有可能得到負面評價。」

「那當然了。」

瀨名的語氣直接表現出不服輸的個性。他舉起啤酒杯，一飲而盡。

森山問：「洋介，你得到顧問公司提供的防衛方案了嗎？」

瀨名原本要回答，但忽然露出呆滯的表情停下動作。

接著他聳聳肩，坦率地吐露：「抱歉。我剛剛想了一下能不能信任你。」

「這樣啊……對不起。」森山老實道歉。「就當我沒說吧。我不會再問了。」

對瀨名來說，森山的公司和對手的顧問是關係企業，當然會猶豫該不該說出祕密。不論如何解釋他們公司和銀行沒有合作關係，瀨名也不會知道實際情況。

然而瀨名還是告訴他：

「我們公司的顧問是太洋證券。」瀨名說完夾了一片下酒菜的魟魚翅，放入嘴裡。「前幾天他們提出了收購防衛對策，接下來才要採取具體行動。」

「他們提的案子好嗎？」

「老實說，不能算很好。遇到這種情況，你會怎麼做？」

森山停下筷子。

「這是很困難的問題。」

「我想要聽你坦率的意見。」

瀨名的表情很認真。

森山有些為難地說：「防衛對策不可能那麼簡單就想出來，而且還要顧慮到個別狀況。隨口說出腦中想到的點子也沒有意義，反而會造成混亂吧。」

「嗯，說得也是。」

瀨名回答時，表情顯得有些失望。森山心想，如果自己擁有可以在這裡立即回答的實力，就能幫上洋介了。

然而實際上，森山對於東京螺旋公司只有一般投資家程度的情報，對於惡意收購的防衛對策也所知不多。

「太洋證券怎麼說？」

森山拋開自我厭惡的情緒問他，不過瀨名果然還是無法立即回答，躊躇了片刻。

這也是很正常的。森山不小心問的問題，對於東京螺旋來說，是絕對不能對外洩漏的戰略情報。

森山提問之後才發覺到這一點，張開嘴巴正要收回問題，卻又把話吞進去。

因為瀨名開口告訴他：「他們說要找白馬騎士——就是要發行新股、請安全的第三方收購的機制。」

「已經找到收購者了嗎？」森山忍不住問。

「——佛克斯。」

瀨名一說出這家公司的名字，森山便屏住氣息。瀨名繼續說：

「目前的計畫是要發行新股給佛克斯收購，讓電腦雜技不論增購多少股票，都無法過半數。」

「股票收購契約已經簽了嗎？」

「還沒有。」瀨名回答。「首先要在本公司的董事會議通過發行新股。在那之後，才會和佛克斯談契約。」

「這樣啊。」森山說。「我不會告訴任何人，放心吧。」

「我當然放心。更重要的是，你有什麼想法？從專業的立場給我意見吧。我想要得到可以信賴的第二意見。」

「你信任我嗎？」

「別看我這樣，我自認很有看人的眼光。」瀨名的口吻相當認真。

森山想了一下，才問：「洋介，你和佛克斯的鄉田社長很熟嗎？」

「也沒有到很熟的地步，不過我認為他是個可靠的人，對他的印象不壞。」

「這件事對佛克斯有什麼好處？」

「我也想過這一點——」瀨名把視線朝向斜上方。「從生意的角度來看，應該可以利用我們的入口網站引導使用者，達到販售電腦的目的吧。就算不提這個，佛克斯和東京螺旋公司如果能夠在資金上合作，應該也會有某種意義。」

「只有這樣？」森山詢問。

「只有這樣不行嗎？」瀨名有些意外地問。

「我聽我們部長說，電腦雜技為了大量收購東京螺旋的股票，已經貸款一千五百億日圓。如果要阻止他們的話，應該也要準備一千億日圓以上的資金吧？

可是佛克斯的業績絕對稱不上良好。以這樣的公司進行的投資來看，目的似乎太過籠統，金額也太大了。洋介，你最好和鄉田社長談談，確認他的用意。有可能是證券公司操之過急。而且佛克斯如果要實施這項計畫，光憑手邊的資金不夠，一定要向金融機構貸款才行。對佛克斯來說，也會造成負擔吧？你問過佛克斯要如何調度購買股票用的資金嗎？」

「沒有，我沒問。」瀨名搖頭。「應該去問比較好嗎？」

森山說：「一定要去問。既然是鄉田社長，應該不會做太勉強的事，不過對佛克斯來說，這種事也不可能隨隨便便接受。」

瀨名沒有回答，但是看他的表情，就知道他理解到森山的意思。

「謝謝你，阿雅。」瀨名向他道謝。「我也覺得事情不可能那麼簡單。我會參考你的意見。」

「如果有什麼在意的事，儘管問我吧。我會盡可能幫忙。」

瀨名雖然沒說出口，但無疑有些沮喪，因此森山刻意用開朗的口吻對他說話。

「別談這個了。我們好久沒見面，雖然讀過雜誌上的報導，不過我還是想聽你親口說說過去到現在發生的事情。」

6

關西法務部的同梯苅田光一調到總部來了，找時間一起喝吧——十一月第一個週末，半澤接到渡真利的邀請。

「大家一起來慶祝苅田升遷！乾杯！」

在位於有樂町的居酒屋包廂，渡真利高舉啤酒杯帶領大家乾杯。苅田雖然展露笑顏，但其中卻摻雜著複雜的表情。

「怎麼了，苅田？好不容易升上次長，應該擺出更高興的表情才對。」

渡真利拍了一下苅田的肩膀。苅田臉上浮現曖昧不明的笑容。

「苅田原本打算要永遠待在大阪的。」說話的是公關部次長近藤。「我可以理解你的心情。剛買了房子就被調職，難免會感到沮喪吧。」

半澤默默地聽兩人帶著哀愁的對話。

同窗同梯的四人難得聚在一起喝酒。四人在泡沫經濟時代同屆從慶應大學畢業並進入銀行，彼此很要好，不過在那之後的十七年間，卻過著各不相同的銀行員生活。

苅田一直待在法務領域，不知為何長期被分配在關西，正下定決心要在當地待一輩子，就被調動到東京法務部；然而他的家人卻以剛在關西買了房子的理由沒有跟來，也因此他明明是東京出身，卻必須隻身到東京赴任。

苅田說：「我一直待在關西地方，回到總部感覺恍如隔世。話說回來，半澤真是倒楣。沒想到你竟然會被外調。」

渡真利說：「這陣子半澤遭遇一連串的不幸，感覺好像扣錯一個釦子就一路錯下去。對不對，半澤？」

「嗯。」半澤淡淡地回應，一口氣喝完剩下的啤酒。

「半澤，發生什麼事了？」近藤擔心地問。

「發生了一點閃失。」

半澤不太願意詳細回答。

「告訴他也沒關係吧？反正已經不相關了。」渡真利催促半澤。

「說得也是。」

半澤嘆了一口氣，無奈地說出被電腦雜技集團撕毀顧問契約的經過。

「雖然是我們銀行，但是太過分了。」近藤的語調顯得有些悠閒。「電腦雜技的收購案不知道能不能成功。」

電腦雜技集團開始公開收購股票之後，已經過了三天。由於東京螺旋公司表明堅拒的態度，再加上對於東京螺旋公司的業績期待使得股價上升，暫時性地高出收購價格，因此聽說公開收購並不如當初預期般順利。

半澤說：「這很難說。今後也不知道東京螺旋方面會採取什麼樣的防衛措施。」

「相反地，你覺得他們會採取什麼措施？」近藤問。「半澤，如果是你，你會怎麼做？」

半澤沉思片刻，說：「併購防衛措施有很多種。譬如說，可以發行新股，讓可信賴的第三方持有股票。」

這時苅田提出異議：

「這樣會有問題。為了這種目的向第三方發行新股很危險。」

「為什麼？」半澤問。

「因為有很高的可能性會違反商法。」

不愧是法務部，苅田對這方面很熟悉。

渡真利問：「為什麼發行新股會違反商法？如果這樣就算違反商法，那社會上到處都是違反商法的公司了。」

苅田解釋：「不是這樣的。發行新股這件事本身並不會違反商法，可是如果是為了維持公司掌控權而進行，就很有可能會違法。半澤剛剛想到的方式，應該就符合這樣的情況。」

「原來如此。我沒有發覺到這一點。」半澤也承認。「不愧是苅田。」

「很抱歉變得像是在上法律課，不過這個做法的問題還不只這樣。你們知道還有什麼問題嗎？」

苅田問完之後，確認沒有人能夠回答，便繼續說：「為了要讓防衛對策成功，不論電腦雜技在市場上買進多少股票，都必須發行讓他們無法過半的新股。但是讓可信賴的公司接收那麼多股票，最終會導致少數股東擁有大量股票。這一來就有可能被終止上市。」

根據苅田的說明，在二〇〇四年的現在，依據東京證券交易所的規定，前十名合計出資比例如果超過整體的八成，這家公司就會被迫在一年緩衝期之後被終止上市，如果超過九成，就會立即終止上市。

「原來如此。聽你這麼說，我也想起來好像聽過這回事。」渡真利讚嘆地說。「這樣的話，到底要什麼樣的反併購對策才有效？苅田，告訴我們吧。」

「這就不是我的專業了。」

苅田的回答讓人失望。

「搞什麼，原來你只是來挑剔別人意見的。」近藤說。

「不是挑剔，是提出法律見解。」

「也就是說，沒人知道該怎麼辦嗎？」渡真利的口吻有些失望。「那就等著看東京螺旋公司會出什麼招式吧。雖然不知道他們請的顧問是哪一家，不過這應該是展現實力的好機會。」

「該不會真的發行新股吧？」

近藤以玩笑的口吻說。

在他們聚會的次日，東京螺旋公司就宣布考慮對第三方發行新股預約權。

第四章　幕後的小丑們

1

「嗨，東京中央證券的森山先生，最近還好嗎？」

電腦雜技集團的三杉走進會議間。他是個四十多歲、看起來很乏味的中年男子。

他突出的大額頭給人強烈印象，頭銜是財務部的係長。他負責財務相關的窗口，不過總是看不起東京中央證券，沒有委託過像樣的工作。

「原本想說託你的福，但是怎麼可能會好嘛！」森山以開玩笑的口吻回應三杉裝傻的態度。「有沒有什麼可以讓我們好過些的話題？」

森山並不是因為有特別的要事而來，只是例行性地拜訪自己負責的客戶。

「沒有。別的不說，就算有什麼工作，我們社長似乎也不喜歡貴公司。」

「別這麼冷淡嘛。」森山壓抑內心的怒火回應。「我今天是來提供滿有意思的投資方案，希望你能夠至少聽聽。」

「啊，不行不行。」

三杉側臉朝著森山，揮揮右手說：「我們公司不做那種投資。你應該也知道，我們副社長不喜歡。」

「她的意思應該是不喜歡高風險的商品吧？這次的商品風險很低。」

「沒興趣。」

三杉斬釘截鐵地說。仔細看，他雙手空空，連筆記本都沒有帶來，可見打從一開始就不打算認真聽森山說話。

「別這麼說，偶爾也捧捧場吧！」

「不好意思，我想請問你，跟貴公司打交道有什麼好處？」三杉冷淡地問。

「我們不是還當過貴公司的主承銷商嗎？不知道還有什麼可以幫上忙的。」

「沒有。」三杉的回答完全不留餘地。「主承銷商的工作，也是因為看你們是東京中央銀行的證券子公司，才會委託你們，並不是看上你們的實力。貴公司沒有能力解決我們公司的問題吧？這一點從這次收購案的過程也很明顯。我原本不知道社長一開始找你們當顧問，結果你們卻不聞不問，惹怒了社長。太蠢了吧？跟這樣的證券公司沒什麼好談的。」

「真的很抱歉。」即使說出實情也無濟於事，因此森山只好鞠躬道歉。「不過我們並不是怠慢，而是正在研議能讓社長滿意的方案——」

「不要強辯了。」三杉嚴厲地說。「說穿了，這就是貴公司的實力。東京中央銀行的證券營業部真的很厲害，你們根本比不上人家。」

森山雖然不甘，但也無法反駁。

對於狗眼看人低的三杉這種人，他也只能嘻皮笑臉地應付。他對這樣的自己感到憤怒。

「這件收購案有勝算嗎？」

「啊？」三杉惱怒地回應森山的問題。「當然有了。就是有勝算才會去做。」

森山自知這個問題很蠢，不過仍舊試著說：「可是東京螺旋公司也擺出全面對決的態勢。」

東京螺旋公司在昨天宣布要發行新股預約權。

宣布的內容就如先前瀨名告訴他的，不過其中並沒有提及預約權將由佛克斯收購的關鍵訊息。也因此，目前大家議論的是發行新股預約權是否能夠有效防衛惡意收購。

「那只是騙小孩的手段。」不出意料，三杉斬釘截鐵地評斷。「東京螺旋公司的顧問聽說是太洋證券。那種弱小的證券公司，根本不是對手。」

「不過也可能在這之後採取其他措施吧？」

譬如白馬騎士的登場——森山忍住沒說出這句話。然而三杉卻反問：

「你說其他措施是指什麼？」

森山只好含糊其詞地回應。

三杉不滿地把臉轉開，然後刻意看了手錶，似乎在表示沒空聊這些。

「總之就是這樣。」

他用右手拍了一下自己的膝蓋，然後站起來。

「你來我們這裡也不會有任何收穫，所以今後還是彼此節省時間吧。那就這樣了。如果需要的話，我也可以寫解約申請書。我們就算跟貴公司停止往來，也不會有任何困擾。」

三杉以無情的話語結束面談，迅速走出會議間。

森山結束了沒有成果的面談，在無人送客之下，獨自搭電梯往下到一樓。

這是位在明治通的一棟智慧建築，入口有幾何風格的美感，對於在這裡工作的人或許是自傲的象徵，不過對於即將從這裡被排除的森山來說，卻只是冰冷而疏遠的景象。

森山正要走出去時，看到一輛全黑的汽車從明治通駛入，停在屋簷下方的停靠區。

進入十一月之後更加冰冷的北風讓森山縮起脖子，不過當他看到從這輛車走下來的男人，不禁停下腳步。

從後座下車的五十多歲男子身材修長，穿著完全吻合體型的深色西裝，打了紅色領帶，胸口的口袋插入同色的手帕，高雅的姿態引人注目。森山看過這個男人。

「是鄉田先生。」

森山喃喃自語。這個人就是佛克斯的社長鄉田行成。沒想到會在這種地方看到他。

從森山身後有兩名年輕男子跑出來迎接鄉田。

「歡迎大駕光臨。」

鄉田默默地舉起右手走向他們，然後直接快步走向電梯。

森山僵立在原地，以視線追隨他們。他注意到年輕男子的西裝上有「D」造型的領章。那是電腦雜技集團的領章。

森山回到電梯間，確認往上爬升的電梯停靠的樓層。

——七樓。

那是電腦雜技集團所在的樓層。

2

森山感到很在意，回到公司便調查鄉田率領的佛克斯公司。

這家公司是在十五年前由鄉田創立，八年後股票上市，資本額六百億日圓，營收在大約五年前還有兩千五百億日圓，不過現在因為競爭激烈化，跌落到兩千億日圓左右。

公司因應營收低落而進行急遽的裁員，勉強維持盈餘，或許可說是鄉田的本事；不過在價格競爭激烈化的電腦販售業界，今後不知要如何尋找生存之路。佛克斯似乎懷有這個業界的結構性問題。

或許也因此，他們才會想要接受東京螺旋的新股預約權，尋求恢復業績的突破口。

但是——森山總覺得哪裡不太對勁。

「你從剛剛就在調查什麼？」

尾西從他背後詢問。

「我在想，佛克斯跟電腦雜技不知道有沒有生意往來。」

「佛克斯跟電腦雜技？」尾西詫異地問。「你為什麼要調查這種事？你在電腦雜技公司聽到什麼消息嗎？」

「也沒有，不過我剛剛看到佛克斯的鄉田先生走進電腦雜技的大樓。」

「畢竟是相似的業種，應該有往來吧？」

尾西說得也有道理，但其實他的意見是錯誤的。

即使找遍電腦雜技公司詳細的財務資料，往來公司都沒有佛克斯的名字。

為了保險起見，他也向三杉進行確認。

「關於剛剛談到的話題，我們這裡有副社長可能會感興趣的商品，希望能夠再占用你一點時間。」森山信口胡謅。

「我們沒有興趣。你也真頑固。」

三杉不聽內容就拒絕，然後說「那就這樣」，打算掛斷電話。

「請等一下。有一件事我想要請教你。」森山連忙問：「貴公司和佛克斯公司有生意往來嗎？」

「啊？」

三杉誇張地拉高句尾。三杉在財務部擔任係長，應該會知悉電腦雜技集團的生意對象。如果電腦雜技和佛克斯有生意關係，問三杉應該就知道了。

「你為什麼要問這種問題？」三杉問。

「因為我對佛克斯公司有些興趣。」森山隨口找了一個理由。「如果佛克斯和貴公司有生意往來，希望能介紹某位可以當窗口的人。」

「哦，這種事沒辦法幫忙。」三杉的回答很冷淡。「我們跟這家公司沒有往來。」

「不過今後應該有在談合作關係吧？我剛剛看到鄉田社長拜訪。」

「你的眼睛還真是敏銳。」電話另一端的三杉用驚嘆的口吻說。「他只是禮貌上來拜訪社長而已。畢竟是在這樣的業界，彼此應該也有在進行資訊交流，不過也僅止於此。你就算期待也沒用。那就這樣了。」

三杉單方面掛斷電話，結束了對話。

禮貌上拜訪？要成為電腦雜技惡意收購對象白馬騎士的人，會做這種事嗎？

森山正感到疑惑，就聽到尾西從他背後問：

「原來你對佛克斯公司那麼有興趣啊？」

看來尾西應該是聽到他先前在電話中的交談內容。

「嗯，與其說有興趣……」

森山支吾其詞，尾西又接著說出令他感到驚訝的話：

「那就去問問半澤部長吧。」

「問部長？」森山不禁回頭。

尾西對他說：「你看看那份財務資料吧。上面不是有寫佛克斯的主要銀行是哪一家嗎？」

森山連忙打開那一頁，檢視一列列往來銀行當中最上方的名字。

——是東京中央銀行。

3

「部長，可以占用你一點時間嗎？」

半澤結束拜訪客戶，剛回到公司，森山便敲了辦公室的門探頭進來。

時間剛過下午五點，從辦公室望出去的大手町一帶已經日落了。半澤瞥了一眼冷颼颼的景象，關上百葉窗，轉身面對表情顯得異常深刻的下屬。

半澤直覺到發生了重要的事。森山似乎不打算立刻說出來，半澤便請他坐到沙發上，自己則坐在隔著矮桌的對面。

「有件事我很在意，就是關於電腦雜技公司惡意收購的案子。」

「什麼事？」

「我得到東京螺旋公司的內部情報。」

森山說出意外的話語。「前幾天我和瀨名社長重逢，聽他談了很多事情。不過那些事是以保密為前提私下談的，原本不應該向第三方透露。」

「等一下。」半澤很冷靜地制止森山。「我不知道你打算說什麼，不過你把知道的事情告訴我，不會構成對瀨名先生的背叛嗎？」

森山握緊放在雙膝上的拳頭，拱起雙肩看著半澤。

「我剛剛打電話跟瀨名社長談過，得到他的允許，想要請教部長的意見。我告訴他，部長是可以信任的對象。」

「我很感謝你這麼說，不過你要問我有關什麼的意見？」

「有關東京螺旋公司的收購防衛對策。」森山的回答令半澤感到意外。「昨天該公司宣布要發行新股預約權，不過實際上，他們打算讓扮演白馬騎士的公司收購所有股份。」

「只有一家公司？這樣會有問題吧？」

半澤說出前幾天聽苅田說明的內容，森山的表情立刻變得憂愁。

「我聽說這是太洋證券提出的方案。」

「這樣的話，不太可能沒有確認過法律問題……」

半澤這句話比較像是在自言自語，而不是對森山說，不過森山搖頭回應：「我也不知道。」

半澤說：「關鍵在於白馬騎士是哪一家公司。」

「——是佛克斯公司。」森山的回答令半澤感到驚訝。

「不會有錯。部長，你知道佛克斯這家公司的情況嗎？」

「我沒有直接負責過這家公司，所以不知道詳情，不過他們有多餘的力氣去幫忙防衛惡意收購嗎？」佛克斯的業績應該沒有那麼好。

「我也有同感。」森山因為半澤的想法與自己一致，因此用力點頭。「不過還有另一件事讓我感到在意。」

森山說到這裡稍稍壓低聲音。

「我今天在電腦雜技的總公司看到鄉田社長。根據三杉先生的說法，他只是禮貌性地去拜訪平山社長。這不是有點奇怪嗎？」

「原來如此。」

半澤沉思片刻，然後當場打電話給渡真利。

「我接下來要開會，長話短說吧。」渡真利以匆促的口吻說。

半澤問他：「你知道佛克斯的承辦單位是哪裡嗎？」

「佛克斯？你是指鄉田先生的公司？」渡真利果然熟知授信部門的情報，立刻回答：「是法人營業部。」像東京中央銀行這樣的巨型銀行，會根據企業集團與公司的規模，把客戶分配到不同的授信部門。

「我想問一下，最近法人營業部有沒有對佛克斯進行巨額貸款？」

「你怎麼會知道這種事？」渡真利聽到半澤的問題，便以訝異的聲音反問。「我不知道詳情，只知道是營運資金政策需要的資金，近期內預定授信一千億日圓以上。聽說是為了維持經營穩定、支撐股價用的資金。目前還沒有正式決定，不過一旦發表，應該就能夠成為抬高佛克斯股價的重要因素。」

渡真利說明之後，又以懷疑的口吻問：「半澤，你該不會想要靠佛克斯股票賺錢吧？我得告訴你，這屬於內線情報。」

「我不會做那種事，你放心吧。」半澤說完，又問：「你知道負責佛克斯的次長是誰嗎？」

「我記得是本山。你聽過他吧？」

本山在法人營業部以精明能幹著稱，不過半澤並沒有見過他，大概不太可能從他那裡私下得到情報。「關於電腦雜技的惡意收購案件，有什麼進展嗎？」

渡真利說：「很遺憾，我也沒有得到情報。相反地，大家都在討論東京螺旋公司的防衛對策太粗糙了。有什麼問題嗎？」

「沒有。我會再聯絡。」

半澤結束通話，然後以非常認真的眼神看著森山，說：「銀行已經決定對佛克斯提供巨額貸款。可以見見東京螺旋的瀨名先生嗎？我有事想要告訴他。」

4

「這次的案件要麻煩你幫忙了。」

「別客氣，請坐。」鄉田面帶笑容，請來訪的瀨名坐在會客沙發。

「太洋證券對我提出這項方案的時候，老實說我很驚訝，不過聽了詳情之後，覺得這件事對我們公司來說，應該也有很大的好處。」

心情極佳的鄉田隔著矮桌坐在對面的座位，以理性中帶著銳利的眼神看著瀨名。

「我原本擔心這項請求太過勉強，不過聽你這麼說，我就放心了。」瀨名低頭鞠躬。

「和東京螺旋公司以資金關係為基礎進行業務合作，對本公司來說有戰略上的意義。太洋證券公司的著眼點非常好。」

鄉田以讚賞的眼光看著陪同瀨名前來的廣重。

「不敢當。」廣重恭敬地低頭。「我們很高興能夠派上用場。」

「關於業務合作一事，請問你有什麼樣的想法？如果有具體方案，我會立即進行研議。」

對於瀨名的提議，鄉田回答：「那真是太感謝了。關於詳情，我打算改天整理好之後提出來。我想一定會有讓雙方都能得到加乘效果的合作方式。還有，關於本公司要收購新股預約權的事，你打算什麼時候發表？」

「可以的話就在下星期。不過關於這一點，我想要先請教佛克斯公司的情況。」

「本公司的情況？你是指什麼？」

鄉田如此詢問，瀨名便遞出文件。這是記載發行股份數量、股價、必要取得金額概算的文件。

「要收購本公司這次發行的新股預約權，需要大約一千億日圓的資金。調度資金應該也需要一些時間，所以必須先考量這一點再來發表。」

「資金調度已經完成了，所以沒問題。」

瀨名驚訝地盯著鄉田的臉。

「已經完成了？」

就如森山先前指出的，要調度高達一千億日圓的資金並不是簡單的事。如果說已經談好貸款事宜，那就是超乎預期地迅速。然而鄉田卻反而一臉訝異地說：

「那當然了，瀨名先生。資金調度的事談好之後，我才回覆太洋證券公司，答應他們的提案。」

「不愧是鄉田社長，做事一絲不苟。」廣重立刻開口奉承。

「畢竟這是很大的案件，不容許失敗。」

鄉田以嚴肅的口吻回應。他說得沒錯，對手是電腦雜技，不能給對方趁虛而入的機會。然而瀨名還是不免說出內心浮起的疑惑：

「請問你們是從哪裡調度資金的？」

瀨名得到森山建議之後，針對佛克斯進行調查，對於該公司主要往來銀行是東京中央銀行一事感到在意。為了調度資金，必須說明資金用途才行。如果這項計畫被東京中央銀行得知，就等於是亮出對抗電腦雜技集團的防衛措施底牌。

「我是拜託白水銀行幫忙。」鄉田的回應讓瀨名鬆了口氣。「白水銀行雖然是我們公司的準主力銀行，不過我在說明情況之後，他們就表示很樂意幫忙。白水銀行大概也期待東京螺旋和佛克斯合作的爆發力吧。」

「這樣啊。」瀨名放心地吁了一口氣。「那麼這筆融資會在什麼時候撥款？」

「這要看貴公司的決議。我反倒才想要問什麼時候會通過。在那之前，我也想要了解瀨名社長對於我們成為股東一事有何看法。今天剛好有這樣的機會，可以好好來談。」

「那當然。我也是為了這個目的而來。」

瀨名將帶來的公司介紹資料交給鄉田。

「在新股預約權的買賣契約成立前，貴公司應該也會進行詳細調查。在那之前，我想要先針對東京螺旋的經營理念和公司重要資訊進行說明。」

簡報是瀨名的專長之一。如果能夠解除對佛克斯的疑問，資金調度也已經談妥的話，太洋證券提出的計畫順利進行的可能性就很高了。

瀨名對即將成為白馬騎士的鄉田述說的，是三個年輕人在公寓房間創業、實現夢想的成功故事。

「真是令人感動。」

鄉田完全沒有插嘴地聽完瀨名將近一小時的報告，陳述心中的感想。

「我也曾經有過那麼閃耀的時代。」

喃喃說話的鄉田表情顯得格外哀傷。

「社長，您現在也很閃耀啊！」廣重大聲鼓舞他。「藉由這次的資金合作，一定會有更加飛躍性的進步。」

然而鄉田沒有回應他，而是注視著瀨名說：

「這世上有各種情況。我們身為經營者，如果迷失自己的生存方式就完了。我想我們必須要有勇氣相信，一定能夠找到解決方案。」

這段話不知為何在瀨名心中留下深刻的印象。

5

「抱歉，占用了你的時間。」森山低頭鞠躬。

「別這麼說。抱歉只有這種時間有空。」瀨名回應之後，從手中的名片夾取出一張名片，和半澤交換名片。

雖然已經過了晚上十點半，不過從透明玻璃隔間的社長室，可以看到辦公室中仍舊有許多員工在工作。

「我已經聽森山說明貴公司的防衛對策了。恕我冒昧，關於這件事，我認為有些事應該與您談談。」

「謝謝。不過關於這個案子——」瀨名看著森山說。「你之前提到佛克斯調度資金的問題，今天我已經直接問過鄉田先生。他說已經得到銀行同意調度資金了。」

「多少？」森山問。

「我沒有問詳細金額，不過他也知道需要將近一千億日圓，所以應該是接近的金額吧。」

半澤問：「你有沒有問是哪一間銀行？」

「聽說是白水銀行。」

「白水？」半澤不禁反問。「是他本人這麼說的嗎？」

「是的……請問有什麼問題嗎？」

「不是。」半澤緩緩地搖頭。「——是東京中央銀行。」

瀨名浮現驚愕的表情。

「可是鄉田先生說——」

「你不認為有必要調查看看嗎？」半澤繼續說。「另外也必須檢討，太洋證券提出的這個方案是否真的值得信賴。」

瀨名的表情中出現不同的情感。

「該怎麼做？」瀨名問。

「新股預約權還在決議階段吧？和佛克斯簽約了嗎？」半澤問他。

「還沒有——」瀨名回答。

半澤點頭，然後說：「你明白這項計畫的法務風險嗎？」

「法務風險？」

瀨名反問，森山便告訴他：

「太洋證券的計畫有可能會違反商法。不只是這樣，也可能會牴觸股票上市基準。」

他告訴瀨名在這場面談之前聽半澤說明的內容，瀨名的表情逐漸變得憂慮。

「真的假的？我沒聽說這種情況。為什麼太洋證券沒有說明？他們不知道嗎？」

瀨名以焦躁的動作點燃香菸。

半澤說：「不可能會不知道。他們想必有自己的意圖。」

「意圖？」

瀨名看著他，眼中帶有深刻的疑慮。

半澤走出東京螺旋公司進駐的大廈，舉手招計程車。

「要到哪裡？」森山問。

「我和銀行的朋友約好要見面。他要給我佛克斯相關的情報。你要一起去嗎？」

「那當然。」

森山立即回答，和半澤一起坐進停下來的計程車。

他們來到青山通上一棟大樓地下的餐廳。

「嗨，半澤。你吃過飯了嗎？」

渡真利從四人餐桌座位悠閒地打招呼。座位上另一個人是近藤，臉色通紅地面對下酒菜。

「沒有，我沒時間吃。」

半澤在近藤旁邊坐下，渡真利也挪開隔壁座位的公事包，讓森山坐下。半澤簡單介紹彼此之後，把菜單遞給森山說：「別客氣，盡量點吧。」

接著半澤重新轉向渡真利，問：「你得到什麼情報了嗎？」

「我還不知道電腦雜技的平山先生和佛克斯的鄉田先生之間的關係，不過在進行調查的過程中，我聽到值得注意的情報。有傳言說，佛克斯可能會被賣掉。」

森山張大眼睛問：「這是從哪裡得到的情報？」

他會驚訝也是很正常的。要被賣掉的公司，竟然還打算去收購一千億日圓的股票，讓人一時間很難相信。

「這是聽《東京經濟新聞》熟識的記者說的。如果是我們銀行裡負責佛克斯事務的人說的，就不能在這種場合說出來了。即使對方是證券子公司的人，也會涉及保密義務。」渡真利說。「那名記者從某個管道得到消息，就來向我確認。基於新聞從業人員的原則，他沒有揭露消息來源，不過有可能是鄉田先生跟某個人談過這件事，被洩漏出來。佛克斯的業績的確不太理想，會有這樣的傳言也不奇怪。財務內容大概比有價證券報告書的數字更糟糕。」

帳面損失以及難以收回的債權等，未必全都會反映在公開的財務報表當中。

「佛克斯的業績如此低迷，銀行不可能憑空給予超過一千億日圓的貸款。」半澤斷言。「一定有某種理由。」

「該不會是背後有電腦雜技集團？」

渡真利詢問，並且意有所指地瞥了森山一眼。

半澤說：「這只是假說而已。」

「等一下。」近藤從旁插嘴。「電腦雜技集團光是要收購東京螺旋公司，就忙不過來了吧？不太可能會耍這種手段。我看過記者會，那個叫平山的社長一看就是很踏實的人。」

半澤淡淡地說：「表面上是這樣，不過他的內在卻是很典型的生意人。他是憑著心狠手辣的生意手段存活下來的。」

「否則的話，就沒辦法把公司擴展到那麼大了。」渡真利也表示同意。「所以說，你認為這位典型生意人在想什麼？」

「這只是我的推測——」半澤先說出這樣的前提，然後接續下去：「佛克斯和電腦雜技之間，或許有某種私下交易。」

森山驚訝地抬起頭。

「不會吧？」

近藤臉上露出驚愕的表情，渡真利則盯著冷酒的玻璃杯陷入沉思。

「佛克斯的鄉田社長宣稱，收購東京螺旋新股預約權的資金是向白水銀行調度的。」

渡真利聽到半澤這麼說，驚訝地張開嘴巴，卻什麼都說不出來。

「鄉田社長大概是想要避免被懷疑他們和東京中央銀行的關係吧？會不會只是為了讓瀨名社長安心才這麼說？」

「也就是說——」

渡真利沒有說完接下來的臺詞。

半澤代他繼續說下去：

「沒錯，這恐怕正是東京中央銀行的計畫。」

6

半澤與渡真利等人見面的幾天後，再度和森山一起出門。

時間已經過了晚上八點。晚秋夜間的空氣冰冷到讓人不禁縮起脖子，不過新橋的鬧區卻絲毫不受寒冷的天氣影響，街上熙熙攘攘，非常熱鬧。

「關於上次的事，我自己也試著想過。」森山和半澤並肩走在一起時說。「對於佛克斯向東京中央銀行申請的巨額貸款，電腦雜技有沒有可能附加某種保證？」

「有可能。不過要怎麼確認這一點？」半澤詢問。

「去問電腦雜技公司的三杉，或許能掌握一些情報。」

「三杉會知道這種事嗎？」半澤表示質疑。「如果一介係長都知道重要的企業收購情報，那也很有問題。」

平山的情報管理非常徹底，即使是財務部的人，也不太可能讓係長階級的人知道列為最高機密的情報。

「沒有其他確認方式了。」

「是嗎？還有一個你也知道的情報來源吧？」

聽到半澤這麼說，森山不禁停下腳步思索。

「我也知道的情報來源？」

半澤沒有理會停下來的森山，繼續走在沿著高架橋的路上。森山追上來問：「部長，請問是什麼意思？」

「你馬上就知道了。」

半澤在一家居酒屋前方停下腳步。這是一家串燒店，入口旁邊的抽風扇排出白茫茫的煙。

這裡是半澤偶爾會光顧的熟店，一打開門就聽見很有氣勢的吆喝聲。半澤進入後方事先訂位的和室座位，隔著矮桌與森山面對面坐下。

森山看到隔壁座位擺著另一副筷子，便問：「還有人要來嗎？」

「來的是你也認識的情報來源。我想你最好也見見對方。」

森山聽了，緊張地繃緊臉頰。

「我們邊喝邊等吧。」

半澤向走過來的店員點了瓶裝啤酒。兩人稍稍舉杯。前菜是醋醃章魚和小黃瓜。

「部長，如果發現佛克斯和電腦雜技有暗中交易，你打算怎麼辦？」

「你想要怎麼辦？」

森山被反問，吸了一口氣仰望天花板。

「我個人很想要幫助瀨名，不過公司和電腦雜技也有生意來往，大概沒那麼簡單吧。」

「而且電腦雜技還是你負責的客戶。」

「名義上是這樣。」森山以苦澀的表情點頭。「話說回來，他們也只有開戶而已，根本沒什麼交易。」

「可是電腦雜技一開始卻找上不太往來的證券公司。你覺得是為什麼？」

森山聽了半澤的問題，歪著頭回答：

「我也對這一點感到疑惑，可是我想不出理由。部長，你有什麼看法？」

「那位平山先生之所以特地指名我們，一定有某種理由。」半澤說。「不只是股票上市時當過主承銷商這種表面理由，而是更具有必然性的理由。」

「我也這麼認為。換掉我們公司、改找東京中央銀行，也能夠滿足這個必然性嗎？」

森山提出的問題相當銳利。

「這點倒是很難說。」半澤回答。「東京中央銀行能夠得到契約，是因為貸款的力量。就算排除這一點，東京中央銀行提出的計畫也相當厲害。」

「姑且不論手段嗎？」森山話語中帶有譏諷。

「就是這麼回事。」半澤短促地嘆了一口氣。「銀行雖然在世人面前擺出紳士的形象，實際上卻和流氓差不了多少。」

這是熟知銀行這個組織的人說的話。「森山，這次案件的真相如果變得明朗，你就去幫瀨名先生吧。不用客氣。」

這時店門打開，又走進一個客人。

「對方在後方等您。」

森山聽到店員的聲音回頭，臉色大變。

「很抱歉遲到了。」

拿著公事包鞠躬的，確實是森山也認識的男人，然而這是他意想不到的人物。是三木。

「沒關係，我們也才剛到而已。坐下吧。」半澤請他坐在森山的旁邊。

「新職場怎麼樣？」

半澤邊替三木倒啤酒邊問。

「還不錯。」

「聽說你被分到總務組。」

三木盯著注滿的杯子點頭。和之前在東京中央證券的時候相較，他似乎變得比較陰沉。

「工作愉快嗎？」

三木吸了一口氣，說出來的是模範生般的回答：

「今後我會好好努力。」

然而半澤一句「實在是太不合理了」，讓三木再度將視線落在餐桌上。

「聽說是伊佐山先生直接要求你回去的，可是竟然把特地調回去的人分配到總務組，真是被看低了。」

「你沒必要道歉吧？還是說，你有什麼必須道歉的理由嗎？」

「很抱歉。」三木以靦腆的表情說。

聽到半澤這句話，森山屏住氣息觀察三木的表情。

「——沒有。」三木的回答很簡短。

「今天真抱歉，讓你百忙之中還特地過來。先喝酒吧。」

他們點了幾道料理，有好一陣子交談並不熱絡。在無關緊要的閒聊之後，半澤再度把話題拉回來。

「對了——老實說，關於電腦雜技的顧問契約被銀行奪走的事，在公司裡仍舊留下芥蒂。」半澤如此切入話題。「公司內部的士氣仍舊低落，和電腦雜技之間的關係也快結束了。對於造成這種情況的原因，必須進行檢驗才行。」

三木把手中的杯子「咚」一聲放在桌上，雙手放在正坐的膝蓋上。

「我自認拚盡全力，卻造成這樣的結果，非常抱歉。」

「這是你的真心話嗎？」半澤提出疑問。

「什麼意思？」

三木突然顯得心神不寧，視線往左右飄移。

「繞圈子說話太麻煩了，我就直說吧。洩漏電腦雜技相關情報的就是你，對不對？」

聽到半澤直接的質問，三木的臉色變了。

「不、不是。」他立刻搖頭否定。「不是我——」

「伊佐山指名要你回去，就連人事部也感到詫異，無法理解為什麼一定要找你回去。」

「不是我。」

三木堅持否定，半澤便問：

「那麼是誰？」

令森山感到驚訝的，不是因為這個問題來得很突然，而是因為三木咬著嘴唇低下頭。

「三木先生，你知道是誰嗎？」森山幾乎站起來問。

三木沒有回應。

「三木先生，究竟是誰洩漏情報——」

「是……」

不久之後，三木說出的名字令半澤與森山不禁面面相覷。

「——諸田次長。」

聽到三木報上的名字，半澤沉默片刻，然後開口：

「說詳細一點。」

「電腦雜技集團的平山社長來委託那件收購案之後，過了幾天——」

三木垂頭喪氣，以快要消失的聲音開始述說。

「諸田次長把我叫去，問我打算要採用什麼樣的收購方案。他對我說，即使是剛想到的點子也沒關係，儘管把我的想法都說出來，所以我就說了幾個自己的想法。次長默默聽了之後，跟我說那些方法應該都行不通。」

半澤問：「理由是什麼？」

三木聽到半澤問話，身體縮得更小，繼續說：

「他認為那些方案太天真了，應該要想出更嶄新的點子。他還說，如果這個案子成功，就能憑這項實績讓我回到銀行。」

「結果你怎麼做？」森山緊盯著三木的側臉問。

「老實說，我很苦惱。」三木勉強擠出聲音。「我急著要做點什麼，卻一直想不出嶄新的點子。但是沒想到，這時候我發現諸田次長和銀行的伊佐山部長在聯絡。」

半澤問：「你怎麼發現的？」

「當時小組擬出新的方案，我就到次長室報告。當我把文件放入辦公桌的未裁決箱的時候，看到電腦螢幕上仍舊顯示著傳送郵件的畫面——那是諸田次長私人的筆記型電腦。我不打算偷看，只是剛好看到標題有『電腦雜技』的文字……」

「是什麼樣的內容？」

半澤的聲音變得銳利。三木嚥下口水，然後說：

「上面寫著，他掌握到有關電腦雜技集團的重要情報，想要見面談談。」

「當時你為什麼沒有說出來？」

森山眼中燃著怒火質問。

「我沒有想到諸田次長會把我們公司的內部情報洩漏給銀行，而且對方是銀行。」三木向瞪著自己的半澤辯解。「我完全沒有想像到，他們竟然會強奪東京中央證券的重要案件。我是說真的，部長，請你相信我。」

三木眼中泛起淚水訴說。半澤凝視著他，但沒有回答，只是催促他繼續說下去：「然後呢？」

「然後——當時我什麼都沒有過問。可是在那之後，電腦雜技告知要解除契約，大家在質疑有沒有情報洩漏的問題，我就直接去問諸田次長。」

「諸田怎麼說？」半澤詢問的口吻很平靜。

「他叫我不要告訴任何人。」三木回答。「他說他一定會善待我，要我相信他並且再等一下。於是我就暫且離開，可是當天之內他又把我找去，跟我說如果我能忘記他和證券營業部的伊佐山部長通話的事，就可以把我調到證券營業部。」

「於是你就接受了諸田提出的交換條件嗎？」

三木的表情變得扭曲。

「我只剩下這條路了。」他發出悲痛的聲音。「電腦雜技毀約之後，我在公司已經失去立足之地。繼續留在中央證券公司，有什麼值得期待的未來？只能在子公司的角落等待下一個外調的人事令。可是只要接受諸田社長的條件，就可以回到銀行，而且還是證券營業部這樣的明星部門。過去的一切都一筆勾銷，可以從零開始。我只能這麼做。」

「真羨慕有地方可以回去的人。」森山眼中燃燒著怒火，瞪著三木忿忿地說。「對你來說，我們公司大概只是歇腳的地方，只是從銀行被迫外調的寒酸公司；可是對我們這些原生員工來說，東京中央證券是唯一的棲身之處。就算失敗了，就算沒有前途，我們也只能繼續待在這家公司。你為了自己的升遷，出賣了我們。」

三木側臉朝著森山，默默地聽他說話，然後說了聲「對不起」。

「歸根究柢，你即使跟我們待在同樣的職場，也不是我們的夥伴。」森山的聲音中充滿怨恨。「被銀行奪走顧問契約的時候，如果你說出是諸田次長洩漏機密，你在我們公司還會有棲身之處，可是你卻沒有這麼做。為什麼？你那麼希望回到銀行嗎？對你來說，銀行究竟是什麼？」

三木沒有回答，過了片刻他才再度開口，但仍舊只說出「對不起……」。

森山怒叱：「這根本就不是回答！」

半澤勸他「別說了」，接著又說：

「銀行究竟是什麼，這個問題應該是三木自己現在最想要問的吧？」

三木咬住嘴脣。

「事實上，前幾天諸田已經接到內部的調動命令，明天就要公布了。」

聽到半澤這句話，森山和三木兩人都抬起頭。

「調到哪裡？」森山幾乎把身體越過桌面問。

「一樣是證券營業部。」

森山瞪大眼睛。

「職位是部長代理。這就是諸田出賣我們公司得到的新職位。」半澤說。「諸田聽了三木的方案，大概就認定這個案子沒有勝算，於是就搶先一步想到讓自己回到銀行的方式，那就是洩漏情報，以此來交換回到銀行的人事案。對了，三木，我有一件事要拜託你。」

半澤說到這裡，凶狠地瞪著昔日的下屬說：「我想要知道銀行的收購方案，還有佛克斯相關的情報。」

「可是那些是內部情報。」

「本公司的內部情報被洩漏出去的時候，你也假裝不知道。」

三木顯得畏縮。半澤冷酷地繼續說：「銀行不是也利用這項情報得到顧問契約嗎？你們沒有資格說這種話。還是說，你們做的事情被董事長知道也沒關係嗎？」

三木睜大眼睛，臉色蒼白，無法開口反駁。

7

諸田的人事令在次日上午九點發布。

從證券子公司的次長轉調為銀行的部長代理，或許不算是多了不起的升遷，不過對於被認為不可能回到銀行的諸田來說，這個人事案卻是值得慶祝的喜事。

一如預期，他從社長領取人事令時滿面笑容，充分表現出此刻的心情。

「謝謝。」

諸田深深鞠躬道謝，收下人事令的公文。岡社長應酬式地說了一句「加油吧」，結束了簡短的交付儀式。

諸田與參加儀式的人事部長道別，回到營業企劃部的辦公室，向半澤深深鞠躬說：

「這陣子承蒙照顧。」

半澤對他說：「諸田，這次真是徹底被你打敗了。」

諸田此時臉上浮現錯愕的表情。兩人在諸田位於辦公室後側的桌前談話，森山和其他下屬應該都聽得很清楚。

「呃，請問你在說什麼？」

諸田低著頭，一雙眼珠子從下方窺探對方。

「你應該最清楚我在說什麼。」

半澤的這句話，讓諸田臉上總算露出警戒的神色。

「我完全猜不到……」

「我昨天和三木見了面。」

諸田沒有回應。

「雖然為時已晚，不過三木也在後悔。他說因為信任你，得到很慘的結果。」

諸田面無表情地看著半澤。

半澤繼續說：「你的做法只是半吊子。我不知道你怎麼評價三木，不過如果要以人事為條件來封他的口，就應該給個像樣的職位吧？三木現在感到非常不滿。像他那樣，不可能一直替你保密吧？」

「部長，我真的不知道你在說什麼。」

諸田有些在意下屬的視線，瞥了他們一眼，嘴上帶著扭曲的笑容。

「我在說的是，有人把電腦雜技的情報洩漏出去了。」

「電腦雜技的情報？」諸田厚臉皮地擺出不解的神情。「誰會做出這種事——」

「是你。」

「我？」諸田聽半澤這麼說，便誇大地表現出驚愕的態度。「請等一下，我怎麼可能做那種事呢？有什麼證據嗎？」

半澤說：「的確沒有證據，不過三木沒有說謊。也因此，我確信是你洩漏出去的。不只是我，他們也相信。」

原本在自己座位上聽他們對話的森山站起來，以憤怒與懷疑的眼神看著諸田。尾西和其他人也站起來，注視著他。

「我不知道三木說了什麼，可是你相信他的話嗎？部長，還有你們——」諸田問。

「三木道歉了。」半澤平靜地說。「你現在不是也應該在這裡對所有人道歉嗎？」

然而諸田卻斷然否決：「為什麼要我道歉？請你不要隨便亂說。」

「諸田，這是最後的機會。否則你一定會後悔。」

「那倒是滿有趣的。」諸田終於豁出去，露出大膽無畏的笑容。「部長，我已經是銀行的人了。不論各位對我有什麼看法，都無關緊要。」

半澤問：「你還是不肯承認嗎？」

「我完全不知道這是什麼意思。」諸田繼續裝傻。「我不知道你在想什麼，不過可以不要再亂指控我了嗎？」

諸田環顧自己的下屬，又說：「各位聽好了，這世上只有結果最重要。你們輸給了銀行，就算去挖掘為什麼會輸的理由，也不會得到任何好處。建議你們還是謙虛一點。」

「很遺憾，我們並不覺得結果就是一切。」半澤說。「你做的事絕對不能原諒，這筆帳我也一定會跟你算清楚。」

「哦，是嗎？」諸田泛起從容的笑容。「半澤部長，你就試試看吧。我會隨時奉陪。這種事或許不該由我來說，不過既然要離開了，我就給你一個忠告：如果你一直以為自己還是總部的次長，到時候會很慘的是你。我現在要去銀行打招呼了——再見。」

諸田說完就迅速離開辦公室。

8

半澤約了三木在八重洲小巷子裡的酒吧會面。這裡是半澤常光顧的店。吧檯雖然還有座位，不過半澤問了一句「可以到後面嗎」，店員便帶他們到一間包廂。

森山和半澤點了兩杯單一麥芽威士忌加水，等候三木到來。

「都知道是諸田次長洩漏的情報，竟然沒有對他做任何處分。」

森山一臉不悅地端起酒杯，顯得忿忿不滿。

「沒有證據，而且他已經不是我們公司的人了。」

「可是銀行也不會對他進行處分。」

「應該吧。」半澤回答。

「那要怎麼跟他算帳，部長？」森山以很衝的口吻詢問。「如果允許那種行為，今後根本無法信任從銀行外調的人了。」

「你本來就不信任吧？」

森山慍怒地說：「我不信任的，還不只是從銀行外調的人員。」

「還有公司這個組織，以及這個社會嗎？」

半澤這樣問，森山便露出無趣的表情，沒有立刻回答。

「畢竟我們是被奪走梯子的世代。」

「因為遭遇到就業冰河期嗎？」

「嗯，沒錯……」

「那真是不幸。」

森山沉默片刻，然後把威士忌杯端到嘴邊。

「不依靠社會或公司、想要憑自己的力量解決——這樣的想法並沒有錯。所有世代都一樣。」

「泡沫世代不是很輕鬆嗎？」

聽到森山的反駁，半澤盯著杯子笑了一下。

「在你看來是這樣嗎？」

「當然了。泡沫世代的人超輕鬆就能找到工作，沒什麼特長卻能夠在一流企業混日子……」

「辛苦的都是下屬。就像你一樣。」

森山沉默表達同意。

「我們那時候也有。」

森山抬起頭問：「也有什麼？」

「也有世代論。」半澤回答。「我們那一代被稱為新人類。這樣稱呼的，就是被稱為團塊世代的那一代。以世代論來說，團塊世代或許正是創造出泡沫經濟、然後又導致崩壞的元凶。從名校畢業、進入好公司，就能生活無虞——這其實是到團塊世代為止的價值觀和基準，而他們也讓這個觀念化為空殼。在他們那個年代，只要依照公司指示進入持股會，持續購買自家公司的股票，等到要買房子的時候賣掉漲價的股票，就能支付頭期款。在泡沫世代眼中，團塊世代根本就是反派；就如你們討厭泡沫世代，我們也很受不了團塊世代。不過也不是所有團塊世代的員工都無法信任，另一方面也不是所有就業冰河期的員工都很優秀。說穿了，世代論沒有任何根據。就算歸罪給上面的人而生氣，悲慘的也是自己。」

「部長，你對於組織和公司是怎麼想的？」

「我一直在戰鬥。」半澤回答。「和社會戰鬥聽起來漫無目標，不過和組織戰鬥就是和看得到的對象戰鬥，這樣的話我也辦得到。從以前到現在，只要是我認為錯誤的事情，就會徹底指出錯誤，好幾次都透過議論駁倒對方。不論是哪一個世代，在公司這個組織內坐享其成的傢伙都是敵人。只關心內部人事、忘記真正目標的那些傢伙，正是讓公司腐敗的元凶。」

「像諸田次長那種人嗎？」

「沒錯。」

半澤將酒杯端到嘴邊時，有人往這邊走來。

「我來晚了。」

三木在靠近入口的座位坐下，沒問他們在喝什麼牌子，就跟店員說「點一樣的」，等候加水威士忌端來。他的表情很憂鬱，在店內昏暗的燈光下顯得更加陰沉。

「電腦雜技集團似乎早就有收購佛克斯的打算。」三木遞出資料，告訴他們。

「這麼說，佛克斯的貸款果然是為了……？」森山抬起頭問。

「全額都是購買東京螺旋公司新股預約權的資金。」

果然不出所料。不論貸款多少給佛克斯，只要電腦雜技收購佛克斯、控制東京螺旋，對銀行來說就算成功了。到時候只要等股價恢復原狀，就能收回貸款。

半澤問：「太洋證券扮演什麼角色？」

「他們協助這項收購方案，不僅可以得到顧問費，最後還能得到各種手續費。」

森山悵然地沉默不語，三木又壓低聲音說：「還有，關於佛克斯的業績，我聽到很有意思的說法。」

這是他在證券營業部得到的情報。

半澤聽完全部的說明，有好一陣子陷入沉思沒有說話。森山則一直沉著臉，默默不語。

「也就是說，這就是必須賣掉公司的原因。」

不久之後半澤這麼說，然後改變話題。

「諸田去你們那裡打過招呼了吧？」

「聽說他要擔任負責與客戶打交道的部長代理。」三木說。「他也會跟收購東京螺旋的團隊合作，擔任和電腦雜技交涉的窗口。」

「真不敢相信。」森山啞口無言地把臉轉向半澤。「實在是太過分了。竟然把原本找上我們的生意賣給銀行，然後自己去擔任承辦人員。」

「以諸田來說，手法算相當俐落了。」半澤評論。

「部長，現在不是說這種話的時候。」

森山忿忿不平，但半澤只對他說了一句「走吧」，結束了和三木短暫的會面。

三木開口問：「那個——我今後該怎麼辦？就算繼續待在證券營業部……」

正要離開的半澤以冷淡的眼神看著他說：「這是你自己選擇的路。如果不想待在總務組，那就只能憑自己的實力贏得工作。辦不到的話，就不要抱怨，繼續做現在的工作。工作不是別人給你的，是要自己去爭取的。」

半澤和森山一起走出店，對他說：「我想要見瀨名先生。你馬上幫我安排時間。」

森山打電話到瀨名的手機。

「瀨名說他現在人在青山，可以約在公司嗎？」

「跟他說我們馬上過去。」

半澤回答之後，開始走向車站。

「很抱歉這麼晚了還來打擾。」

瀨名坐在沙發上，臉有點泛紅。看來雙方都喝了酒。

「對我們來說，夜晚才剛剛開始。」

瀨名說完，詢問坐在半澤旁邊的森山：「是有關上次那件事嗎？」

「沒錯。」森山回答。

他們告訴瀨名從三木聽來的消息，瀨名臉上的表情便消失了，看著半澤的雙眼宛若冬天的湖面般。

「鄉田社長不是白馬騎士，而是電腦雜技集團送來的刺客。」

聽到半澤的說明，瀨名的眼神開始飄移。

「原來是這樣。」

此時瀨名臉上浮現看起來像嘲笑的表情。他在嘲笑這世間的不合理。然而這樣的笑容也迅速萎縮，轉變為悲傷孤獨的表情。

森山說：「洋介，要不要相信就由你來判斷吧。」

瀨名沒有回答，從胸前的口袋取出香菸點了火。

他盤起腿，彷彿被迫閱讀無聊小說的讀者般遙望遠方，緩緩地吐出煙。

「真有趣。」他索然無味地說。「我有一千名員工，在社會上被認為頗有成就，但實際上卻連一個可以信任的夥伴都沒有。創業的合夥人背叛了我，證券公司也騙了我，連我尊敬的對象都是騙子。到底是怎麼搞的？」

「我了解你的心情。」森山說。「可是就算抱怨也無濟於事。必須想想辦法才行。」

「真是莫名其妙。」瀨名以自暴自棄的態度說。「做到這種地步，也想要得到我們公司嗎？為了什麼？踐踏他人的心靈能留下什麼？那麼想要錢嗎？」

瀨名發出短促的笑聲，咳了一兩次。當他再度抬起頭，眼中泛著淚水，不過大概不是因為咳嗽的關係。

「這世上本來就有各種人。」

半澤此時開口。「不去正視他們，就無法開拓人生。公司的未來也一樣，所以只能戰鬥。讓我們來協助你吧。」

「協助我？半澤先生，你們不是東京中央銀行的子公司嗎？」

瀨名發出帶著無奈的笑聲，把視線落在地毯上。不久之後，他移回視線，眼中帶有接近憐憫的神情。

「這是你們母公司發動的收購方案吧？身為子公司，怎麼能夠協助敵對的本公司呢？又想要騙我嗎？我已經沒辦法相信任何人了。」

「單就這個案件來說，東京中央銀行是我們的競爭對手，也是敵人。」半澤很果斷地說。「我打算成為貴公司的顧問，給他們一點顏色瞧瞧。我要粉碎電腦雜技集團的收購計畫，展現東京中央證券的實力。」

「阿雅，你不是說你們跟電腦雜技有生意往來嗎？」

「他們開了帳戶，可是沒有交易，已經快要解約了。」森山也對他說：「讓我們和你一起戰鬥吧，拜託。」

瀨名閉眼沉思，在很長的沉默之後，終於說：

「好吧。」

第五章　騙局

1

「還有其他要討論的事嗎？」

奉命擔任會議主席的營業部長花畑以謹慎的表情環顧會議室。

這是部長以上的幹部出席的經營會議。中央的岡社長聽完業績目標預期下修的報告，一臉不滿地交叉雙臂。坐在稍遠處的神原專務臉上烙印著深刻的苦惱，整間會議室都瀰漫著尷尬的氣氛。神原是悲觀主義者，在會議中從來沒有展露過笑容。

「有一件事想要討論，可以嗎？」

半澤舉手，花畑便以緊繃的表情搖著原子筆說：「請說。」

「營業企劃部有一個想要爭取的新案子，原本應該依照程序提出請示書，不過因為沒有時間，所以希望能夠在這場會議中決定。」

花畑瞥了岡一眼，無言地等候結論。

個性好強的岡自從電腦雜技集團的失敗以來，就一再對半澤進行批判，此刻也以懷疑的眼神看著他。

「畢竟發生過電腦雜技的事。」岡果然以譏諷的語調說。「半澤部長，你得設法彌補才行。」這是他最近開會時總是放在嘴上的臺詞。「什麼樣的案子？」

「面臨惡意收購的某家企業希望我們能夠擔任顧問，擬定防衛對策。在報告的同時，也希望能進行討論。」

「不是像上次那樣的收購方，而是被收購方嗎？」花畑進行確認。

「沒錯。」半澤回答。

岡以粗魯的口吻說：「不需要一一提出請示書，儘管去做吧。本公司的收入已經夠少了。這是大型的惡意收購案嗎？」

「這個案子受到相當大的關注。如果能夠擔任防衛對策的顧問、成功阻止對方收購，一定能夠提升本公司在企業收購領域的評價。」

「那不是很好嗎？」

岡從椅背抬起身體。

「不要只是被銀行搶走生意，平常就要多找這樣的案子進來。一定要成功，給銀行好看。」

岡的口頭禪又出現了。這句話充分展現岡好勝的個性。

「那麼我就去進行這個案子。」

「這種案子越大越好。既然受到廣泛矚目，那就更不用說了。」岡說到這裡，才好像忽然想到般問：「對了，公司叫什麼？」

「東京螺旋公司。」

半澤一回答，岡便目瞪口呆。出席會議的所有人都像被打了巴掌般轉向這裡。

「什麼？」

岡彷彿發作一般大口吸氣，靠在椅背上仰望天花板。會議室裡掀起一陣交談聲，可以聽到有人在說「不是開玩笑吧」。

「我昨晚和東京螺旋公司的瀨名社長談妥了。希望一定要接下這個案子。」

「等一等，半澤。」管理業務工作的花畑驚慌失措地說。「你想要和銀行作對嗎？」

「那又怎麼樣？」半澤輕描淡寫地回應。

花畑問：「你有事先告知銀行嗎？」

「銀行在成為電腦雜技公司顧問的時候，有事先跟我們談過嗎？」半澤反問。

「這種事不需要事先溝通。搶奪電腦雜技公司契約的是銀行，我們沒必要跟他們講道義。」

「雖然這麼說，可是這樣做還是不太妙吧？」

花畑顯得不知所措。他在銀行工作的時候，曾經在證券部門當過伊佐山的下屬，善於討好人的個性很適合當業務，不過本性很怯懦。

半澤問：「哪裡不太妙了？」

「你還問？這樣做會惹怒銀行吧？別忘了我們是子公司。如果和母公司的銀行分別成為敵對雙方的顧問，有可能被認為是利益衝突行為。」

「東京螺旋的瀨名社長說他不介意。我們完全不需要對銀行客氣，而且只要能夠防禦銀行的惡意收購，就能展現東京中央證券的實力。這正是岡社長平常說的『給銀行好看』的大好機會吧？」

「可是公開收購開始之後，已經過了兩個星期，收購計畫應該有很大的進展了吧？」花畑說出合理的疑慮。「我們該不會抽到下下籤？」

「這點沒有問題。」半澤回答。「電腦雜技集團的股票公開收購因為低估了收購價，所以進展不如預期。我們有充分的勝算，希望能夠得到許可。」

所有人的視線都集中到岡的身上。

這是試金石。

平常喊著要給銀行好看的男人，究竟有多少程度是認真的——和銀行作對的這個案子，可以說是放在岡面前的踏繪（註6）。

「有勝算嗎？」岡的臉色變得通紅，開口問。「銀行是由證券營業部和證券企劃部合作來進行這個案子。你能夠跟他們對抗、戰勝他們嗎？」

「可以。」半澤斷言。「我一定會防衛東京螺旋，不被電腦雜技收購。」

「喂喂喂，你是認真的嗎？」花畑說。「對手是東京中央銀行的證券營業部。他們具備實力和知識，你有辦法跟他們對抗嗎？」

半澤回答：「請讓我試試看。」

「專務，你覺得呢？」

岡交叉雙臂，詢問坐在旁邊的專務。

「我一開始聽到的時候嚇了一跳，不過聽起來滿不錯的。我贊成這項提議。」

半澤首度看到神原的笑容。

岡大概原本以為他會反對，因此瞠目結舌，以緊張的神情乾咳了一聲。

「我知道了，就照你的想法去做吧。不過——」他瞪了半澤一眼。「這次絕對不許失敗，一定要粉碎銀行的惡意收購計畫，知道了嗎？」

6　江戶幕府禁基督教時，為了找出隱藏身分的基督徒，便把基督或聖母圖畫的「踏繪」放在地上要求踐踏，拒絕者便當作基督徒逮捕。在此取其測試忠誠度的意思。

2

「接下來怎麼了?掌握到電腦雜技方面的情報了嗎?」

在通過接受東京螺旋委託的那天晚上,渡真利邀半澤去喝酒。

他們約在地下鐵麴町站附近的一家內臟鍋店。吧檯桌面上的小型瓦斯爐上方,白味噌口味的內臟鍋發出煮滾的聲音。

「嗯,託你的福。」

拿著湯杓檢視鍋內的渡真利停下動作,看著半澤。

「怎麼辦到的?你向電腦雜技打聽出來的嗎?」

「不是,是跟貴公司某個欠我們人情的傢伙打聽的。」

「你這傢伙也真是的!」

渡真利誇張地表示驚嘆,不過立刻壓低聲音問:「你打聽到什麼消息?」他的態度顯示出極大的興趣。

半澤的側臉上浮現笑容。「你不會去證券營業部問問看嗎?」

「半澤,別這麼冷淡嘛!你以為他們會告訴我嗎?我之前也跟你說過,這次的案子被拉下鐵幕,連一丁點情報都沒有傳出來。」

對於自命為銀行內消息最靈通的渡真利來說，這種情況一定讓他很不是滋味。
「不知道目前情況怎麼樣了。站在我們融資部的立場，對於牽涉到大筆金錢流動的案子，也希望能夠掌握情況。」
「不要找理由了。簡單地說，你只是想要知道他們的祕密吧？」
半澤喝著杯中的日本酒一語道破。渡真利也很乾脆地承認：
「沒錯，就是這樣。」
「反正這本來就是銀行的內部情報，跟你說也無妨吧。」
半澤告訴他從三木聽來的證券企劃部收購方案，不過沒有提及東京中央證券要擔任東京螺旋公司顧問一事。目前還不是可以對外透露的階段。
渡真利時而沉吟、時而露出驚訝的表情聆聽，最後說：
「沒想到那幫人做到這種地步。」他的口吻聽起來反而像是在讚嘆。「真是毫無仁義的戰爭。」
「銀行本來就沒什麼仁義。他們的得意招數就是拆臺。」
「也許吧。」渡真利以無所謂的態度說。「話說回來，伊佐山那老傢伙還真是老奸巨猾。」
「他可以說是銀行員的典範。」半澤諷刺地說。「你也學學他吧，渡真利。」

「我是銀行員裡面的好人代表。」渡真利回應，然後仰望天花板說：「電腦雜技的收購策略要大獲全勝了嗎？」

「最好是有那麼順利。」

「你的口氣滿耐人尋味的。」

「沒什麼特別的意思。」半澤檢視內臟鍋的情況，試圖轉移話題：「這個已經可以吃了吧？」

然而渡真利側身四十五度，以格外認真的表情看著半澤。

「半澤，發生什麼事了？」

「你很快就會知道了。」半澤開始把內臟放入小盤子裡。

「我得提醒你一件事。」渡真利繼續說。「我不知道你在想什麼，不過你最好還是別太刺激銀行。光是現在就已經有很多高層把你當成眼中釘了。如果現在又搞怪，一定會變成單程車票。」

單程車票是指外調到證券子公司之後再也無法回到銀行。

「我不在乎。」半澤以若無其事的表情說。「我一直都照自己的意思來做事，今後也打算維持下去。」

「這就是你的壞習慣。」渡真利以異乎尋常的認真神情說。「你就是這樣才會樹敵。想想看自己為什麼會被外調到證券子公司吧！不是只有徹底打倒對方才是正確答案，偶爾也應該默默地坐視不管吧？你應該把現在當作是雌伏的時候。」

「少說教了。」半澤笑了。「我有我自己的風格。這是我在長年的銀行員生活中堅持的做法。為了人事而改變的話，就等於是屈服於組織。屈服於組織的人絕對無法改變組織，不是嗎？」

渡真利縮起下巴凝視半澤，不過他的視線逐漸失去力量，取而代之的是嘆息。

「我知道了。既然你都說到這樣，我就不多說了——吃吧。」

3

「這件事要怎麼告訴太洋證券和鄉田社長？」

在東京螺旋公司的社長室，瀨名深坐在扶手椅上詢問。桌上放著剛剛簽訂的契約，載明東京中央證券將成為東京螺旋的顧問。

「沒有必要告訴他們。」聽到半澤的回答，不只是瀨名，連在場的森山也抬起頭。「請你先不要說出本公司成為新顧問的消息。沒有必要向敵人亮出我們的底牌。」

瀨名問：「你想到好方案了嗎？」

半澤回答：「我今天就是來談這件事。惡意收購的防衛對策有很多種，必須在研究過法律層面之後，選擇最適當的方案。」

「在提出具體方案之前，可以先讓我說明一般情況下惡意收購的防衛對策嗎？」

森山說完，把事先準備的摘要遞給瀨名，接著花了將近一小時，說明國內外的各種防衛對策。最後森山問瀨名：「有什麼問題嗎？」

「我大概了解了。」一直專心聆聽的瀨名切入正題：「你們認為對本公司來說，最好的方法是什麼？」

「我們研議過各種方案的結果——」回答的是半澤。「想要建議採取反噬防禦。」

瀨名屏住呼吸。

「你要我們去收購電腦雜技？」

「不是，要收購的不是電腦雜技。」

半澤的回答讓瀨名顯得困惑。坐在半澤旁邊的森山以非常認真的表情觀望他們的對話。

——這家公司真的有困窘到這種地步嗎？

契機是森山在幾天前部門會議中提出的一句話。在會議前的幾天內，森山針對這家公司進行了徹底的分析。

半澤問他這句話是什麼意思，森山便提出連半澤都沒有注意到的事實。能夠注意到這一點，可以說是森山的眼光獨到。這個事實替東京中央證券的收購防衛策略開啟另一扇門。

此刻在瀨名的詢問之下，半澤終於說出和森山一起擬定的方案。

「我們的目標不是電腦雜技，而是佛克斯。」

4

伊佐山難得邀鄉田吃飯，地點約在新宿一家小餐廳。這家餐廳據說是伊豆的漁夫經營，賣點是新鮮到呈半透明狀的魷魚。這是一家以新鮮魚料理為特色的低調餐廳。

「這次的案子要麻煩你了。」

伊佐山說完，舉起端上來的生啤酒乾杯。

「別這麼說，我才要感謝你的幫忙。」

鄉田如此回答，但表情卻顯得很陰沉。

「那件事想必讓你非常心痛，不過能夠在這樣的時機提出這個案子，讓我們感到特別的緣分。」

挑選這間餐廳的伊佐山在銀行以美食家著稱。由於邀請對象是曾登上美食雜誌的鄉田，伊佐山心想對方想必已經厭倦高級餐廳，因此選了著重食材鮮度的庶民風格居酒屋。這樣的選擇或許也展現了他的自信。

「關於那方面的準備，進行得怎麼樣了？」

鄉田回答：「我聽瀨名社長本人說，董事會議已經通過發行新股預約權。前幾天他來我們公司打招呼，所以我才剛剛告訴他，資金調度的事已經談妥了。」

「瀨名先生對此有什麼反應？」

伊佐山的口吻有些急躁。他大概是認為東京螺旋公司的態度出乎預期地遲鈍，因此想要知道理由。

「他似乎有些驚訝。他大概以為我們雖然答應幫忙，但是在資金調度上會遇到困難。我當然沒有告訴他，是向貴行調度的。」

伊佐山和一旁的野崎交換視線，然後面帶笑容鞠躬說：

「非常感謝你掌握到要點，畢竟這是最關鍵的地方。如果讓對手產生警戒就糟了。」

「我也知道。」

鄉田回答時，臉上帶著苦澀的表情。

從他的表情也可以看出，他並不是很贊同這個計畫。

八個月前，他首度接到財務單位的報告，得知公司因為投資失敗，有可能造成巨額虧損。大量持有的基金持續下跌，再加上某國財政危機導致突來的大暴跌，因此來不及採取因應措施。

當鄉田反應過來時，公司就連自主重整的路都沒有剩下，只能尋找可提供救援的對象。

他尋求東京中央銀行的意見，而銀行介紹的救援者就是電腦雜技集團。

對於無從填補巨額虧損、遲早會瀕臨破產深淵的鄉田來說，這項提案看似求之不得的良緣。

「話說回來，這次的案子都是因為您的英明果斷，答應平山先生參股，才能夠實現。在此要再次向您道謝。」

伊佐山一副計畫已經成功的態度，滿面笑容地鞠躬。

「參股」啊……鄉田空虛地在心中反芻這個詞。伊佐山雖然阿諛他為英明果斷，但是很顯然已經認定他是個不合格的經營者。

然而他沒有對此反駁的餘地。

為了稍微挽救本業失利、業績不振而決定進行高風險投資的，正是鄉田本人。

這是在業界被譽為電腦的經營者失算的瞬間。

「這個業界太難了。」鄉田此刻說出真心話。「要憑一種行業生存十年——不，連五年都相當艱難。接受這樣的收購案，或許也是業界的命運。」

「大家都是在這樣的戰鬥中生存的。」伊佐山一副置身事外的態度說。「鄉田先生如此果斷，反而讓人感受到高深的人格。」

少在那邊花言巧語了——鄉田很想這麼說，但還是忍住，把啤酒杯端到嘴邊。

「提什麼人格？別諷刺我了，伊佐山先生。」

「怎麼會是諷刺呢？」伊佐山擺出誇張的驚訝表情。「經營者通常都會有很高的自尊心，有時因為自尊心作祟，就會招致重大的判斷錯誤；不過鄉田先生卻接受了平山先生的提議。對於新創事業的經營者來說，要不要答應被收購，應該是最困難的判斷。從這點就能看出您身為經營者的器度。」

鄉田只是露出嘲諷的笑容，沒有回應。

那時候——當財務部長對他說「有利益很高的投資案」，鄉田便立刻採納了。

對於以ＩＴ企業經營者身分、長年位居業界領導地位的鄉田來說，因為過度競爭而導致業績呈下跌趨勢，可說是長久以來的憂慮。正當他為了突破僵局而掙扎、試圖尋找能夠稍微提升業績的材料時，財務部長就提出這樣的方案。

讓他這麼做的，正是自尊心。

ＩＴ業界是弱肉強食的世界。隨著經營者的判斷，有可能成為最強的肉食獸，也可能成為被吃掉的草食動物。鄉田在這個關鍵的場面，犯下了致命的判斷錯誤。

鄉田並不認為加入電腦雜技旗下是最佳選擇，然而他已經從攻擊性的經營轉為懸崖邊緣的守勢，沒有時間去尋找其他選擇。

在此同時，對於擔任電腦雜技顧問的東京中央銀行提出的「事業合作」，他也沒有勇氣拒絕。這就是他在這次的收購劇當中被分配到的角色。而現在——

「既然是平山先生迫切的希望，那也沒辦法，不過老實說，這並不是值得稱讚的做法。」

鄉田委婉地批判，不過兩名銀行員絲毫沒有愧疚的樣子。

「您說得也許沒錯。很抱歉提出如此無理的請求。」伊佐山話說得客氣，但臉上卻浮現不懷好意的笑容。「不過這個業界本來就沒有仁義這種東西。」

「這個業界也許就像你說的吧。」鄉田說。「不過這樣是好是壞，又是另一個問題。可以的話，我希望不要太偏離社會一般觀念能夠允許的範圍。這次的做法似乎有點太超過了。」

「我們對這個方案的各個細節都很注意，敬請放心。」野崎以事務性的語調說。

「不論是鄉田先生或平山先生，如果事後會遭到指責，這個案子就不能稱得上是成功了。」

鄉田默默地把啤酒杯舉到嘴邊。

「事實上，平山先生也相當在意，希望能夠盡快得到結論。」

「可是要說服瀨名先生的不是我，而是太洋證券吧？畢竟他們才是顧問。」

「太洋證券嗎？」野崎嗤之以鼻。「他們根本就不可靠。雖然姑且給了他們任務，可是他們就跟要猴戲的猴子一樣，完全跟不上這麼高層次的計畫。這件事還是要麻煩鄉田先生催促一下。」

「我會試試看，不過請不要太期待。」

「拜託了。這件事如果談不成，貴公司的事也沒辦法進行。」

野崎意有所指地說。他是個令人厭惡的傢伙，不過鄉田勉強壓下平常對這個男人抱持的憎惡感。

「還有，鄉田先生現在的問題，也沒辦法對世人隱瞞太久。就貴公司資金調度的層面來看，這個方案也會帶來很大的好處。」

「我知道了。我明天就和瀨名先生聯絡看看吧。」

聽了鄉田的回答，野崎便露出陰沉的笑容。

5

十一月中旬的星期五，電腦雜技集團的玉置克夫邀戶村逸樹去吃飯。

兩人進入新宿站附近大廈最高樓層的壽司店。

這家壽司店的總店在築地，幾年前進駐這棟大廈之後生意就很好。營業部長戶村有時會利用這家店來應酬。

「好久沒有一起吃飯了。」

玉置說完，拿起端上來的瓶裝啤酒，替戶村倒酒。

戶村平常都坐在吧檯座位，不過考量到財務部長玉置邀他，有可能要討論深入的話題，因此挑了店內角落的餐桌座位，面對面坐下。在這裡就不用擔心被外人聽到對話。

兩人簡單地乾杯之後，玉置開始聊的是無關緊要的話題。

等到從啤酒改喝日本酒時，才開始談工作上的話題。

「關於那件事，你該不會真的覺得沒問題吧？」

先前默默聆聽的戶村開口問。

「嗯，這個嘛……」玉置靜靜地凝視盛了日本酒的酒杯。「我不覺得沒問題。要建立收入的支柱，應該採取其他方式才行。可是社長的腦袋卻已經僵固在併購上，幾乎沒有重新思考的餘地。」

「這樣沒關係嗎？」戶村說。「能夠對社長提出意見的，除了我之外就只有你了。這次的案子應該要事先制止的。社長不懂財務，你應該可以找個理由讓他接受才對。」

這時玉置腦海中浮現大約半個月前的對話。

「我必須以業務主管的身分提出來，老實說我無法接受這個案子。」

戶村一發言，董事會議的氣氛就凍結了。

所有人都抬起頭看著戶村，然後戰戰兢兢地將視線朝向社長平山與副社長美幸兩人。

電腦雜技集團是創業者平山與妻子美幸同心協力建立的「帝國」。在採取絕對君主制的這家公司，員工針對經營方針提出反對意見堪稱相當罕見的例子。發言的戶村也明白這一點，此刻以僵硬的表情看著兩名經營者。

「我們並不是在詢問你的意見，而是在指示你要這麼做。」美幸立刻說出嚴厲的話語。

所有人的視線都集中到戶村身上。

他是負責管理電腦雜技集團所有業務工作的人，然而他的權限並不如頭銜那麼大。戶村的工作只是像工蜂一樣執行平山夫婦決定的任務，並不包含判斷工作內容是否正當。

直到現在，這套模式都進行得很順利。

只要是公司內的人——不，甚至連公司外的人——都知道，電腦雜技集團是平山夫婦辛辛苦苦從零打造的。同時大家也知道，這家公司從創業以來就一直持續成長。這也證明了平山的點子、方針正確而有效地發揮作用。

「我看不出現在收購東京螺旋公司的必要性或根據。」

大家原以為戶村會閉嘴，但他卻繼續反駁。「從既有事業的定位來看，也很難期待會產生加乘效果。我認為沒有必要在這個時候去收購他們。」

「加乘效果不是自然產生的，而是要去創造的。」

代替妻子以冷靜口吻說話的是平山本人。ＩＴ企業通常公司風氣都比較開放，不過電腦雜技集團的董事會議卻像嚴肅的銀行董事會議般，所有人都西裝筆挺，圍繞著圓桌正襟危坐。這樣的組織編制恰好反映上班族出身的平山風格，在業界也變得有名。

「進攻的時候就要一舉進攻。銀行也答應要提供資金，在這個時期一氣呵成推動計畫，應該是很適當的做法。」

「社長——」

戶村又舉手要求發言。平山的表情沒有變化，但美幸對於營業部長意外提出反對意見，卻絲毫不隱藏內心的不愉快。她的表情已經超越嚴肅，浮現出憤怒的神色，似乎隨時會爆發怒火。

美幸的娘家是大阪市內的大商家，因此她自幼受到僕人服侍而成長。她的父親年少時就在商家打雜，後來獨立經營生意獲得成功，個性雖然很照顧人，不過也同樣要求員工克己奉公，直到最後都無法擺脫舊觀念。美幸看著父親這樣的做法，雖然理解這一套已經過時，但仍舊無法完全擺脫成長環境的薰陶。「員工是我們養活的」——這就是此刻睥睨戶村的美幸內心真正的想法。

戶村應該也明白這樣的背景，即使如此，他仍舊得提出意見，純粹是因為危機意識已經超過這種顧慮。

「我認為過去電腦雜技採取的經營策略是正確的，也因此才會有現在……不過這次收購東京螺旋公司，會不會太急躁了？如果能夠調度到收購該公司的資金，應該有其他更有效的投資方式。開發資金從幾年前就一直壓低，顧客支援方面在顧客滿意度調查中也沒有很好的結果。或許因為如此，顧客數量也開始減少，遭到其他競爭公司激烈搶攻。現在如果不在本業努力尋求改善，幾年後……不，也許下一年度的業績就會低於目標。」

「戶村，你的工作不就是要避免這種事發生嗎？」

美幸的說話方式雖然勉強保持冷靜，但臉頰卻因為憤怒而顫抖。

美幸平常雖然很照顧人，不過因為太過拚命，有時會失去冷靜。現在正是這種情況。

「我當然一直在努力。」戶村很有耐心地說。「但是因為同業其他公司的攻勢與過度競爭，公司內部網路建構事業的收益在本年度已經壓縮將近百分之十。必須要有特別的附加價值——像是通訊速度、安全強化或是新次元的硬體——否則獲利能力就會持續低落。經營方針是否應該修正一下呢？」

戶村在三十歲時就成為大型電腦公司的營業部長，做事精明能幹，五年前獲得拔擢，跳槽到電腦雜技集團。他比任何人都更熟知市場，在本業的領域具備客觀評價的眼力，沒有人能出其右。也因此，戶村這段發言具有相當大的份量。

「我知道本業方面的勢力變得單薄。」平山的回應和妻子美幸比起來，顯得相當冷靜。「不過這個業界已經進入過度競爭，即使開發新技術，也很難得到與投資相符的報酬。這種時候再去投資本業，也不能當作是唯一的正確答案吧？」

「我知道這個業界相當艱困。」這種議論是戶村所擅長的。「但是這個領域仍舊屬於本公司的強項。我們有顧客，也有先驅企業的知名度。在技術方面，其他公司雖然也開始追上，不過我們還沒有輸，包含後續服務的話仍然居於優勢。但是如果什麼都不做，這樣的優勢就會逐漸褪色，在不久的將來註定消失。過度競爭雖然嚴苛，但是同業的其他公司也都處於相同的處境。本公司一直在這個領域貢獻社會、得到成長，現在卻不思改善而想要逃跑；我想問的是這樣做真的好嗎？輕忽本業而採取收購戰略，應該還太早了吧？」

「這是經營判斷。」

平山正要開口說話，美幸卻代替他斬釘截鐵地發言，歇斯底里的說話方式比平常更加蠻橫。然而面對她氣勢洶洶的態度，戶村臉上浮現的不是憤怒或恐懼，而是疑惑的表情。他無法理解美幸為什麼會如此生氣。

「我明白這一點。」戶村壓抑情感說。「我要提議的是，希望能夠重新思考。」

「辦不到。這件事已經決定了。還有別的提議嗎？」

美幸想要單方面地結束議論。

面對她這樣的態度，戶村連忙說：「副社長，這是很重要的事情。我認為這個問題有可能對電腦雜技集團的未來造成重大影響。您剛剛說已經決定了，但是這種事情請不要在密室決定，應該在董事會議上進行討論。」

美幸的表情變得凶狠，以陰沉憤怒的眼神瞪著戶村。

「你的意思是，對我們的做法感到不滿嗎？」美幸以帶刺的聲音質問。

「我不是要表達不滿，而是在談程序的問題。」戶村是個理性的男人，語調仍舊保持冷靜。「電腦雜技集團現在正面臨艱困的時期。完全倚重攻擊的急速成長時代已經過去了。我們必須在守護本業的同時，戰勝低收益的過度競爭。可是公司卻老是停留在公司規模還小的時候的做法，重要的事都在董事會議之外決定。我們必須跳脫這樣的密室經營方式，也已經到達了這樣的時期。」

「你說這是密室經營，可是我們不是都有開董事會議嗎？」美幸反駁。「如果有反對意見，儘管可以在會議中提出來。戶村，你自己在董事會議也沒有提出過反對意見。如果你提出過很多次又另當別論，可是到現在才對做法提出質疑，不是很奇怪嗎？」

「以我的情況來說，是因為有比較多的機會在董事會議之前提出參考意見。然而這次的案子卻完全屬於事後報告。即使不是在董事會議這種正式場合也沒關係，這種事更應該先找我商量才對。」

「所以你的意見是反對囉？」美幸問。

「我反對。」戶村明確地說。「我認為應該撤回東京螺旋公司的收購案，回歸到本業。」

「哦，是嗎？不過這已經是既定事項了。」

美幸以強硬的口吻這麼說。這時社長平山伸出手制止她，停頓一下之後，直視著營業部長。

「這項收購計畫，我一定要推行。」他以沉重的口吻說完，環顧圍繞會議桌的部長以上的董事。「如果有其他反對意見，現在就說出來吧。」

沒有人提出意見。

「那麼同意這件收購案的人，請舉手。」

主席的一句話，就讓所有人都舉起手，只有戶村一人交叉雙臂看著這幅景象。

美幸以憎惡的眼神瞪著沒有舉手的戶村，說：

「很遺憾在場的人沒有全數同意，不過贊成者占多數，所以本案通過——沒有其他意見的話，會議就到此結束。」

就這樣，空有形式的會議結束了。

此刻玉置說：「那個方案的背後有東京中央銀行支撐，輪不到我出面。我知道的時候，銀行已經提供資金，牢牢綁住我們。」

「那筆錢應該要還給他們。」戶村顯得很不甘心。「就算付了顧問契約的違約金，考慮到我們公司的風險，也算很便宜了。你的想法不是也一樣嗎？」

「我的想法根本沒有意義。」玉置難得用粗暴的口吻回答。「到頭來，不論是社長或副社長，都沒有把我們當作重要的智囊。我們只是他們自行決定之後負責認證的印章罷了。老實說，我已經受夠了這樣的立場。」

戶村感覺到玉置的語氣中有特別的含意，迅速瞥了他一眼。

「玉置，你不要緊吧？」

戶村這麼問，玉置便再度放下手中的杯子，以鄭重的態度對他說：

「我打算辭職。」

意想不到的這句話，讓戶村屏住氣。

「辭職？玉置，你是認真的嗎？」

「嗯，我很認真。」玉置回答。

「有人來挖角嗎？」

「怎麼可能。」玉置一口否定，但沒有繼續說下去。

「你已經決定了嗎？」戶村凝視著玉置問。

「嗯，決定了。」

玉置以果斷的口吻回答。

「我打算這星期就去和社長報告。」

「為什麼要這樣？」戶村將內心感受到的不合理直接說出來。「如果你現在走了，電腦雜技會變成什麼樣子？」

「我也不知道會變成什麼樣子。」玉置望向戶村後方。「不論變成什麼樣子，反正都是平山夫婦自己要負責。」

「喂，玉置，你要捨棄我們公司嗎？」

聽到戶村這麼說，正要舉杯喝酒的玉置便抬起眼珠子說：「也許吧。」

接著他仰頭將杯中的酒一飲而盡，像是要強迫自己喝醉。

「不對，一定是這樣。我要拋棄這家公司。這家公司已經沒救了。」

6

「很抱歉，在這麼繁忙的時候占用你的時間。」

邊說邊帶頭走入東京螺旋公司社長室的，是佛克斯公司的鄉田。跟在他後面的是太洋證券營業部長廣重和二村。

「很抱歉在您百忙之中來打擾。我們想知道那件事後來在公司內討論得怎麼樣了。」廣重切入話題。

「還在研議中。」

瀨名以嚴肅的表情回答，廣重的表情便蒙上陰影。

「有什麼問題嗎？」

瀨名說：「在法律層面上，有人提出反對意見，認為貴公司的方案有可能違反商法。」

廣重臉上的表情消失了。

「違反商法？」

「瀨名先生，這是怎麼回事？」鄉田質問的語氣顯得很驚訝。

「商法中有規定，不承認以維持支配權為目的發行新股。根據過去的判例，像這次的新股預約權很有可能不會被承認。」

「真的嗎？」

鄉田詢問太洋證券的兩人。他們沒有立刻回答，大概是因為被戳中痛處。在太洋證券的方案——不，實際上是東京中央銀行的方案當中，這裡正好是弱點。

瀨名繼續說：

「也就是說，這樣下去有可能因為商法上的規定，被電腦雜技集團要求禁止發行新股預約權。這麼一來，本公司的防衛對策就會出現漏洞。」

「到底是不是真的？」

在鄉田質問之下，廣重總算回答：

「就可能性來說，也不是完全不可能，不過要試試看才知道電腦雜技集團會不會提出禁止要求。」

「試試看才知道的話，就太遲了。」

瀨名冷冷地注視廣重。想到這群人都是為了欺騙自己而來到這裡，他就怒火中燒。

這時廣重提出反駁：「商法的規定也有例外。譬如電腦雜技集團的收購意圖如果是為了焦土經營，那就可以允許東京螺旋為了維持支配權而發行新股。」

鄉田問：「焦土經營？那是什麼？」

「具體而言，就是把東京螺旋公司經營所需的技術、智慧財產、客戶等等都轉移到電腦雜技，不剩下任何有價值的東西——以造成這樣的狀態做為收購目的。」

瀨名問：「電腦雜技這次的收購屬於這種情況嗎？」

「我認為有很高的可能性。」

這傢伙還真敢說——瀨名隱藏內心的憤怒，看著廣重。

「如果可以的話，我不想要進行那樣的抗辯。一旦上了法院，就會讓事態陷入泥沼。我希望避免那樣的情況，盡快解決。」

「那是不可能的，社長。」廣重斷言。「事情演變到這個地步，不論怎麼做，都不可能輕易解決。必須要很有耐心地處理才行。」

「沒有其他手段嗎？」瀨名試著問。「譬如說由我們反過來收購電腦雜技，或是把本公司主要經營資源移轉到其他公司，讓東京螺旋只剩下空殼。我想應該也有這種方案吧？你們研議過這些方式了嗎？」

太洋證券的兩人臉上浮現些許驚訝，大概是因為瀨名不知何時擁有了防衛對策的知識。

「我們當然也考慮過這些做法，不過會有各種問題。」廣重回答。「就算要反過來收購對方，也需要巨額的資金。而且瀨名社長應該會認為收購電腦雜技沒有任何好處，為了這種事投入巨額資金太愚蠢了。另外關於把東京螺旋公司變成空殼的方案，會產生制約事項影響到本業營運，而且另一家公司的資金來源也會成為問題。最後我們還是判斷，由可信賴的鄉田社長領導的佛克斯扮演白馬騎士，是最有效果的做法。」

「你說你們考慮過其他選項，可是說實在的——」瀨名瞥了眼前的三人一眼，以隨興的口吻說。「我完全不這麼覺得。我認為這個方案對佛克斯來說也不是很理想，只會造成過度的負擔。鄉田先生，你認為呢？」他詢問鄉田。「在援助本公司之前，鄉田先生還有更應該做的事吧？」

瀨名原本就屬於有話直說的個性，再加上領導東京螺旋公司成長的過程中習得的帝王學，更加增長他這樣的脾氣。

「瀨名先生，請問這是什麼意思？」鄉田以紳士般溫厚的態度詢問。「你認為我有其他更應該做的事，是什麼呢？」

「貴公司的本業不太順利吧？」瀨名明確地道出難以啟齒的話題。「你說白水銀行答應融資，當時他們怎麼說？」

「這個嘛——」鄉田含糊其詞地回答。「他們能夠理解這次的方案。」

「是嗎？」瀨名懷疑地問。「他們就算理解這次的方案，大概也不理解貴公司的經營情況吧？」

鄉田說不出話來。

「瀨名社長似乎非常擔心，不過佛克斯公司的業績完全沒有問題。」插嘴的是廣重。

「真的嗎？」瀨名提出質疑。「和我們公司往來的銀行人員對於證券投資，動不動就囉嗦一大堆，難道白水銀行不一樣嗎？」

廣重堆起笑臉說：「恕我失禮，貴公司與佛克斯公司的資歷有一段差距，鄉田社長的經營姿態很清楚，相較之下，瀨名社長還很年輕，銀行應該也還不了解您的作風。不過更重要的是，社長——」廣重從沙發探出上半身。「手續方面的事，請信任身為顧問的我們。我們想要趁電腦雜技公開收購還沒有進展的時候，盡快進行發行新股預約權的手續。」

「關於這一點，公司內部還在討論中。」

瀨名遲遲不肯點頭，廣重不禁焦躁地問：「到底有什麼問題？」

「問題就是我剛剛提到的。」

「所以說，關於那一點——」

「這麼大的交易，慎重一點有什麼不對？」

瀨名差不多已經受夠了廣重的態度，因此打斷了他。

「社長，這件事要跟時間賽跑，所以我們才會催促您。」二村也繼續堅持。

「這種事我也知道。」瀨名說。「可是如果因為太過焦急，採用有漏洞的方案，那才是更大的問題吧？基本上，要是你們一開始就提到法律方面的事，就不會演變成這樣了。」

「我們是精選過必要資訊和方案來報告的。」

「重不重要由我判斷。」瀨名輕易駁回廣重的發言。「總之，我不會在這裡做出結論。如果你們抱著這樣的期待，那就快點放棄吧。」

廣重的表情顯得很失望，在他旁邊的鄉田則仍舊默默思考。

在凝重的沉默之後，廣重詢問：

「那麼請問大概什麼時候會決定呢？社長，請至少告訴我們大概的時間表。」

瀨名沒有正面回答。「時間到了我就會聯絡。鄉田先生，這樣沒關係吧？」

鄉田抬起沉思中的臉，說：

「既然瀨名先生這麼說，那也沒辦法。我已經決定要盡可能幫忙，就繼續等下去吧。」

「非常感謝您的寬宏大量。」

鞠躬說這句話的不是瀨名，而是廣重。接著他轉回瀨名，以幾乎像是在訓誡不明事理的小孩般的口吻說：「這次的案子多虧鄉田社長的好意，願意擔任白馬騎士。希望您能夠充分理解這一點，做出正確的決定。」

「你要說的就只有這些嗎？」

瀨名出人意料的反應讓廣重閉上嘴巴，嘴角下垂顯示不滿，不過面談就到此結束了。

「真是不像話！」

一行人在瀨名的祕書送行之下進入電梯，等到電梯門關上，首先開口怒罵的是二村。「瀨名社長究竟在想什麼？」

「他或許擁有某種特殊的嗅覺吧？」鄉田突然低聲這麼說。

「嗅覺？」廣重反問。

「即使不知道我們真正的目的、也能看穿我們話中隱藏謊言的嗅覺。」鄉田回答。「我覺得他似乎擁有普通人沒有的能力。」

「有那麼了不起嗎？」廣重邊嘆氣邊說。「可是他也不應該用那種口吻跟鄉田社長說話吧？對於前輩經營者太沒禮貌了。真抱歉讓您感到不愉快。」

廣重深深鞠躬。不過他雖然話說得很體貼，表情卻顯得不太在乎。廣重也知道鄉田不得不這麼做的處境。

「別這麼說，這次的訪問是我主動拜託的。而且畢竟他也還年輕。」

鄉田擺出大方的態度回應。

「瀨名社長的確很好勝，不過接下來就有趣了。」廣重惡毒地說。「他大概很快就會哭著哀求快點收購新股預約權吧？到頭來，他註定要被捲入我們的計畫中。」

「真期待那一天。」在一旁聽他們說話的二村附和。「鄉田社長到時候也一起出席吧。瀨名社長應該也需要道歉的機會。」他臉上也露出不懷好意的笑容。

「我並不在意。」鄉田忽然轉為嚴肅的表情，直視前方。「畢竟我也同樣地被捲入計畫當中。」

「因為這是天衣無縫的計畫。」廣重從容地斷言。「這次東京中央銀行的表現真的很不錯。銀行的證券部門也成長了許多。」

次日下午兩點多，廣重拜訪客戶之後，手機接到二村緊急打來的電話。

「部長，很抱歉，發生了一點問題，可以請你立刻回來嗎？」

廣重剛走出位於新橋的客戶大廈，邊走邊問：「發生什麼問題？」

「事情是……佛克斯公司的財務資訊被洩漏了。」

「什麼？」正走向車站的廣重不禁停下腳步。「這是怎麼回事？」

「投資基金造成巨額損失的那件事，被《東京經濟新聞》獨家報導。」

廣重感到眼前的街道頓時失去色彩，腦中彷彿在沸騰一般。

「我馬上回去。」

他連忙回到公司。二村一臉蒼白地迎接他。

「怎麼回事？」

廣重一進入部長室就問。二村放在桌上給他看的，是網路新聞快報的報導。廣重瞥了一眼就啞口無言。

上面詳細報導了佛克斯投資失敗與隱瞞巨額損失的事。

「是誰洩漏這種情報的？跟鄉田社長取得聯絡了嗎？」

「我有聯絡，可是幾乎沒有談到什麼話。他似乎正忙著處理狀況。」

「自主重整相當困難」——廣重看到快報中的這一段，忿忿地「啐」了一聲。

「在公布巨額損失之前被搶先報導出來，實在是很糟糕。」二村勉強擠出話。

「一定是內部有人洩漏。只有這個可能性。」廣重如此斷言，並咬住嘴唇。「跟瀨名社長聯絡過了嗎？」

「還沒有。我想要等部長回來再說。」

「替我約時間。」廣重下達命令。「我要親自去一趟。」

7

廣重聯絡希望能夠盡快見面之後，比約定時間提早約十分鐘到達。

「我今天是為了這次事件來說明的。首先要跟您報告，事情雖然變成這樣，不過對於目前進行的計畫不會造成任何影響，敬請放心。」

「哦，真的假的？」瀨名聽到廣重的話不禁傻眼。「佛克斯的財務狀況已經糟到無法自主重整了吧？這樣還能對本公司投資一千億日圓嗎？真是莫名其妙。」

「資金已經調度完畢，鄉田社長也說，這次的案子會依照計畫執行。」

廣重說到這裡，祕書探頭進來，報告有訪客來臨。

「請他們進來吧。」

瀨名說這句話的同時，半澤和森山兩人就進入室內。

「這兩位是東京中央證券公司的半澤先生與森山。森山是我的朋友。」

聽到瀨名的介紹，廣重臉上露出警戒的神情。他在還沒有掌握狀況的情況下交換名片，然後皺著眉頭問：「東京中央證券？這是怎麼回事？」

瀨名說：「我想要尋求第二意見。」

廣重聽了，表情更加僵硬。

「首先我想要確認一下。」半澤開口說。「白水銀行提供佛克斯公司巨額融資這件事，是真的嗎？佛克斯的主要往來銀行不是東京中央銀行嗎？白水是準主力銀行，不太可能會提供這麼大筆的收購資金。」

「就算問我這種事，我也很難回答。」廣重不悅地皺起鼻子。「鄉田社長本人是這麼說的。社長──」廣重轉向瀨名。「我明白您想要尋求第二意見，可是難道您不信任我們嗎？擅自做這種事，我們會感到很困擾。」

這段發言清楚地透露出廣重的怒意。

「會感到困擾的是瀨名先生。」半澤代替瀨名回答。「佛克斯已經被發現業績不振，你們卻還要讓這家公司擔任收購新股的白馬騎士，這種方案實在是太愚蠢了。」

「我不是在跟你說話！」廣重憤怒地用幾乎要咬人的氣勢喝斥。「我是在和瀨名社長談！」

「我和半澤先生持相同意見。」

瀨名立刻如此回應，並冷冷地注視廣重。

這時半澤再度插入對話：「白水銀行應該沒有承諾要提供這筆融資，希望你們不要在這裡胡扯。」

「你有什麼證據這麼說？」廣重怒氣沖沖地瞪他。

然而半澤卻絲毫不改臉色，說出廣重一直隱瞞的真相：

「因為提供融資的是東京中央銀行，不是白水銀行。」

「社長，他說的話一點根據都沒有。基本上，東京中央證券不是東京中央銀行的子公司嗎？這些傢伙的目的，一定是要妨礙我們的防衛對策。」

廣重不是去反駁半澤，而是試圖說服瀨名：「如果聽他的意見，這個方案就真的會失敗了。難道沒關係嗎？」

「真會說。」半澤笑了。「這種騙人的方案，到底是誰想的？」

「當然是我們。」廣重駁斥他。「什麼叫騙人？收回你的發言！」

「找佛克斯那種寒酸公司來當白馬騎士，防衛電腦雜技的惡意收購——這麼粗糙的方案，的確很有可能是貴公司想出來的。」

半澤輕蔑地看著廣重。

「你們是來幹麼的？」廣重的聲音變得粗暴。「不要說些無憑無據的事，擾亂瀨名社長。」

「你是認真在說這種話嗎？」原本保持沉默的森山此時開口。「你說的話根本全都是謊言。」

「你說什麼？」

廣重面露怒色，但森山毫不退讓。

「你說投資資金是白水銀行出的，還說方案是你們公司想的，顧問可以像這樣胡說八道嗎？」

「你給我客氣點！」

廣重以憤怒的態度轉回瀨名。「瀨名社長，我們盡全力要替貴公司對抗電腦雜技的惡意收購，可是卻莫名其妙地被稱作騙子。這兩個人的目的很明顯，就是要像這樣詆毀我們的方案，坐上顧問的位子。」

「你真的敢這麼斷言嗎？」半澤的語氣突然帶有怒氣。「你能在這裡發誓嗎？」

「當然了。」

這時半澤從西裝外套內側取出一樣東西，放在桌上。這是ＩＣ錄音機。

半澤說：「剛剛的對話都錄下來了。廣重先生，我再問你一次：你敢斷言，你和太洋證券對瀨名社長說明的內容當中，完全沒有謊言嗎？」

「你……你要我說幾次同樣的內容？」

廣重雖然這麼說，但嘴脣卻在發抖。他的視線快速地在錄音機與半澤之間來回。

「你做這種事有什麼用意？」

「如果你明知佛克斯當白馬騎士會導致東京螺旋蒙受損失，卻仍舊繼續推行，就屬於犯罪行為。因為你利用顧問的地位欺騙客戶。我在問你，有沒有背後的陰謀。」

「怎麼可能會有！」廣重強硬地否定。

「絕對沒有嗎？」半澤再次問。「視情況我們也可以提告。你明知這一點還這麼說嗎？」

「提、提告？你在說什麼？」

廣重的臉上明顯露出狼狽的表情。

「是嗎？那就不用說了。」

半澤說完，將一份文件遞到廣重面前。

廣重一看到這份文件，臉上的表情就好像崩解一般，情感的碎片宛若拼圖一片片掉下來。

半澤說：「這是從某個管道入手的東京中央銀行文件，標題是『東京螺旋收購計畫』。電腦雜技公司、銀行、以及收購對象的東京螺旋，除此之外還有佛克斯和太洋證券——這些公司的金錢流動和負責扮演的角色都寫在這裡。你剛剛說自己的話不是謊言，那麼可以說明一下這份文件是怎麼回事嗎？我也可以現在就叫警察來。」

廣重張開嘴巴，似乎喃喃說了些話，但聽不出他在說什麼。

原本一直虛張聲勢的這個男人表情開始動搖，不久之後隨著細微的呼吸聲，將視線落在腳邊。東京螺旋的社長室陷入長時間的沉默。

「你說話啊！」

「這份資料怎麼會在這裡？」

廣重在六神無主中詢問，聽到半澤回答「有銀行的人向我們進行內部告發」，便顯得更驚愕了。

此刻廣重臉上顯露出走投無路的表情。他的眼珠子浮躁地左右轉動，拚命地在尋找反駁的話語。不久之後，他理解到已經沒有逃脫之路，臉色變得蒼白，眼中泛起絕望的神情。

「非常抱歉。」

最終擠出來的句子，是無庸置疑的敗戰宣言。

瀨名緩緩取出香菸點燃，森山則狠狠地瞪著廣重的側臉。

「我想聽的不是道歉，而是說明。」

聽到半澤冷靜的質問，廣重抬起此刻顯得相當畏怯的臉。

「事情是這樣的……這一切都是東京中央銀行設的局，我只是依照他們的指示，到這裡來進行說明。」

「你不是也答應要參與這項企劃嗎？不要推給別人！」

半澤一說完，廣重便拚命否定：

「不、不是我。這個案子是跟公司高層談的——」

「你們做的事已經很明顯觸犯法律。」半澤打斷廣重的話。「我們會找律師討論，大概會以背信或詐欺罪名提告。」

「請等一下！」廣重此時已經拋開自尊心，幾乎要哭出來。「我並不是想做才去做這種事的。我是說真的，請相信我！」

半澤對苦苦哀求的廣重說：

「那麼你就老老實實說出，這個案子是怎麼送上門來的，有什麼樣的幕後交易，包括時間、地點還有什麼人說了什麼話，全都說出來。」

廣重放棄抵抗，深深垂下頭。

沉默的時間不知過了多久，他終於開始娓娓道來。

這正是東京中央銀行的計畫崩壞的瞬間。

8

「東京中央證券？怎麼會——！」

聽到心力交瘁的廣重報告，野崎抬起頭之後就無法動彈。

野崎臉上浮現的表情是明顯的驚愕，但旋即轉變為疑惑，接著又變成憤怒。

「這是怎麼回事！」發出怒吼的不是野崎，而是伊佐山。「中央證券為什麼會牽扯上東京螺旋？我們的計畫為什麼會被他們知道？嚴禁外流的資料為什麼會流出？為什麼——」

「有人內部告發。」

廣重的回答讓伊佐山閉上嘴巴。野崎以警戒的眼神看著他。

「不可能。」野崎一雙充滿菁英意識的眼睛從銀邊眼鏡後方瞪著廣重。「本公司的情報管理非常嚴謹，小組成員都是熟知的人，不可能有人告密。你該不會是中計了吧？」

「可是他們連計畫圖都——」

「不可能。」野崎立即斷言，並反過來斥責廣重：「你為什麼不去打聽出情報來源？」

「不要轉移責任。」

廣重似乎總算找回了自尊心，語調中出現怒氣，但其實連廣重本人都已經不知道這股怒氣是針對誰——是針對鄙視自己的野崎或是針對自己，還是針對突如其來的這個狀況。

「我得提醒你，對方都說要考慮提告了，根本沒有餘地去問情報是從哪打聽來的。」

「提告？」伊佐山以一雙混濁的眼睛看著廣重。「東京中央證券的人說這種話？」

「沒錯。他們說這是詐欺、背信，要考慮提告。不只是我們，連貴公司也是同罪。你要怎麼辦？」廣重大吼。「請你們負起責任！」

這時伊佐山問：「東京中央證券的承辦人員是誰？你有問他的名字嗎？」

廣重從西裝外套的內側口袋掏出名片夾，放在桌上。伊佐山一看到就說：

「原來是半澤。」

他啐了一聲抬起頭，臉上出現變化。野崎則臭著一張臉，緊盯著桌面上的一點。

「你們認識他？」

「他是從本行外調到證券公司的員工。」

「從貴行外調的人？」廣重睜大眼睛。「這麼說不就是銀行員嗎？同樣是銀行的人，不可能去擔任敵對方的顧問吧？」

「這傢伙不是常識可以理解的對手。」伊佐山憎惡地說。

「這個叫半澤的傢伙到底是什麼樣的人物？」

兩名銀行員面面相覷，沉默一陣子才等到回答。

「這傢伙是最糟糕的對手。」不久之後伊佐山承認。「應該說是麻煩製造者。他也因此被外調到『證券』，可說是惡名昭彰。」

「他的作風的確很強悍。」廣重想起上次交手的經驗。「原來是問題行員。不論如何，只要銀行方面強烈要求，至少提告之類的應該可以解決吧？」

「不用你說，我也打算這麼做，只是──」伊佐山懊惱萬分地回頭看野崎。「這個計畫已經不可能繼續進行了。」

個性好勝的野崎以不甘心的眼神直視前方。他嚴肅的側臉述說著狀況的艱困。

不久之後，野崎吐出細長的嘆息。

「這個計畫只能停止執行了。」

「那要怎麼辦？」伊佐山啐了一聲並問。

「只能靠公開收購了。不過因為這次計畫失敗，東京螺旋應該也會被迫緊急重新擬定防衛對策。」

「對方的防衛對策如果是白紙，那麼已經調度資金的我們比較有利。」伊佐山立刻下結論。

野崎問：「你有沒有打聽到東京螺旋接下來要採取什麼樣的手段？」

「很遺憾，完全沒有。」廣重有些尷尬地回答。

野崎的表情彷彿想要說他很沒用，不過更重要的問題是如何面對電腦雜技。

「部長，這件事必須對平山社長說明。」

伊佐山皺起眉頭。平山並不是那麼容易說服的對象。

「電腦雜技的平山先生那邊，就請諸田去談吧。另一個問題是——」

伊佐山說到一半便停下來。他原本想要說，另一個問題是贊同這項計畫的三笠副董事長的反應，不過這種事不能在廣重這個局外人面前說出來。於是伊佐山面對廣重，以冷淡而事務性的態度說：

「總之，這個計畫就此結束。」

「也只能這樣了。」廣重不情願地說。「不過失敗結束並不是我們的過失，還是要請你們付一部分的手續費。」他表現出生意人的一面。

「別開玩笑。」伊佐山駁斥他。「這項計畫應該是成功之後才支付酬勞的。貴公司已經從東京螺旋取得顧問契約的手續費，應該已經夠了吧？」

「這樣不合約定。」廣重繼續堅持。「我們之所以被指責為背信、詐欺，歸根究柢都是因為你們的計畫有問題。怎麼可以光只是利用人，事後卻什麼都不管？」

「現在先別提這些。」伊佐山以從容的表情站起來說。「我們也同樣在意訴訟的問題。別忘了，無法取得東京螺旋的信任、好巧不巧還讓半澤介入，是貴公司的責任。要是你們能夠好好控制局勢，就不會發生這種事了。」

廣重正要反駁，伊佐山卻打斷他並繼續說：「總之，我們會去向東京中央證券施加壓力。這樣就行了吧？」

「這件事務必要請你幫忙。」

廣重如此回答，伊佐山便拍了一下手結束談話。「那麼你們協助計畫的手續費，就用這次壓下事端的手續費抵消吧。」

以精明能幹著稱的東京中央銀行證券營業部長說完，不等對方的反應，就迅速走出房間。

9

「真痛快。不過真的要告他們嗎？」

當天晚上，半澤和營業企劃部的年輕人一起去居酒屋時，森山咧嘴笑著問。

「不會。」半澤想到當時的情景，也忍不住想笑。「就算為了洩憤提出訴訟，也只會徒增麻煩而已，這點瀨名先生也明白。我只是嚇嚇他們。銀行那群人現在應該也很緊張。」

「那個叫廣重的傢伙慌張的模樣，真的很好笑。」森山滿面笑容。「他的謊言被拆穿時那副表情，現在想起來也感覺心情舒暢。」

「他只是個小咖。」半澤輕描淡寫地說。

「你的意思是，還有更大咖的人物？」

森山單手拿著生啤酒的杯子思索。「是指銀行證券營業部嗎？」

「沒錯。」半澤點頭。

「有一點我很在意。」森山把喝到一半的啤酒杯放回桌上。「你認為這個方案有經過東京中央銀行正式通過嗎？」

「當然。」半澤回答。「但是不太可能是中野渡董事長喜歡的做法，所以這個方案最終大概是交給三笠副董事長和證券營業部自行決定。三笠副董事長過去在證券部門工作，而且還是舊東京的領導人物。董事長即使對這個方案抱持疑問，考量到銀行內部的平衡，大概會覺得不妨讓他們試試看，然後在一旁觀望結果——善於謀略的中野渡先生很有可能會做出這樣的判斷。他是個清濁並包的人。」

半澤交叉雙臂，瞪著居酒屋的牆壁。「現在那些傢伙大概也在為這個問題研擬對策吧。他們不可能就這樣默默撤退，一定會使出其他計謀。」

「比如說呢？」

「最有可能的，就是從銀行的立場對本公司高層施加壓力。」

「真齷齪。」森山憤恨地說。「明明是他們偷走我們的案子。」

「對方不會跟我們講道理。銀行員的專長就是把自己的行為正當化。」

「又是組織的邏輯嗎？」森山皺起鼻子。

「你討厭這種東西吧？」

半澤這麼說，森山便明確地回答：

「很討厭。我們這個世代老是被這種東西耍得團團轉。」

「也許吧。像是組織或社會之類的——」半澤回答。「不過有時候也必須對這些東西宣戰。如果只是乖乖順從權威，未免太無聊了吧？組織的邏輯又怎麼樣？沒有一個工作是毫無壓力的。不只是工作，任何事都一樣，有暴風雨的日子，也有陽光普照的日子。要具備度過難關的力氣，才能夠完成工作。森山，你要和這世上的矛盾與不合理戰鬥。我也是這樣走過來的。」

森山握著喝到一半的啤酒杯，呆呆注視半澤好一陣子。

不久之後，他說「我知道了」，接著把握在手中的啤酒杯「咚」一聲放在桌上。

「部長既然這麼說，我也會戰鬥。」

「首先是明天。」

半澤這麼說，一直在聽兩人對話的尾西就問：「明天要做什麼？」

「要一決勝負。」森山回答。

「勝負？」尾西呆呆地問。

「到明天，你就知道了。」森山以毅然的表情注視虛空。

10

「計畫無法繼續進行？請問這是什麼意思？」

副董事長三笠洋一郎用詞雖然客氣，但卻以銳利的眼神直視伊佐山。

證券營業部一大早就將留言傳給三笠。伊佐山預期三笠一整天都有要事，大概要到傍晚才會有反應，但是卻在剛進入下午的時候接到召喚的電話，不禁感到驚訝。看來三笠似乎特別變更預定行程，撥出時間。由此可見他對這個案子的關心。

「很抱歉，東京螺旋公司似乎察覺到這個收購方案了。依照目前的狀況，原本安排佛克斯當白馬騎士的計畫無法繼續進行。」

三笠無言地催促他繼續說下去。長年當他下屬的伊佐山深知，三笠雖然文靜，但絕對不是敦厚的人。

「收購計畫被察覺了？怎麼被察覺的？」三笠果然詢問這一點。

「東京螺旋公司找了新的顧問，被那個顧問看破了。對我們來說也是晴天霹靂——」

「那家顧問是什麼公司？」

被問到這個問題，就連伊佐山也變得吞吞吐吐。他判斷這件事應該當面告知，因此沒有寫在先前的留言上。他雖然預期到這個問題，不過面對三笠的怒氣，仍感到有些難以啟齒。

「是東京中央證券。」

沒有回應。

三笠看起來就像做得很逼真的人體模型，一雙眼睛平淡地看著在桌前直立不動的伊佐山，讓伊佐山感到背脊發涼。

「看樣子，東京中央證券當了顧問之後，進行了深入調查。」

「從什麼時候開始的？」三笠總算開口問。

「不知道。昨天太洋證券的人和東京螺旋的瀨名社長面談的時候，才第一次聽到這個消息。根據太洋證券的說法，在那之前完全沒聽說瀨名社長要締結新的顧問契約。」

「這種事不會突然冒出來吧？」

三笠的指摘總是正確，而且通常沒有反駁的餘地。伊佐山用手指擦拭滲出冷汗的額頭。

「我指示過太洋證券，要好好關注瀨名社長，可是承辦人員似乎太大意了。」

伊佐山暗示計畫失敗的原因在太洋證券，但是身為完美主義者的三笠不可能因此而平息怒火。

為了讓這次收購案成功，努力去說服董事會的，正是三笠。

他說服不太情願的中野渡，以副董事長的身分主張本案會為銀行證券業務帶來極大貢獻，成為提供電腦雜技巨額貸款的原動力。

假設電腦雜技收購東京螺旋失敗，巨額貸款不僅會失去用處，也會讓三笠顏面無光，甚至還會影響到身為顧問的東京中央銀行聲譽。

「東京中央證券是怎麼看破我們的計畫的？」

伊佐山扭曲了一下臉孔，擺出苦澀的表情。

「聽太洋證券說，是內部告發。」

「內部告發？」

三笠以詫異的眼神看他。「別胡說！為什麼要向東京中央證券告發？犯人是誰？」

「顧問小組的成員都是熟知的人，不可能會做那種事。」

「也就是說，計畫內容洩漏給小組以外的人了嗎？」

三笠的問題讓伊佐山露出苦澀的表情。

「有這個可能。但是情報管理執行得很徹底，很難想像會洩漏給顧問小組以外的人。關於這一點，我打算接下來進行調查。」

「真是太難堪了。」三笠的反應很冷淡。

「不過聽太洋證券的說法，對方的態度很強硬，還說不惜提告。」面對預期的發展，伊佐山擦拭額頭上的汗水。

「我不會讓他們做那種事。」三笠立即說出伊佐山期待的回答。「我會親自找岡社長談。你知道說出這種話的承辦人員是誰嗎？」

「聽說是……從本行外調的人。」伊佐山難以啟齒地說。

「外調的人？」三笠瞪他一眼。「是誰？」

「是半澤。之前在第二營業部的——」

三笠深深皺起眉頭，臉上泛起憎惡的表情。

「這是很嚴重的問題。」

三笠很難得地表露出情感。「證券子公司不僅妨礙母公司東京中央銀行的案子，還揚言要提出訴訟，真是太荒唐了！」

「您說得沒錯。不過對我們來說，如果把事情鬧大、傳入董事長耳中，也會很麻煩。」

「我知道。」三笠板著臉說。

「希望您能夠英明處置。」

就在伊佐山深深鞠躬時，有人敲門。

探頭進來的是諸田。不知為何，他的表情顯得很僵硬。

「對、對不起，打擾兩位談話。」

諸田道歉之後，匆匆忙忙進入房間。「根據剛剛得到的情報，東京螺旋公司決定收購佛克斯，將進行公開收購。」

「什麼？」伊佐山發出驚愕的聲音。

「對方的手段太超乎想像了。他們到底在想什麼……」諸田的臉上隱藏不住困惑的表情，歪著頭感到不解。

三笠以冷靜的聲音問：「你們和佛克斯的鄉田社長談過了嗎？」

諸田不知所措地說：「我們想要聯絡他，可是還沒有聯絡上。」

伊佐山無法理解發生什麼事，但是他感覺好像聽見某個不明物體接近的腳步聲。

「接下來要跟平山社長面談吧？我也一起去。」

伊佐山以布滿血絲的眼睛看著下屬。

「好的。」

伊佐山和諸田一起離開三笠的辦公室，關上門之後憤恨地說：

「半澤到底有什麼企圖！」

第六章　電腦人的憂鬱

1

「我那麼相信貴行，怎麼會發生這種事？」

電腦雜技集團的平山一如往常，一副上班族般的風貌，將嚴厲的視線投射在對方身上。

「真的很抱歉。」諸田與伊佐山一起道歉。「因為東京螺旋的顧問太洋證券的疏忽——」

諸田正要說出事先準備的藉口，就有人歇斯底里地打斷他：

「不能這樣說吧？」

打斷他的不是平山，而是在平山旁邊的副社長美幸。「找太洋證券來參與計畫的，不就是你們嗎？現在還說這種話，太不負責任了！」

「很抱歉。」諸田無從反駁，再度道歉。「不過事情既然演變成這樣，利用佛克斯的計畫勢必得放棄。雖然是很傳統的方式，不過今後將採取公開收購的方式來進行。」

「平山社長，關於佛克斯的事——」伊佐山接著說。「我們剛剛得到東京螺旋公司發表收購意願的消息。他們宣稱要透過公開收購的方式取得過半數股份，不知道您聽說了沒有？」

「我剛剛在網路新聞快報上看到了。」平山沒有露出驚訝的態度，淡淡地說。「我很難理解他們的用意。有可能收購成功嗎？」

伊佐山回答：「佛克斯的股價在巨額虧損的消息被報導出來以後，就持續暴跌。視收購價格，很有可能取得過半股份。如果要支援佛克斯，現在這個時機應該最適合。您認為呢？」

這時平山以看到珍奇事物的眼神看著伊佐山。

「你這話是什麼意思？」

這個問題讓伊佐山感到困惑。先前尋找佛克斯的援助對象時，明明就是電腦雜技集團主動接受的。

「我的意思是，如果您要依照約定救援佛克斯，請趁現在這個時機公布。佛克斯希望得到電腦雜技公司的救援。」

「情況不一樣了吧？」

平山一反伊佐山的期待，冷冷地說。平山外表雖然是個一板一眼的上班族，但骨子裡是個世故狡猾的新創企業家。此刻他那現實主義者的本質正從面具之下露出來。

「如果能夠利用在收購方案還有話說，但是這個方案已經失敗了吧？既然如此，本公司對於收購案也得採取謹慎的態度。」

平山翻臉之快速，讓伊佐山感覺到腋下開始冒出冷汗。轉頭一看，諸田也啞口無言地注視平山。

「你也知道這個業界非常嚴苛。我和鄉田社長雖然很要好，不過沒有天真到會為了溫情而提供救援。」

「可是，社長──」伊佐山慌了起來。「鄉田社長已經準備好要加入電腦雜技的旗下了。您是否跟他談過目前的想法？」

「沒有。」平山很坦然地回應。「不過鄉田先生一定也能夠理解。」

這下不妙了。

東京中央銀行對於佛克斯的總授信金額約有三百億日圓，原本盤算只要電腦雜技將佛克斯納入旗下就能安全收回，但是現在這個盤算卻即將落空。

「我們之所以支援貴公司收購東京螺旋，是以救助佛克斯為前提。這一點希望您能夠理解。」

「伊佐山部長，情況正好相反。」平山以冷酷的眼神看著他。「我們之所以正式提出要救援佛克斯，是因為你們宣稱可以利用在東京螺旋的收購方案，除此之外沒有別的原因。現在方案本身已經失敗，我無法理解把佛克斯納入旗下有什麼好處。」

「社長，這樣的話我們會有點──」

諸田為難地深深皺起眉頭，但平山絲毫不為所動。

「有點什麼？」

以銳利口氣詢問的不是平山，而是美幸。

「對我們來說，貴公司的收購資金和佛克斯的救援計畫是結合在一起的。」伊佐山繼續說下去，並提出勸告。「一開始的想法，就是以這樣的『組合』提供收購資金，因此希望貴公司能夠依照計畫進行。」

伊佐山也必須顧慮銀行內部的狀況：如果融資條件變更，就必須再度呈報董事會，等候裁決。條件變更，就代表先前提案的證券營業部對於形勢的判斷太過天真。因此他不能輕易讓步。

「我們當然也知道這兩件事是相關的。」平山也同意。「但是利用佛克斯的收購計畫已經失敗了，那就沒有履行的義務了吧？」

「在支援收購資金的階段，計畫就已經開始了。」伊佐山低著頭，一雙眼睛從下方窺探平山。「可以請您關照一下嗎？佛克斯並不是非常昂貴的商品。」

然而平山夫婦卻連眉毛都沒有動一下，默默拒絕他的請求。

「你為什麼要這麼堅持？」美幸開口問。「東京螺旋已經宣布要買下佛克斯吧？這一來鄉田先生也能得救，貴公司也能守住債權，不是嗎？」

「副社長，銀行交易並沒有那麼簡單。」伊佐山很有耐心地解釋。「雖然俗話說『金錢沒有顏色（註7）』，可是銀行的工作就是要替無色透明的金錢賦予色彩。先前的一千五百億日圓貸款，是為了做為收購資金兼救援佛克斯的資金提供的。既然已經賦予這樣的色彩，希望您能夠依照約定執行。」

「我拒絕。」平山回答。「伊佐山先生，如果你這麼說的話，我可以解除顧問契約。畢竟當初也不是我們主動要求的。」

在一旁觀望對話發展的諸田臉色變了。

伊佐山沉默地屏住呼吸，注視平山。

如果失去顧問的地位，東京中央銀行的評價就會一落千丈。這同時也意味著，兩人在銀行內的評價會被貼上無法抹去的叉叉。

7　原意是指不管怎麼得來的錢都是錢，沒有區別。

「社長，我們不是從貴公司上市以來……不，在那之前就一直來往嗎？貸款不會只有這次，還有將來。生意不會永遠都一帆風順。」

伊佐山的表情出現陰影，眼光變得銳利。他的遣詞用字雖然恭敬，但態度卻顯露出「借錢給你是施恩」的傲慢。

伊佐山繼續勸說：「請別只看這個案子，應該進行全盤的思考。大家彼此互相幫忙，遇到麻煩時能夠伸出援手，不就是因為有過去親密往來的歷史嗎？」

他的話可以解釋為威脅，不過平山只是默默傾聽。

「收購才剛剛開始，平山先生。把東京螺旋公司納入旗下之後，一定會需要營運資金。為這種事起糾紛，對貴公司來說應該沒有好處。」

「既然你這麼說，我就考慮看看吧。」

聽到他的回答，兩名銀行員稍稍露出安心的表情。

「希望您能夠做出英明的決斷。」

伊佐山換上殷勤的態度。平山改變話題，表達不滿：

「話說回來，東京中央證券究竟在想什麼？不僅不顧念和本公司之間的關係，甚至還無視於母公司銀行的目標，根本就是暴走的子公司。這是貴行管理的問題吧？」

平山對於東京中央證券成為東京螺旋的顧問一事，似乎感到非常憤怒。

「關於這一點，真的很抱歉。」

伊佐山把手放在雙膝上，禮貌性地低頭。「就如您所說的，這實在是太不像話了，本行也會重視這件事，進行適當的處分。我們絕對不能容許違背集團整體利益的行為。」

「總之，希望不要變成太過亂七八糟的局面。」

平山憎惡地啐了一聲，結束這場面談。

2

東京螺旋公司宣布佛克斯收購計畫的次週，東京中央證券的岡社長收到副董事長三笠的通知——「希望能夠立刻談談」。

銀行副董事長直接召喚證券子公司社長是很罕見的情況，不過不用問也知道是為了什麼。半澤當然也被指定要同行。

此刻在桌前閱讀文件的三笠緩緩站起來，以動作示意他們坐在沙發，自己則坐在對面的扶手椅。

半澤在銀行員時代，就很熟悉這名敵對派系的領袖。

三笠不是容易爆發情緒的類型，卻也不是沉默寡言的人。然而在岡與半澤進入辦公室之後，三笠就一句話都沒說。他顯得心情很差。這時有人敲門，走進來的果然是證券營業部長伊佐山。

伊佐山以焦躁的眼神看了半澤一眼，然後坐在空著的對面座位。

「請你們說明，擔任東京螺旋公司顧問的意圖是什麼。」

三笠總算開口說話，言語宛若剛從製冰室滾出來的冰塊般堅硬冰冷。

「這是做為本公司正常業務活動的一環而進行的。」

岡回答時的側臉因為緊張而僵硬。他平常雖然對銀行懷有強烈的對抗意識，但是遇到副董事長三笠這樣的對手，也不免弱了一截。

「你們的業務活動不是以集團整體利益為前提嗎？」

「當然了。」岡回答時臉頰附近仍舊僵硬。

「那麼你們做的事情就很矛盾了。」三笠的視線轉向在一旁沒有說話的半澤。「可以請你們退出嗎？半澤，你認為呢？」

「話雖然這麼說——」半澤開口。「但是即使是同一個集團，只要雙方都有執行同樣業務的證券部門，這種情況應該是可以預期的。」

「你以為這樣符合集團利益嗎？」

半澤回答：「我不是在說眼前的利益。我認為本公司參與這樣的大型收購案件累積經驗，長期來看一定有助於強化證券部門。不用說，這樣對將來集團的整體利益也會有所貢獻。」

「你的說法還真奇怪。」三笠以看不出情感的眼睛盯著半澤。「你說的長期利益指的究竟是多長的期間？五年？還是十年？在講究速度經營的時代，這樣的想法根本就不合適。」

「本公司還很年輕，沒有實績。像這樣的公司要成長，不能只追逐眼前的利益，必須以長期的視野累積經驗。」半澤以冷靜穩重的語調反駁。「另外，說到集團利益，一開始和電腦雜技集團簽訂顧問企業的是本公司。貴行唆使他們毀約，並且簽訂新的契約，這種做法要怎麼連結到集團利益？可以請教一下意見嗎？」

三笠臉上浮現不快的表情，但沒有出言反駁。

「半澤，你對副董事長太失禮了！」伊佐山立刻斥責他，但半澤不予理會，等待回答。一旁的岡屏住呼吸。

「你得知道，證券部門在銀行是重要單位之一。像這麼大的案子，由銀行來做當然會比證券子公司更好，你不認為嗎？這是商務效率的問題。」

對於三笠的回應，半澤很果斷地說：「副董事長，我是東京中央證券的人。我的工作就是讓東京中央證券成長，確保公司利益。為了達成目標，電腦雜技的生意是不可或缺的。如果銀行進行那樣的判斷，應該事先告知想要取代我們當顧問吧？貴行的行為太不講道理了。」

「適合當電腦雜技公司顧問的，不是『證券』是我們吧？」伊佐山盛氣凌人地說。「我們證券部門的實力遠遠超過你們，也因此才能提供充實的服務。平山社長也是因為明白這一點，才會自行判斷讓我們成為顧問。也就是說，這是客戶的判斷，沒有比這個更符合道理的事了。這種事情不需要一一報告通知。」

「那麼我們的立場也一樣。」半澤回嘴。「東京螺旋公司委託我們擔任顧問，因此我們才接下這份工作，這樣做哪裡有問題？伊佐山部長，可以請你告訴我嗎？」

「不是已經說過了？」伊佐山顯得很焦躁。「這樣做違反集團利益。」

「部長剛剛不是說，銀行的實力更高嗎？那麼即使對上本公司，也沒什麼問題吧？」

伊佐山縮起下巴，思索反駁的句子。

「我是在替你們公司擔心。你們採取的手段有可能毀損東京中央證券的市場評價，這一來，也有可能會影響本行的證券策略。」

「伊佐山部長，你似乎忘了很重要的事。」半澤說。「中野渡董事長的口號，就是顧客第一主義。個別的顧客委託自己相信最適合的對象擔任顧問，我們的使命不就是要回應顧客的期待嗎？即使是同一個集團，顧客也不一樣。以集團理論為優先、不回應顧客需求，應該是違背董事長想法的。而且董事長平日以來就說，東京中央銀行和東京中央證券是同業的競爭對手。可以告訴我們董事長對本案有什麼看法嗎？」

伊佐山說不出話來。三笠手指交錯放在肚子上，凝視著半澤。他們之所以無法回答，是因為沒有向董事長報告過，證券本部奪走了東京中央證券的顧問契約。

「伊佐山部長，可以請你們講道理嗎？」半澤繼續說。「如果說因為是集團公司就要我們退出，那麼你們也不應該未經告知就強奪子公司的生意吧？」

「我知道了。」三笠打斷正要開始反駁的伊佐山，雙手拍了一下。「你的意思是，這是銀行和證券公司各憑努力獲得的生意吧？」

「正是如此。」半澤回答。

「既然如此，伊佐山——你也沒有必要客氣。」三笠對在一旁忿忿不平的伊佐山說。「雙方的顧客既然都可以接受，那就只要確實盡到各自的職責就行了。沒錯吧，岡社長——」

岡在副董事長面前失去平常的氣勢，一直乖乖地聆聽他們的對話，這時短促地回了一聲「是」。

「很抱歉在百忙之中請你們過來。」三笠站了起來。「如果是這樣的話，那就請你們加油，別丟臉了。我們是不會手下留情的。而且就算失敗，我也不想聽你們找藉口。半澤，我想你應該也有這樣的心理準備吧？」

「當然了，這正如我所願。」

半澤果斷地回答，和岡一起離開副董事長的辦公室。

3

「不要緊嗎，部長？」森山聽了他們在銀行的談話內容，露出不確信的表情。「做了這種事，將來不會很難回到銀行嗎？」

「沒必要去想那種事。」半澤一笑置之。「我要想的只有如何提升東京中央證券的利益。要不要回去那種無聊的事，交給人事部判斷就行了。上班族的使命，就是要全力達成被交代的工作。有什麼問題嗎？」

半澤詢問愁眉不展的下屬。

「你說得也許沒錯。」森山顯得困惑。「可是從銀行外調來的人，似乎都只想著要回到銀行。諸田次長和三木先生不都是這樣嗎？」

「回到銀行比較好的想法，其實只是錯覺。」

森山默默地看著半澤。

「上班族——不，不只是上班族，而是所有工作的人——最幸福的情況就是在需要自己的地方大展身手。公司大小或知名度並不重要，我們追求的不是招牌，而是內容。」

「內容？」森山喃喃地問。

「你以後也會知道。對了——」半澤把話題拉回來。「我想要請瀨名社長同席，一起和鄉田社長進行面談。」

「鄉田先生會見我們嗎？」

「我也不知道。不過如果收購成功，就有可能會一起工作，所以姑且還是得先打聲招呼。」

半澤拿起辦公桌上的電話，直接打給瀨名。

瀨名主張「一定要直接見面打個招呼」。

他大概也有話想要對鄉田說。

幾天前還扮演白馬騎士、要來拯救東京螺旋公司的男人，此刻被戳破了假面。對於這個夥同銀行和證券公司、進行接近詐欺行為的傢伙，瀨名或許想要當面擲出挑戰書。

當天下午，鄉田通知他們願意面談。

「話說回來，沒想到鄉田社長會接受面談的請求。」

這天在前往佛克斯公司的途中，森山說出心中的感想。

「不，我本來就覺得有這個可能性。繼續逃避也於事無補，鄉田先生大概也覺得該道歉時就應該道歉。這點是正確的。」

他們和瀨名約在位於品川的佛克斯總公司前。一行人被帶到會客室之後，神色緊張的鄉田立刻走進來。

「鄉田先生，很抱歉讓你在百忙之中撥出寶貴的時間。」

瀨名的語調帶著譏諷，眼中則泛起怒意。

「不，原本應該由我主動登門道歉的。」鄉田深深向瀨名鞠躬道歉：「這次的事真的很抱歉。」

「為什麼？」瀨名質問一再道歉的鄉田。「你為什麼要撒那種謊？請告訴我理由。」

東京中央銀行的計畫失敗之後，鄉田有好一陣子沒有聯絡。詭計被拆穿的事，想必立刻就傳入鄉田耳裡。另一方面，瀨名也沒有主動聯絡鄉田，不過主要是為了進行收購佛克斯的新計畫。

鄉田的表情變得扭曲。

「是我太懦弱了。這是一切問題的根源。」

「我不了解你的意思。」

瀨名皺起鼻子，臉上赤裸裸地顯示出厭惡感。

鄉田說：「本公司因為投資失敗造成巨額損失，資金調度變得困難。公司已經很難自主重整，必須尋找賣身的對象。電腦雜技的平山先生如果不願意接受，我們就走投無路了。既然是平山先生的要求，我實在無法拒絕。」

「這只是藉口而已。」瀨名出言責難，鄉田只能低下頭接受。「鄉田先生，你做的事等於是詐欺。為了錢，你什麼都做得出來嗎？難道你是經濟流氓嗎？」

「我太膽小了。」鄉田的這句話，顯露出被逼到絕路的經營者心情。「我害怕自己會倒閉，流落街頭。我以為如果被平山先生拋棄，就再也沒有人可以幫助本公司了。」

「為了自己的利益，就可以騙人嗎？」瀨名的話中展現了內心的憤怒。「鄉田先生，不論身為人，或是身為經營者，你都違背了自己的原則。你說要專注於本業，可是一旦業績稍微惡化，就想要靠投資來賺錢，所以才會失敗。你雖然找了很多藉口，可是歸根究柢，就是捨不得放棄地位和名聲吧？」

「你這麼說，我也覺得或許是這樣。」

「不是『或許』，事實就是這樣。」瀨名一口咬定，湊向前說。「我絕對不會原諒這次的事。這一點我要跟你說清楚。」

「很抱歉。」鄉田仍舊只能小聲道歉。

「話說回來，今天來到這裡拜訪，並不是為了要求道歉。」半澤看準適當的時機，切入話題。「東京螺旋公司決定要透過公開收購買下佛克斯公司。針對這一點，希望能夠請教鄉田社長的意見。如果可以的話，也希望您能夠同意。」

鄉田陷入沉思，雙眼盯著桌上的一點。最後他終於抬起視線回答：

「這一點我辦不到。就如我先前說的，平山先生已經承諾要救援本公司。有關冒充白馬騎士一事，我的確感到很抱歉，可是我無法同意貴公司的公開收購。先答應我們的是平山先生。」

「鄉田社長，這種事不是先後順序的問題吧？」半澤提出質疑。「您是否曾經想過，對您來說——不，對佛克斯來說，哪裡才是真正適合的對象？您認為加入電腦雜技的旗下，真的會順利嗎？」

鄉田回答：「老實說，我當時已經走投無路。平山先生對我伸出援手，不論如何我都不能背叛他的恩情。」

半澤反駁：「您雖然這麼說，但是平山社長是個徹頭徹尾的現實主義者，他不會為了人情而伸出援手。電腦雜技公司只會計算利益而已。你們有談過救援收購之後的計畫嗎？包括經營陣容、經營方針、員工雇用——被電腦雜技收購之後，現有的佛克斯公司文化就會整個被改變，完全不留原貌，您所培育的公司只會留下招牌，其他的一切都會被電腦雜技吞沒。不，也許他們只奪走想要的東西，剩下的就棄之不顧；也許他們的目標只是貴公司的客戶和業務技術。這樣的話，所謂的救援就只是空有其名。」

鄉田沒有回答，低著頭交錯十指沉思。不久之後，他說：

「我相信平山先生。本公司販售的是電腦和周邊機器，電腦雜技雖然屬於相關行業，但擁有我們所沒有的顧客群。如果兩家公司結合在一起，應該能夠期待某種加乘效果，一定會有重生的機會。」

半澤說：「如果貴公司是製造電腦或周邊機器的公司，或許會是如此，但是貴公司和電腦雜技都是從製造商進貨，就這點來說其實立足點是相同的。電腦雜技目前也能夠便宜進貨，從貴公司進貨一點好處都沒有。這件事對於電腦雜技完全沒有好處。恕我冒昧，平山先生只把貴公司當作收購東京螺旋的工具，而且現在連這點意義都消失了。」

在一旁聆聽的森山抬起頭來。從他的表情可以看出，他也是在聽了半澤指出的問題之後，才發覺到電腦雜技的真正用意。

「在這裡推測平山先生的想法，也沒有任何用處吧？」鄉田的話中帶著些許的焦躁。「總之，既然平山先生已經找過我們，我的想法就不會改變。要公開收購的話就請便。瀨名先生，這點是由你自行判斷，但是本公司不會表示贊同。雖然對你做了很抱歉的事情，不過這方面我必須遵守道義。」

「到現在才講道義嗎?我知道了。」瀨名拍了一下膝蓋，對鄉田說。「那麼我們就會開始收購貴公司，請你做好心理準備。繼續談下去也不會有進展，我們就告辭了。」

和鄉田的這場面談，沒有得到任何成果就結束了。

4

「所以要直接進行公開收購了嗎？」

渡真利聽完半澤的話這麼問，然後把比目魚的薄生魚片拋入嘴裡。他們此刻在銀座KORIDO街地下一家渡真利常光顧的壽司店。

「鄉田先生很頑固，所以也沒辦法。反正我原本就不期待會很簡單。」

「他也許寧願接受同輩的平山先生援助，也不想加入三十出頭的年輕小子門下吧？」

「這或許也是原因之一。」半澤邊夾起生魚片邊說。「不過問題是，身為經營者，鄉田先生現在的雙眼被蒙蔽了。他出現很明顯的判斷錯誤。先前貿然投資造成巨額虧損也是同樣的情況。這次的案件明明很清楚，沒辦法從電腦雜技得到任何好處，他卻堅持錯誤的道義論而試圖忽略這一點，等於是在逃避現實。」

「另一方面，如果是東京螺旋公司收購，應該可以得到好處。」渡真利表示認同。「既然鄉田先生採取那樣的態度，你們就儘管去收購吧——雖然想這麼說，不過這件事也牽扯到我們銀行，所以有點複雜。」

渡真利稍稍皺起眉頭，然後改變話題：「對了，聽說你被副董事長找去了。」

不愧是銀行首屈一指的順風耳，這麼快就得到消息。「對你說這種話大概也是枉然，不過你最好還是不要太刺激他們吧？搞不好會變成真正的單程車票。」

「證券公司待起來也滿舒服的。」

「別說傻話！」渡真利擺出凶狠的面孔。「如果你真的回不來了，會有很多人感到失望。聽說你跟伊佐山也槓上了。」

「誰叫他那麼不講道理。」半澤嗤之以鼻。「沒什麼大不了的。」

「只有你會這麼想。」渡真利已經喝光啤酒杯裡的酒，改喝溫酒，臉頰變得紅潤。「聽說三笠副董事長去找兵藤部長婉轉地談過。他提到你的事情，說你是個麻煩人物。這是在場的人告訴我的。」兵藤裕人是人事部長。「兵藤部長當時似乎只是隨便敷衍一下，但是實際上，對於東京中央證券擔任東京螺旋公司的顧問，有很多人抱持反感。」

「何不去跟那些人說說銀行做了什麼？」半澤充滿諷刺意味地說。「這一來，大家應該都可以理解。」

「雖然可以說是做賊的喊捉賊，不過有一派人即使知道內情，也會主張是你不好。至於是哪些人，我就不多說了。」

大概是副董事長三笠和伊佐山、野崎等人吧。

「所以呢？」半澤問。

「所以說，那些人正開始進行策劃，要讓你再也回不到銀行。」渡真利深深嘆了一口氣，又說：「除了這件事，現在證券本部也在搜查洩漏計畫情報的犯人。他們懷疑有人對你洩漏情報。你不是說過，你是從某個管道得到情報的嗎？」

「有嗎？」半澤故意裝傻。「基本上，是他們先偷取情報的。」

「這種說法怎麼可能行得通！」渡真利感到無言，以認真的眼神繼續說：「現在銀行內部的『半澤包圍網』已經逐漸成形。中央證券待起來很舒服嗎？那真是恭喜你了。不過啊，半澤，你不是待在子公司的人物。你是應該在東京中央銀行的中樞工作的人才。這一點你千萬別忘了。」

5

「這次真的很抱歉，造成這麼大的困擾。」

鄉田鞠躬道歉。平山口中雖然說「別在意，你們也辛苦了」，但是態度感覺有些冷淡。

很明顯地，平山對於利用佛克斯收購東京螺旋的計畫失敗感到焦躁，並且似乎無法決定該把責任歸咎到何方。

鄉田來到這裡之前，銀行告訴他，把計畫失敗解釋為太洋證券的疏忽就行了，但是佛克斯的巨額虧損被報社報導出來，是鄉田的責任。他無法把一切都歸咎於證券公司，假裝事不關己。

「讓東京中央證券擔任東京螺旋公司的顧問，或許的確是太洋證券的疏忽，但是更大的問題是本公司投資失敗的事上了新聞，對此我感到很遺憾。這是我的能力不足招致的後果。目前正在調查情報是如何洩漏——」

「別說了，鄉田先生。」平山不悅地打斷他。「現在才來追究原因也沒有意義。不論是哪家公司來當東京螺旋的顧問，只要看到那則報導，一定會察覺到有問題。在那一刻，這個計畫就已經失敗了。一定要說的話，那是絕對不應該洩漏的情報。」

「你說得沒錯。」鄉田意氣消沉地承認。「非常抱歉。」

「話說回來，這招還真是奇招。」平山指的是東京螺旋公司收購佛克斯的方案。

「老實說，我也沒有預期到他們會來這一招。」

「關於這件事——」鄉田依舊以低調的表情說。「昨天瀨名社長來訪，提出正式的要求。」

「現在才來？既然要提出的話，應該在發表之前拜訪才合乎禮儀吧？順序完全顛倒了。」平山毫不檢討自己，提出指摘。「他應該先和鄉田先生談，如果無法得到同意，才進行公開收購之類的程序。真不知道最近的年輕人在想什麼。」

「瀨名先生或許有很大一部分理由，是在得知平山先生和我的關係之後，憑一時怒氣而採取行動吧。」

「鄉田先生，你是怎麼回應的呢？」詢問的是副社長美幸。

「我當然拒絕了。」鄉田回答。

平山維持著左手貼在太陽穴附近的姿勢，只轉動眼睛看著鄉田。美幸直視前方，沒有說話。

在微妙的氣氛中，鄉田繼續說：

「先提出收購案的是電腦雜技公司，本公司也以這樣的前提完成公司內部調整。今天來拜訪，也是為了針對這件事討論具體的時間表。」

然而平山卻給了意外的回覆：

「是嗎？我可以理解你的心情，不過事情演變成這樣，就算不是我們公司，找東京螺旋也一樣吧？」

鄉田望著平山的臉，有好一陣子說不出話來，然後困惑地問：

「請問這是什麼意思？」

「我很不想說這種話，不過關於收購貴公司，我們看重的是對於東京螺旋收購方案有很大幫助的部分。既然這個方案失敗，情況就不一樣了。東京螺旋公司如果有收購貴公司的意願，那麼朝這方向進行應該也不錯吧。」

「請等一下，平山先生。」鄉田連忙說。「我們是以進入電腦雜技公司為前提進行準備，貴公司應該也一樣才對。」

雙方企劃部員工已經成立合作小組，摸索今後的事業計畫。

「這點我也明白，不過老實說，我們也有些不知所措，沒想到狀況會變化這麼大。而且更關鍵的是，假設貴公司被東京螺旋公司收購，我們也會收購東京螺旋。也就是說，繞了一圈，結果還是相同的。」平山提出粗暴的詭辯。「這樣做，對我們來說也比較划算。」

「划算？」聽到意想不到的發言，鄉田驚愕地瞪大眼睛反問。

美幸接續著說：「意思是麻煩的企業買賣手續可以一次解決，省掉很多錢。」

這句話感覺就像主婦購物的想法。

「那麼你們的意思是，要我被東京螺旋收購嗎？」鄉田皺起了臉孔。「平山先生，公司買賣不像你說的那麼簡單吧？貴公司要收購東京螺旋，也不知道會拖到什麼時候，更不知道能不能成功。既然如此，還是依照當初的計畫和本公司建立關係，應該會有更確實的好處。」

「好處？」平山以不耐煩的口吻說。「我要說的就是，現階段我不認為投資貴公司會帶來足夠的好處——雖然這樣說很不好意思。」

「這和之前談的不一樣。」鄉田面色蒼白，探身向前。「你先前不是說，納入本公司一定能產生加乘效果嗎？怎麼可以因為東京螺旋公司的收購計畫觸礁，就突然說沒有好處？我一直都相信你說的話。」

「那真是抱歉了。」平山不以為意地說。「可是這是生意。收購貴公司的確有可能會產生某種加乘效果，正確地說也不是完全沒有好處，但是光只是這樣還缺乏魅力。單看貴公司的話，沒有特地收購的必要性。」

「銀行應該不是這樣想的。我沒有從伊佐山先生那裡聽到任何消息。」

鄉田內心感到無法接受而這麼說，然而此刻平山臉上泛起近似憐憫的笑容。

「銀行的確對我們說，希望能夠依照當初的計畫救援貴公司。就他們的立場來看，當然希望避免貴公司的前途變得不明朗。不過出錢的是我們，即使被認為無情，為了公司還是應該徹底堅持生意的態度。這才是我的工作。」

平山的態度堅毅而嚴厲，感覺毫無勸說的餘地。

「平山先生，這是正式的結論嗎？」鄉田因為未曾預期的發展而慌亂，勉強擠出聲音。

「當然了。」

「其他董事的意見呢？」對於鄉田來說，這是寄託最後希望的問題。「財務部門的玉置先生怎麼說？」

這次的收購案決定之後，鄉田便和玉置密切來往。玉置雖然隱沒在平山的明星光環後方而不起眼，卻是值得信賴的人物。

然而——

「他跟這件事無關。」美幸很乾脆地回答。

「無關？」鄉田不禁目瞪口呆。

「雖然還沒有發表，不過玉置已經辭職了。」

這個消息如同晴天霹靂。

「為什麼？」

鄉田驚訝地問。像玉置那樣的人才，應該沒辦法輕易找到替代的人。玉置的辭職對於電腦雜技來說，絕對是非常重大的事件。

「他大概也有自己的想法吧。我們的原則就是『往者不追』。反正員工走了，還有很多人可以替代。」

美幸的語調太過坦然，讓鄉田不禁盯著她的臉，無從窺知她究竟是在說真心話，或者只是在說逞強的表面話。

不過「還有很多人可以替代」這句話深深刺進鄉田的胸口。

對於這對夫妻來說，不只是玉置，或許連鄉田也一樣，全都是用過就丟的棋子。

「那真是太遺憾了。」鄉田掩藏內心的動搖，重新面對平山。「我原本認為如果要接受救援，只能找一開始就對我們伸出援手的貴公司。我想要再問一次，你們願意重新考慮嗎？」

平山發出嘆息。

「如果有足以讓我們重新考慮的材料，我們當然會這麼做，可是目前完全找不到。」

原本要成為救世主的男人，此刻將局外人的側臉朝向鄉田。

鄉田結束與平山的會談，在回到品川總公司的途中，幾乎被絕望壓垮。

從四十歲創業至今十五年，這段期間他也曾經數次瀕臨危機，但卻沒有落入像現在這麼絕望的狀況。

在公司業績成長中遇到的危機，總是能找到解決方案。

只要業績成長、獲利上升，公司的危機通常都能夠解決。

然而現在卻不一樣。

迎接創業十五週年的佛克斯公司已經完全過了巔峰期，明顯進入衰退局面。他們在和其他公司競爭中受傷，體力衰退，原本帶來利益的商業模式變得疲憊，出現明顯的破綻。

如果不想出新的事業，很難期待會有新的成長，然而卻又沒有實現的時間與金錢。過去被捧為ＩＴ企業家的龍頭、有電腦之稱的鄉田，不知何時ＣＰＵ已經生鏽，變得陳舊落伍。

在封閉感當中，鄉田唯一的希望，就是電腦雜技集團的救援。

「我到底在幹什麼？」

鄉田望著車窗外不斷流逝的景象，自嘲地說。

剛剛創業的時候，鄉田總是在擔心要如何度過月底結算，思索在不被銀行理睬、缺乏客戶信賴的狀況中，該如何調度資金。他原本相信公司規模變大之後，就可以和這樣的煩惱訣別，然而即使現在成長為營收一千七百億日圓的公司，他還是在煩惱同樣的事。

不僅如此，現在鄉田的煩惱比以前更加深刻。

光只是束手無策，無法突破眼前的僵局。此刻鄉田必須做的，不是沉浸在無聊的感傷當中，而是採取行動。

「可以開到銀行嗎？」

來到品川附近時，鄉田對司機說。車子原本在下一個交叉口要右轉，不過卻繼續往前直行，朝著丸之內的方向開上國道。

6

「電腦雜技拒絕了？」伊佐山接到諸田的報告，尖銳地啐了一聲，粗暴地問：「都沒有事先告知我們嗎？」

「先前鄉田社長來訪，告訴我們平山社長這麼說。」

這裡是伊佐山的辦公室。諸田站在辦公桌前，臉色因為不安穩的局勢變化而凝重，額頭上浮現汗水而發亮。

「怎麼可以容許這麼隨便的事情！平山先生到底在想什麼？有沒有找他談？」

「我剛剛緊急拜訪他，和他當面談過了。」諸田回答。「我向他說明本行立場，想要說服他，但是他堅持主張無法做出不合經濟效益的決定。」

伊佐山的額頭上看得見血管在跳動。

「別開玩笑！」他狠狠地說。「不合經濟效益？想想今後要和本行長久往來，怎麼會沒有經濟效益？業績未必會永遠保持良好。告訴他，不能只在需要錢的時候才來依靠我們。」

諸田面色蒼白，苦悶地皺起臉。

「我當然也這樣對他說明過了，可是卻惹來副社長的怒火。」

伊佐山顯出不滿的神情。

「副社長說，既然我們這麼說，他們就要更換往來銀行。」

「他們以為自己有多了不起！」

伊佐山爆發怒氣，把手中的原子筆敲在桌上。「電腦雜技會成長到今天，都是因為有我們一直耐心地支援。他們難道忘了嗎？」

諸田彷彿自己遭到責難般，露出畏縮的表情。

「這方面的事情，平山社長似乎並不太能夠理解，也不願意聽我說明……他要我轉告部長，這已經是最終決定了。」

「什麼『最終決定』！叫他撤回！」伊佐山以高高在上的態度怒喊。

「我也很頑強地交涉過了，可是——」諸田難以啟齒地選擇適當的話語。「非常抱歉。」

「不用說了！」伊佐山一方面生氣，一方面也感到焦慮。這可以說是他擔任證券營業部長以來最大的危機。

當上電腦雜技集團顧問之後，事情進行得還很順利。雖然也有人對於強硬的做法提出異議，但是多虧三笠副董事長的事前溝通，最後還是以重視收益的論調排除反對意見。

接著依照計畫，利用時間外交易一舉購得大量股票，讓世人為之驚嘆，並得到業界的矚目。後續假裝要公開收購、卻買下東京螺旋的白馬騎士佛克斯而取得過半數股份的奇招，一定也會給業界強烈的印象。

然而現在這項計畫卻殘酷地遭到破壞，只剩下殘骸。

在收購成功的同時，也能救援佛克斯公司，並提升東京中央銀行在企業收購領域的地位——這原本應該是一箭三雕的計畫，但事到如今，收購東京螺旋公司只能依賴公開收購，救援佛克斯公司的計畫無法繼續進行，和電腦雜技公司的關係也出現摩擦。

這一切全都是半澤害的。

此刻伊佐山腦中浮現可憎的對手的臉，忿忿地啐了一聲。

伊佐山苦著一張臉，拿起辦公室的電話，打給人事部次長室岡和人。

室岡剛好在座位上，聽到伊佐山說有事想要詳談，便敏感地察覺到狀況。

「我過去那裡討論吧。」

室岡說完就立刻趕來。他直到幾年前還在證券本部，原本是伊佐山的下屬。

「你認識不久前在第二營業部擔任次長的半澤嗎？」

「當然了。我們有時會在次長會議碰面。」

室岡說完就閉上嘴巴，等候伊佐山繼續說下去。

「這件事只能在這裡說，證券本部正在進行一個極機密的案子。」

「和電腦雜技公司有關嗎？」

直覺依舊敏銳的室岡立刻猜中。伊佐山點頭，繼續說：

「東京中央證券竟然去擔任東京螺旋公司的顧問，破壞我們的計畫，實在是很傷腦筋。三笠副董事長看不下去，找他過來談，結果他竟然大言不慚地扯些歪理。不能想想辦法對付那種人嗎？」

「事實上，三笠副董事長似乎也私下對我們部長說了同樣的話。」

「真的嗎？」

伊佐山從室岡口中聽到意外的情報，不禁湊向前問：「副董事長怎麼說？」

「這件事請別說出去——聽說他們談到要讓半澤離開證券公司，調到其他子公司。」

「部長答應了嗎？」

「他只說，會記下建議。」

室岡看到伊佐山的期待落空，又補充：「兵藤部長似乎滿看重半澤的。」

伊佐山明白理由。半澤曾經在兵藤手下工作過。

「是舊產業的交情吧？」伊佐山武斷地認定。

「我想應該不是。畢竟事實上就是沒有理由調動。」室岡解釋。「兵藤部長也不想要違背三笠副董事長的意思，可是半澤外調到『證券公司』還沒有多久，總不能立刻把他調到別的地方。」

伊佐山不悅地說：「現在不是說這種話的時候。如果放著那傢伙不管，一定會損害公司利益。不，已經造成很大的損害了。」

「但是對方的行動畢竟也有冠冕堂皇的理由。」

室岡的發言帶有微妙的含意，讓伊佐山感到不太高興。伊佐山在室岡的發言當中，感受到對於強奪電腦雜技顧問契約的內疚。他是個很懂得平衡的男人。

不過伊佐山對這一點感到不滿。

「室岡，你想想看。先和電腦雜技簽訂顧問契約的，的確是東京中央證券，可是他們並沒有能力處理這麼大的案子。在他們失敗丟臉之前，由我們來承接這個案子，應該是最合乎現實的選擇。」

「我也這麼認為。」室岡附和他。「東京中央證券還只是弱小的競爭者。我不知道他們怎麼當上東京螺旋公司顧問的，不過他們應該也沒辦法勝任。也就是說，當部長進行的收購案得到結果，半澤的事應該也能夠解決了。半澤既然對副董事長誇下海口，就已經失去未來。」

「到時候你別手下留情，室岡。」

伊佐山以銳利的目光這麼說，室岡便一臉正經地回答：

「那當然。到時候沒有任何人能夠庇護半澤。部長只需要安心處理收購案就行了。」

聽了室岡這段話，總算讓伊佐山恢復心情。

7

此刻鄉田獨自在自己的房間裡，從窗戶俯瞰夜景。

這天晚上原本預定要參加餐會，但他已經指示祕書拒絕了。那場餐會是承包業者的招待，不過那是在巨額虧損被公開之前約定的，因此被拒絕的業者應該也感到鬆了一口氣。

鄉田目前要做的，只有仔細思索最大的待解決問題。

要怎麼做才能生存下去——

原本仰賴的電腦雜技拒絕援助。他把面談內容告知銀行之後，過了兩天仍沒有任何聯絡。也就是說，銀行勸說平山的嘗試也失敗了，或者遲遲沒有進展。

不論如何，接受如此不情願的對象救援也不可能會順利。他應該捨棄電腦雜技這個選項。

過度競爭、傾銷戰導致獲利能力低落，然後就是——本業虧損。現在的佛克斯面臨的是結構性的問題，即使得到銀行融資，也無法光憑資金開啟未來。

為了突破僵局，必須要有新的戰略，然而年輕時有如泉湧般源源不絕的點子，到現在卻完全枯竭。不知何時開始，他的思考就失去柔軟度，腦袋好像乾掉的起司般變得僵硬。

「我也老了。」

喃喃說出這句話的聲音，聽起來破碎而沙啞。

他到底是在什麼時候變得這麼老的？而且感覺好像在奮不顧身向前奔跑的結果，忽然發現自己來到和目標完全不同的地方。

鄉田環顧自己的辦公室。

寬敞的空間與豪華的家具，對於此刻負債高於資產的鄉田來說，看起來都像是欠債的象徵。

他已經什麼都沒有剩下了。

「只不過又回到一文不名的從前罷了。」

鄉田試圖這麼想，但從他的嘴脣之間卻只能無力地吐出嘆息。

不對，不一樣。以前還年輕，但是現在——

要怎麼做才能生存下去？他又回到這個命題，不得不承認自己只剩下一個選項。

他拿出手機，不再猶豫地撥打某個電話號碼。他凝視著自己映在窗玻璃的年邁姿態，等候對方接起電話。

「喂。」這是他聽過的聲音。

「很抱歉上次失禮了。我想要接受你的收購提案。」

在瀨名回答之前，鄉田聽著自己心臟的跳動。

第七章　正面對決

1

電腦雜技公開收購開始後，過了將近一個月的星期六，鄉田到東京螺旋總公司拜訪瀨名。

「很抱歉讓你在百忙之中撥出時間。」

鄉田一進入房間就這麼說，並深深鞠躬。

「彼此彼此。」

瀨名冷冷地回應，然後請對方坐在會議室內側的座位，自己則坐在對面。這是可以圍坐十人左右的董事會議用圓桌。接到瀨名聯絡的半澤和森山兩人坐在下座，屏住氣息等候接下來的談話。

「上次真的非常失禮。首先我必須為此向瀨名先生道歉。」

鄉田坐下之後，一開口就道歉。「今天我特地前來，想要討論貴公司的收購提案。」

「那真是多謝了。」瀨名以輕鬆的口吻回應。「你改變心意了嗎？」

「現在不管說什麼，聽起來都會像是在辯解。」鄉田低著頭，勉強擠出聲音。「我不僅企圖欺騙瀨名先生，還拒絕了收購提案，現在說這些實在很過意不去。上次見面之後，我去見了平山先生，告訴他貴公司的收購提案。我原本相信他會依照原訂計畫援助本公司，但平山社長的想法似乎有些不同——半澤先生，到最後就如你所說的。」

鄉田懊惱地咬緊牙關，把視線轉回瀨名。「老實說，現在的我只剩下一個選項。我無法期待東京中央銀行的支援，也沒有其他公司會代替電腦雜技伸出援手。我想了很多，認為唯一剩下的方式，就是接受貴公司的收購提案。」

森山瞥了半澤一眼。事情的發展就如他們所願。半澤輕輕點頭回應，但瀨名的側臉顯得很嚴肅。

「我知道你的來意了。不過鄉田先生，你並不明白問題所在。」瀨名的語調意外地冷酷。「我可以理解你因為無法自主重整而去尋找各種可能性；你迷失自己、被平山先生的花言巧語所騙這件事，在此也暫且不提；但是你剛剛說的話，聽起來好像因為沒有其他替代電腦雜技的救援者，才勉強接受提出收購意願的本公司。這種想法不會太天真了嗎？」

瀨名平靜的怒氣，讓鄉田說不出話來。

瀨名繼續說：「基本上，因為沒有其他選項才同意被收購，這種說法太奇怪了吧？鄉田先生過去主動攻擊的經營方式跑到哪去了？你的信念不是積極經營嗎？」

鄉田面色僵硬，無法回應。瀨名又說：「我不知道你怎麼想，不過我相信收購佛克斯之後，一定能夠和本公司的入口網站產生強烈的加乘作用。我並不是要利用佛克斯做什麼。我相信藉由收購，雙方的公司都能得到新的成長，所以才會決定收購。就這層意義來說，我也和平山先生一樣，是憑著利益得失來判斷的。如果是因為消去法而同意被收購，那麼我還寧願你不要答應。」瀨名說得很直接。「不論如何，我一定會透過公開收購，買下貴公司過半數的股份。到時候如果你已經沒有戰鬥的意願，就會請你離開公司。」

「瀨名先生，可以告訴我一件事嗎？」鄉田湊向前問：「貴公司收購本公司的意義是什麼？對於貴公司來說，本公司真的具有被收購的價值嗎？」

「有。」瀨名盯著鄉田斷言。

「是什麼價值？」

「我怎麼可能告訴你？這是企業機密。」瀨名的態度很冷淡。「而且我並沒有善良到完全相信你。」

「過去的事情，真的很對不起。」鄉田向他道歉。「不過身為佛克斯的社長，我想要至少了解，本公司對貴公司而言有什麼魅力。即使要在董事會議中通過這起收購案，也不能不先知道這方面的事情。」

「這件事關係到本公司的策略。如果你想知道，就得簽NDA。」

NDA是Non-disclosure Agreement的簡稱，也就是保密契約。

「當然沒問題。」

鄉田一口答應，契約書便立刻送過來。鄉田毫不猶豫地簽名，然後再度面對瀨名問：「可以告訴我了嗎？」

「好吧。基本上，光是把佛克斯公司經營的商品拿到我們的入口網站優先販賣，也具有充分的收購效益，不過我們更感興趣的是貴公司的子公司。具體來說——就是哥白尼。」

「什麼？」

聽到瀨名的說明，鄉田呆了片刻。「你說的哥白尼，是指舊金山那家公司？」

「沒錯，就是那家哥白尼。」

「那家公司的確是我們的子公司，不過它只是類似學生經營的小型網購公司——」

「這家公司的成長很快速。」瀨名邊說邊與森山對看一眼。最早注意到哥白尼成長潛力的，就是森山。「只要加上本公司入口網站的販售技術，就有可能得到飛躍性的成長。我相信和這家網購公司合作，可以成為進入美國市場的踏板。」

「原來如此。」

鄉田像失去力氣般靠在椅背上。

「可以進入主題了嗎？」

這時半澤開口。

「貴公司在巨額虧損的報導之後，股價便大幅跌落，對於身為買方的我們來說很有利。我們打算及早收購。」

半澤說完，森山便把一張資料放在桌上。「公開收購一星期之後，東京螺旋公司就已經得到貴公司相當於百分之三十五的股份。可以請貴公司的董事會議通過贊成被東京螺旋收購嗎？我想要進一步加速這個過程。」

「鄉田先生，如果你想要和本公司合作，那就拜託你了。」

瀨名把原本朝向窗戶的椅子回轉，與鄉田面對面。「我想要請你幫忙，摧毀電腦雜技和東京中央銀行的收購計畫。」

2

致各位股東

佛克斯股份有限公司

代表董事　鄉田行成

本公司於十一月二十九日舉辦的董事會議中，通過由東京螺旋股份有限公司收購的提案，決議鼓勵本公司諸位股東參與該公司公開收購，特此通知。

經由本次收購，本公司將成為東京螺旋旗下企業，獲得與該公司商業資源之加乘效果，相信今後應會有更長遠的發展。

希望各位能夠贊同本公司之決議。

3

「這是什麼？」

伊佐山把佛克斯公司寄來的通知丟在桌上，不悅地皺起鼻子。

「明明只要乖乖被收購就好了，可是我們稍微表現得冷淡一點，竟然就一反前言轉投敵營。以鄉田社長之尊，不知道在想什麼！」

「也許是無法做出正常判斷了吧。」不同於情緒激昂的伊佐山，野崎冷靜地分析。「他大概決定，只要是能幫助自己的對象，不論是誰都可以合作。一旦拿不到錢，就斷絕緣分了。」

「真是下流。結果還召開董事會議來決議。」

「不過這正合我們的意。」野崎表現出從容的態度。「現在東京螺旋公司的股價之所以能維持住，是因為投資者毫無根據地期待這項收購計畫有某種意義。他們相信瀨名會施展某種魔術，可是不可能會有那種東西，這一切只是唬人的而已——只要知道這件事，股價就會暴跌了。」

由於市場股價高於電腦雜技的公開收購價格，因此受到矚目的收購進度並不理想，不過他的態度似乎不以為意。

「到時候真想看看他們的表情。」伊佐山發出冷笑。「都已經快要掉到瀑布底下了，還悠閒地在玩收購遊戲，真是樂觀。平山社長說了什麼嗎？」

這個問題不是問野崎，而是問諸田。

「大概是在看情況吧。平山社長似乎很冷靜地在處理。」

這個曖昧不明的說法讓伊佐山挑起眉毛。諸田繼續說：「事實上，雖然和這件事無關，不過他提到公司內的幹部有異動。財務部長玉置先生離職了。」

「為什麼？」

伊佐山果然感到關心。財務部長除了是銀行往來的窗口，也是經營的關鍵。如果離職了，是很重大的一件事。

諸田說：「平山社長也沒有說明詳細的情形，只知道是玉置先生主動說要離開的。或許是意見不合吧。」

「怎麼可能會意見不合！」伊佐山稍稍露出不耐煩的表情。「平山先生基本上不會聽下屬的意見。順帶一提，他連銀行的意見也不聽。」

伊佐山仍舊對他撕毀救援佛克斯的約定一事懷恨在心。

「平山先生看起來像上班族，本性卻是超級專制的老闆。」

諸田用放棄的口吻說話，但伊佐山卻難以按捺憤怒，焦躁地說：

「就算是這樣，財務負責人如果辭職了，也應該跟我們商量一下吧？什麼時候會正式發表？」

「聽說會在下週的董事會議正式決定之後發表。繼任人選大概會由多田副部長升任。關於多田這個人——」

諸田以眼神詢問伊佐山。

「哦，我認識。他是個無能的傢伙。」伊佐山說出直率的評價。「他沒有財務方面的經驗，也沒有玉置先生的敏銳，阿諛奉承的能力似乎不錯，所以只是社長身邊吹捧的人又多了一個。」

伊佐山心想，搞不好這正是這項人事案的目的。「話說回來，玉置先生大概也真的忍不下去了，竟然會在進行這麼大的收購案時辭職。」

「就算玉置部長離職，也不會有任何變化。」野崎以非常平靜的口吻說。「這就是我們這些顧問存在的理由。像玉置先生這樣常提出意見的人離開之後，現在正是讓平山先生重新認識銀行價值的機會。收購案一定會成功。」

野崎充滿自信地斷言。

4

半澤進入東京中央證券的會客室，在那裡等候的男人就站起來。他是個臉色蒼白、目光銳利的年輕男子。

「好久不見。這裡的飯好吃嗎？」

「滿不錯的，請坐。」

男人在沙發坐下，眼鏡後方一雙具有親和力的眼睛瞪得很大，注視半澤。

「我本來想要主動聯絡，不過又覺得不好意思打擾。」

這個男人是半澤的舊識。

「你們的雜誌不會把外調人員看在眼裡吧。」

「這是什麼話！」男人在面前揮揮右手這麼說。

這個男人的名字是田中紀夫。他是《白金週刊》的幹練記者，出身茨城縣而給人悠閒的印象，不過腦筋很靈敏。

「我是顧慮到你可能很忙，就沒有打擾。畢竟你正在處理很重要的工作。」他指的是東京螺旋公司的案子。「半澤先生，這個案子是你策的吧？」

「你怎麼知道？」

「證券子公司正面迎戰銀行母公司——這麼有趣的事，就我所知只有你能夠想出來。今天是要討論這件事嗎？」

田中很敏銳地察覺到了。

「你應該也知道，我們擔任顧問的東京螺旋決定收購鄉田行成率領的佛克斯。我只告訴你，這項收購案的目的是佛克斯旗下的哥白尼。」

「哥白尼？」田中露出狐疑的神情。「那是什麼？」

「這是一家以舊金山為據點的網購公司。請你看看這個。」

半澤展開哥白尼相關的詳細資料，上面有地址、代表人姓名、資本額等基本資料，以及創業到上個月為止的顧客成長數變化、營收及獲利。

「原來如此，看來是一家快速成長的ＩＴ子公司。」

田中以詢問的眼神望向半澤，半澤便默默地把第二份資料放在桌上，滑到田中面前。

半澤靜靜地觀望田中翻閱資料，表情逐漸變化。沒有多久，田中便驚愕地瞪大眼睛看著半澤。

「這個策略實在是太厲害了。」

田中手中拿的是東京螺旋公司的營業計畫書，右上角的方格中有「嚴禁外流」的紅色文字。這是內部機密文件，記載哥白尼與東京螺旋計畫發展的新事業詳細內容。

東京螺旋會將搜尋引擎「螺旋」的美國版全面翻新，導入新開發的搜尋技術，並與哥白尼連動，成長為全美最大的購物網站。如此宏遠的藍圖有可能被當成痴人說夢，不過給予這個計畫可信度的，就是世界最大的軟體公司「Ｍｉｃｒｏ Ｄｅｖｉｃｅ」

三億美元的出資及合作。瀨名和該公司的創辦人約翰・霍華德之間有私人交情，因而催生了這項國際商業計畫。

「半澤先生，這件事其他人——」

田宮從褲子的後口袋拿出手帕，擦拭額頭上的汗水，用興奮而顫抖的聲音詢問。如果這項營業計畫開始運作，ＩＴ業界就有可能產生新的巨人——名為哥白尼的巨人。

「我還沒有告訴任何人。」半澤回答。「這份文件也是第一次讓外人看到。」

「真的可以給我們嗎？」

「當然了。」

這是獨家消息。《白金週刊》的報導廣受好評。週刊這種媒體雖然沒有報紙的即時性，不過很適合使用大篇幅提供詳細而正確的資訊。

「抱歉，我現在就去取得編輯部的承諾。」

田中慌慌張張地從口袋取出手機，向電話另一端的對象大略說明剛剛的話題。從談話內容可以猜到對方應該是主編池田尚史。池田是被譽為「業界第一」的老練主編，公認具有瞬間看出新聞價值的精準判斷力。

「我和池田談過了。」

田中結束通話，以緊張的表情重新面對半澤。「他會在下週發行的雜誌挪出一塊版面。為了趕上下一期，必須在明天以內交稿才來得及。策略的詳細內容除了請教半澤先生，不知道能不能採訪到瀨名社長呢？我想要得到其他媒體望塵莫及的情報。」

「我已經和瀨名先生溝通過了。」半澤在聯絡田中之前就已經安排妥當。「你可以提出方便見面的時間，他願意優先撥出時間來見你。」

「太好了。」

田中打開記事本，指定當天下午四點以後的時間。半澤立刻與瀨名取得聯絡，約定下午四點半見面。瀨臨截稿時間的獨家報導必須以速度取勝。

田中問了一聲「可以嗎」，然後從包包取出ＩＣ錄音機放在桌上。

半澤確認錄音中的紅燈閃爍之後，緩緩地開始述說這項宏遠的事業計畫。

5

結束和伊佐山與野崎的會議之後，諸田直接回到自己的座位上，詢問：「今天東京螺旋的股價多少？」

「比前一天高一百日圓，來到兩萬四千三百日圓。」

聽到毛塚的回答，諸田的表情變得憂鬱。這個價錢比電腦雜技集團的收購價格高出三百日圓。在收購佛克斯的計畫發表之後，對於所謂的「瀨名魔術」的期待，讓東京螺旋的股價一口氣攀升幾百日圓，仍舊沒有降下來的徵兆。

諸田面色凝重地嘆氣，這時毛塚問：「有沒有考慮過提高收購價格？」

「沒有。野崎認為股價不久之後就會下降了。」

毛塚沒有立刻回答。從他的表情可以看出，他並不贊同這個看法。果不其然，他提出謹慎的意見：

「姑且不論野崎次長的想法，我認為有必要事先考慮各種可能性，至少也應該掌握電腦雜技最多能夠得到多少融資。平山社長對於起步遲緩也感到有些擔心。」

毛塚說得沒錯。不論野崎提出多少合理的論述，也要看對方接不接受。平山有平山的想法，如果他說想要提高收購價格，就必須加以研議。話說回來，這種事也不是研議過後可以輕鬆得到結論的。諸田感到很頭痛。

「先前計畫失敗，就已經讓他產生很大的不信任感了。」

諸田的胃在絞痛。要不是因為半澤從中作梗，現在東京螺旋搞不好已經納入電腦雜技旗下了。話說回來，諸田腦中某個角落仍舊掛念著計畫不知為何外洩一事。

不可能是小組成員洩漏的。這點他很有自信。

「關於這件事，有個消息必須要告訴你。」這時毛塚突然壓低聲音。「就是我們的內部情報洩漏給對方一事，目前發現到有點可疑的人物——」

諸田挑起眉毛，催促他繼續說下去。

「是三木。」

「三木？」

聽到這個意外的名字，諸田不禁反問。「可是那傢伙又不是小組成員，怎麼會洩漏出去？」

「是影印。」

毛塚說出意外的答案。

「什麼意思？」

「有人讓三木去影印資料。那些資料當中，似乎也包含這次的計畫圖。」

諸田啐了一聲，皺起眉頭。

他一直假裝沒看見三木在總務組遭受冷遇的情況，他自己也對三木的實力感到疑問，然而沒想到會在這種地方被放冷箭。

「三木心懷不滿。」毛塚很明確地說。「他對現在的工作並不滿意。」

「銀行員對人事安排不滿也沒用。我們只能遵照命令做事。」諸田說出表面話。

「你說得沒錯。」毛塚的表情顯得有些保留。「可是至少三木並不這麼想。這件事應該徹底質問他。」

諸田並不太想做這種事。即使三木是洩漏情報的犯人，揭穿之後也可能害諸田和伊佐山之間的祕密交易被發現。這一點一定要避免才行。

不過這時諸田忽然抬起頭。

他想到了一個點子。

如果三木和半澤暗中有聯繫，那麼有沒有可能反過來利用這一點？

6

這通電話似乎看準一天即將結束的時刻打來。

晚上十點，鄉田正要走出位於五反田的辦公室，看到液晶螢幕顯示的來電姓名，便停下腳步。打來的是電腦雜技的前財務部長玉置。

「好久不見。後來怎麼樣了？」

「很抱歉這麼晚才報告。我想您應該也聽說了，我決定離開公司。」玉置的聲音顯得很拘謹。

「我感到很驚訝。」

鄉田把手機貼在耳朵上，穿過室內，靠在辦公桌，眺望窗外的夜景。

玉置說他在當天完成繼任人員的交接工作。「這些日子以來，非常感謝您。」他很鄭重地道謝。

在佛克斯與電腦雜技的合併小組中，玉置展現非凡的能力，讓鄉田相當佩服。

「這樣啊。你大概也有些事情不方便說，不過我想要聽聽你的意見。有時間嗎？要不要吃個飯？」

「明天以後，我就有很多時間了。」電話另一端傳來有些自嘲的回應。「就看鄉田社長什麼時候方便吧。」

鄉田檢視桌上的日誌。

「後天晚上怎麼樣？八點開始，地點我會請祕書跟你聯絡。」

「我很期待與您見面。」

鄉田望著按下結束通話鈕的手機好一陣子，感覺稍微鬆了一口氣，把手機收回褲子口袋裡。

鄉田預約的是偶爾會去用餐的銀座壽司店。鄉田在約定時間的五分鐘前到達那家店，玉置已經先到了，邊喝茶邊等候。

「今天真的很感謝您。」玉置從座位站起來打招呼。

鄉田隨興地說「不用這麼拘束」，然後坐到預留的吧檯座位。

「話說回來，我真的很驚訝。你考慮很久了嗎？」兩人乾杯之後，鄉田開口問。

「對不起，造成您的困擾了。」玉置再度道歉，又說：「工作進行到一半就離開，真的很抱歉。不過我其實已經忍耐到極限了。」

鄉田感到心痛。玉置的工作是考量與佛克斯合併後的狀況來擬定經營策略，然而佛克斯與電腦雜技的合併案本身被取消，他的任務也消失了。

「到底是哪裡有問題？辭職的理由是什麼？」鄉田邊替自己斟啤酒邊問。

「這個嘛，雖然有很多不滿的地方，不過我最不能接受的，就是收購東京螺旋的決定。」

這個回答令鄉田感到意外。

長L字型的吧檯座位另外還有兩名客人，不過坐得稍遠，不會被聽到談話內容。廚師是鄉田認識二十年的人，因此也不需擔心被他聽見。

「與其花巨額的金錢在收購上，更應該投資在本業。但是平山先生卻完全聽不進這樣的意見，很武斷地就決定要收購。」

「原來如此。不過為什麼不應該收購東京螺旋？」鄉田鄭重地詢問。「收購東京螺旋的想法有那麼糟糕嗎？」

「以收購對象來說，那家公司太大了。」玉置說出率直的想法。「不，如果只是太大那還好。最大的問題，就是平山先生沒有明確的收購後的藍圖，還不明白和電腦雜技的各項事業要如何搭配，就貿然進行。現在的平山先生太焦躁了。」

鄉田問：「他為什麼那麼焦躁？」

「因為本業方面有危機感。我不是為了討好您才這麼說，不過我反倒覺得收購佛克斯並不是壞事。雖然本業的過度競爭很嚴苛，但是包含子公司在內，有很多可以產生加乘效果的資產。」

「加乘效果嗎？你是指，收購東京螺旋沒有這樣的加乘效果？」

玉置點頭。

「正確地說，應該是不知道會不會有加乘效果。在這樣曖昧不明的狀況下，投入那麼大筆的資金是錯誤的。公司正處在關鍵的十字路口上，可是我的意見卻完全不被採納。我很清楚地理解到，繼續待在那家公司也沒有任何意義。」

「原來是這樣的情況。」鄉田似乎理解了，然後說：「這件事好像應該先提出來

——事實上，我決定加入東京螺旋的旗下。」

「我聽說了。」

玉置面向前方，拿起啤酒杯喝了一口。

「你大概覺得我是背叛者吧。」鄉田有些自嘲地說。

然而玉置卻看著鄉田的眼睛，果斷地說：

「我不會這麼想。這是正確的決定。如果是東京螺旋公司，應該能夠有效地發展貴公司集團的長處。譬如說——哥白尼公司。」

鄉田張大眼睛。

「你也這麼想？」

「在合併委員會，大家都只看到本業相關的細節，可是我個人暗中矚目的是這家公司。規模雖然小，但是卻快速成長，因此引起了我的興趣。」

不愧是玉置——鄉田感到佩服。

玉置繼續說：「事實上，我也和平山先生談起過這件事。我說只要能夠有效利用這家子公司，或許能夠發展出有趣的事業，不過平山先生完全聽不進去。他並不了解美國的網路事業生態。」

鄉田懷著苦澀的心情點頭。平山絲毫不承認佛克斯的價值。這一點在先前收購案被取消的時候就知道了。

「如果和電腦雜技合併，對於鄉田先生來說，絕對不是幸福的結果。」

聽到玉置的發言，鄉田露出有些寂寞的表情。

「聽你這麼說，感覺心裡就舒暢多了。對了，你今後打算怎麼辦？已經決定下一份工作了嗎？」

「還沒有。」玉置搖頭。「我想這也是好機會，這陣子準備要來思考今後的人生方向。」

「是嗎？這樣或許也不錯。不過如果找不到工作，要不要來我們公司？」

玉置聽到鄉田的邀請，不禁抬起頭。

「我很高興您願意找我，不過我才剛剛辭職，還沒有整理好想法。可以給我一點時間嗎？」

「你不想要來我們這種難以自主重整的公司嗎？」

「不，不是這樣的——」玉置連忙否認。「不過我一直在電腦雜技負責財務工作，知道一些在這個立場上不能告訴其他公司的事。即使辭職了，還是必須盡到財務人員的道義責任。」

「你說得很對。這的確很符合你的作風。」鄉田表示認同，接著又說：「姑且不提這個，要不要去見見瀨名先生？你可以親眼確認他是什麼樣的人物。」

玉置露出受寵若驚的表情說：「非常感謝您關心像我這樣的人。接下來我會失業一陣子，有機會見面的話，請務必通知我。」

「一定的。不過我今天不是要來談這麼拘謹的話題。先把工作放一邊，聊些有趣的事吧。」

鄉田與玉置的話題從整體經濟的宏觀話題，跨越到哪家公司的某某人做了什麼之類的業界八卦。兩人原本就意氣相投，因此光是聊這些就聊得非常熱絡，不過在壽司也快吃完的時候，話題再度繞回電腦雜技。

「這件事別說出去——平山先生一開始似乎是找東京中央證券來當顧問，你有聽說嗎？」

玉置已經從啤酒改喝燒酒加熱水，聽到這句話便把舉到嘴前的杯子放下，露出驚訝的表情。「我是第一次聽說。平山先生對於這個案子非常保密。我們得知的時候，已經是由東京中央銀行來擔任顧問。當時已經準備要發表東京螺旋的收購案了。」

「原來是平山夫妻自行決定的。」鄉田感到驚愕。

玉置似乎喝醉了，脫口而出：「這就是問題所在。」玉置雖然內心對平山抱持不滿，但過去並沒有責難過平山，現在似乎是不小心說出真心話了。

鄉田說：「聽說是東京中央銀行強奪了顧問的工作。不過東京中央證券的承辦部長對此有些疑問，說了很有趣的話。」

玉置似乎產生興趣，問：「什麼樣的疑問？」

「平山先生為什麼要找東京中央證券？」

此時玉置臉上的表情就好像出其不意被戳中要害。

「我想你應該最清楚，電腦雜技過去完全不把東京中央證券當一回事，可是卻把這麼重要的案子交給他們。那位承辦部長——叫做半澤先生，對此一直感到在意。」

「這是很有趣的想法。」

玉置的視線從鄉田轉移到排列著壽司料的玻璃櫃，但並沒有聚焦在那裡。有幾秒鐘的時間，他的意識好像飄到別的地方去了。

鄉田發覺到玉置的變化，收起臉上的笑容，以一本正經的表情問：

「你想到什麼了嗎？」

「目前我還不能說什麼，不過——」玉置總算恢復意識，露出僵硬的表情。「請跟那位……是半澤先生嗎？請轉告他，他的著眼點很不錯。」

7

平山找他過去的時候，他心中就有不祥的預感。公開收購的進度依舊遲緩，只有收購時間徒然流逝。

「把收購價格提高比較好吧？」平山果然單刀直入地切入正題。「繼續這樣袖手旁觀，也不可能會有進展。」

「我了解您的心情，不過時間還很充裕，最好還是再等一陣子。如果提高收購價格，也會增加成本。」

平山審視著諸田的臉，然後向他確認：「你知道今天東京螺旋的股價吧？」

兩萬四千三百日圓。

比電腦雜技的收購價格兩萬四千日圓高出了三百日圓。今天早上的財經報紙終於也開始報導，電腦雜技集團收購東京螺旋面臨苦戰。平山之所以會焦躁，想必也是在意世間這樣的評價。

「股價是會變動的。」諸田很有耐心地試圖說服他。「目前因為對於收購佛克斯的期待而上漲，不過這樣的行情不會持續太久。佛克斯一定會成為東京螺旋的重擔。即使為了報復貴公司而收購，到頭來不行就是不行，股價很快就會跌到適當的價格。現在是忍耐的時候。」

平山沒有立刻回應，交叉雙臂靠在扶手椅的椅背。

諸田感覺到腋下在冒冷汗，很想皺起眉頭，但勉強忍住了。要提高收購價格，或是維持現狀？外表看似上班族的這位明星企業家接下來究竟會說出什麼？諸田老實說也不太敢問。

如果要提高收購價格，就需要追加貸款，但是這項貸款案一定很難通過。銀行不可能會想要更改已決定的投資金額上限。

這世界上不可能會有無窮盡的資金。

然而諸田懷疑平山究竟有沒有發覺到這一點。

「諸田先生，我認為速度才能決定勝負。即使會多花一點錢，與其拖拖拉拉，不如一口氣解決。就是因為夠快，才能製造機會。這次的收購也一樣。我打算提高一千日圓的收購價格。」

「一千日圓……」

諸田這次情不自禁地擺出苦瓜臉。平山果然顯得不悅，但諸田必須顧慮銀行內部的狀況，也不能隨隨便便就答應。提高一千日圓，就必須追加貸款幾十億日圓。對於電腦雜技集團這家企業來說，原本就過高的融資金額最好還是避免繼續增加。

諸田說：「社長，我們也希望能夠讓東京螺旋的收購案成功。事實上，我們或許比社長更加重視這個案子。本行的證券部門有許多行情專家。他們判斷目前要提高收購價格還早，請再等一下。」

平山反駁：「專家的判斷如果正確，就能靠自營交易賺大錢了，可是事實上卻不是這麼回事。也就是說，那些專家說的話其實也不可靠。」

「即使如此，現在提高價格還是太早了，沒有必要急著拉高成本。」諸田耐心地試圖說服。「收購期間還有三個星期，至少再觀望一個星期吧。」

諸田抬起頭，看到的是絲毫不為自己的話所動的平山的眼神。他感覺到胃部下方隱隱作痛。

「還要等？繼續等有什麼意義？」平山問。「可以請你立刻回去研議嗎？請在今天或明天給我答案。我現在必須出去一趟，失陪了。」

平山不給諸田反駁的機會，單方面地結束面談。

聽完諸田的報告之後，隔了一段令人窒息的沉默時間，伊佐山總算開口問。他指的是變更收購價格所需的資金。

「這樣的話，還需要多少？」

「考慮到要買進過半數股份，還需要四十億日圓左右。」

諸田一說出金額，伊佐山便交叉雙臂仰望天花板。眉頭深鎖產生的縱紋，述說著狀況非同小可。

原本做為東京螺旋收購資金準備的總額是一千五百億日圓，相形之下，再追加四十億或許可以看作微薄的金額，但是想到先前通過貸款案的困難重重，就知道事情沒有那麼簡單。問題不在於金額多寡。

「怎麼不用自有資金去應付？」伊佐山撐大鼻孔，忿忿不平地提出質疑。「就算我們是顧問，也不應該從頭到尾都用銀行的貸款去籌劃吧？」

「平山社長似乎不這麼想。」

諸田這麼說，伊佐山便立刻問：「你有沒有說服他？」

「沒有。」諸田回答。

伊佐山稍稍啐了一聲，然後對他抱怨：「你也知道我們的情況，應該好好去跟他交涉才行。」

諸田很想反駁「那種人跟他說了也沒用」，不過還是勉強忍住，低頭說了聲「很抱歉」，接著又委婉地辯解：

「不過就如您所知，平山社長一旦決定之後，就不肯聽別人勸說。」

「為什麼那麼急躁？他難道沒腦袋再等等嗎？」野崎粗暴地質問。「東京螺旋的股價馬上就會開始下降了。」

「我跟他說明過，可是他不肯相信。」

「那個社長是笨蛋。」野崎直接認定。「他雖然想到要收購企業，可是卻完全不懂市場上的策略。既然找我們當顧問，就乖乖照我們說的去做就好了。外行人自作主張想要做些多餘的事，才會把事情弄得複雜。」

諸田告訴他：「平山社長要求今天或明天就要得到回覆。」

「他以為自己是誰！」野崎忿忿說完，轉向伊佐山問：「部長，怎麼辦？」

伊佐山用原子筆前端神經質地敲著資料，然後不情願地說：「我來打電話給平山先生吧。」接著他問：「收購狀況怎麼樣了？」

野崎在胸前展開資料夾，讀出今天的收購部分。

「目前已經取得百分之三十三，只要股價開始下跌，一下子就能過半數。」他的口吻相當有自信。

「東京中央證券的小把戲，說穿了一點意義都沒有。他們做的事，不知道有多少能算得上是在幫忙。」野崎臉上泛起憎惡的笑容。「他們的鍍金遲早會掉下來。」

然而——

新的一星期開始，野崎結束了早上八點半開始的簡單聯絡會議，回到辦公室照例檢視螢幕上展開的登錄股票行情資料。

這幾個星期，他每天早上第一件事，就是確認東京螺旋股票的開盤價。

現在剛好是上午九點過了幾分鐘，上面應該會顯示開盤價——

然而此刻，野崎無法理解自己看到的畫面代表什麼意義。

他一開始浮現的想法是：「還沒有出價嗎？」在交易剛開始時，這是很常有的現象。

不過接著映入野崎眼簾的，是非常驚人的狀況。他看到的是攀升將近五百日圓的報價。

野崎有一瞬間懷疑自己的眼睛。

「這是怎麼回事？」

東京螺旋公司的股票發生了特殊的狀況。

8

「諸田，可以請你看一下嗎？」

野崎盯著畫面上的報價，呼喚人在附近的諸田。為了參加部門內部會議站起來的諸田走過來，一看到野崎指著的畫面，也發出短促的叫聲瞪大眼睛。

「為什麼？」

野崎操作連線電腦，叫出新聞畫面，掃視最新消息一覽。

「是這個嗎？」

野崎指著大約十分鐘之前更新的快訊。

——東京螺旋公司收購佛克斯背後的重要戰略。《白金週刊》獨家報導。

「喂，有人手邊有今天發行的《白金週刊》嗎？」

野崎大聲詢問，就有一名年輕行員回答「我這裡有」。

「給我看看。」

行員從放在桌子旁邊的公事包抽出雜誌，看到封面上的文字似乎感到有些困惑，然後把雜誌交給野崎。

引人注目的封面上，印著大大的「瀨名魔術」幾個字。

「笨蛋！」野崎一看到封面就斥責行員。「你知道我們部門正在進行什麼案子吧？既然有這種情報，就應該立刻確認內容來報告。到底在想什麼？真是的！」

缺乏耐性的野崎直接發飆，讓下屬嚇得縮起脖子。接著他以粗暴的動作開始翻閱特輯。

野崎的臉轉眼間就漲得通紅，看完最後一頁，就把雜誌狠狠地丟在桌上。

「哥白尼？」

接著閱讀報導的諸田看到這家公司的名稱，歪著頭表示不解。「這是佛克斯公司的子公司。你聽過嗎？」他問野崎。

「我才沒聽過那種子公司。」

野崎憤恨地說，不知是憤怒還是焦躁的情感讓他皺起了臉。

在這篇報導中，東京螺旋看上了野崎等電腦雜技顧問團隊忽略的公司，將它定位為在美國的經營策略核心。全球知名的「Micro Device」公司也投入三億美元的巨額資金，由此可見這並不是紙上談兵而已。

收購佛克斯會讓東京螺旋的股價下跌——

在董事會議中，野崎的意見直接當成證券營業部的意見呈報，因此面臨這種狀況不能以一句「不知道」來解決。

對於自尊心強烈的野崎來說，承認自己不知道，等於是承認敗北。

切換為顯示即時股價畫面的螢幕上，上升將近一千日圓的東京螺旋股價在閃爍。

「這下不妙。」諸田吐露感想。

「就算是週刊報導，也不一定是正確的！」野崎忍不住暴躁地說。「哥白尼？就算營收大幅成長，也不過是一家小公司。這樣的公司不可能成為ＩＴ策略的核心。《白金週刊》被瀨名騙了！那些投資家和現在一窩蜂去買東京螺旋股票的傢伙也一樣！」

然而野崎應該也明白。

是否假消息並不重要。重點是此刻股票因此而大幅上升的事實。

野崎憎惡地瞥了一眼不斷上漲的東京螺旋股價，然後快步走到辦公室最後方的座位。

「部長，關於電腦雜技的案子——」他沒有時間選擇用詞，直接告訴伊佐山剛剛看到的狀況，然後打開《白金週刊》報導的那一頁給伊佐山看。伊佐山深深皺起眉頭，銀邊眼鏡後方的雙眼摻雜著憤怒與焦躁看著野崎。

「是東京中央證券提供的情報嗎？」

「想必是他們。」

讀了報導就可以大概猜到情況。發動這一招的當然是半澤。

伊佐山重新面對辦公桌上的電腦，叫出東京螺旋公司的行情畫面。

這時剛好出現成交，顯示比前日高出一千日圓的價格。成交價出現後，買盤依舊壓倒性地占有優勢。

東京螺旋的股票以高價成交，彷彿在嘲諷電腦雜技設定的收購價格般，並湧入大量買單，轉眼間就超過收購價格一千兩百日圓以上。

「立刻寫筆記給三笠副董事長。」伊佐山下達指示。「附上這篇週刊報導，並且加上你的意見。你說過收購佛克斯會讓東京螺旋股價下跌吧？既然是這樣的話，這個現象也只是暫時性的，股價近期內就會反跌，沒錯吧？」

面對伊佐山的釘問，就連野崎也不禁啞口無言。

野崎製作的筆記交出去之後，才過二十分鐘，他就被三笠叫去。

「野崎，我首先要問你，你的考察當中有沒有包含這家哥白尼公司？」

這個提問切中問題核心，坐在旁邊的伊佐山以緊張的神情沉默不語。

經過短短幾秒、但是對野崎來說卻感覺相當漫長的猶豫之後，野崎終於簡短地回答：「沒有。」

他感覺到伊佐山屏住呼吸，三笠則雙臂放在扶手上仰望天花板。接著三笠移回視線，看的不是野崎，而是伊佐山。

「伊佐山，情況怎麼跟你說的很不一樣？」

「非常抱歉。」伊佐山低著頭道歉。「不過《白金週刊》雖然這麼寫，也不一定代表這是正確的。上面寫得好像東京螺旋即將掌握霸權，可是卻完全沒有提到實現的時間表。這只是炒股票的廣告新聞罷了。」

「可是股價確實上漲了。我們必須採取因應措施。」三笠只說出事實，阻止他繼續辯解。「你有什麼想法？」

「現在只有兩個選擇。」伊佐山回答。「等待股價開始下跌，或是提高收購價。」

「太天真了。」三笠一句話就否決。「我問你，股價究竟什麼時候才會下跌？」

伊佐山瞥了旁邊一眼，催促野崎發言。

「我雖然沒有在股價預測中放入哥白尼公司，不過佛克斯的收購案並不足以讓東京螺旋的股價上漲這麼多。今後不可能會維持上漲的局面。」

三笠看上去似乎並沒有接受野崎的說明。

「我已經不確定你的發言有多少可信度。」三笠的這句話足以摧毀野崎的自尊心。「如果在收購期間，股價沒有下跌怎麼辦？這麼龐大的投資案，你還想用那種依靠或然率的方式來進行嗎？」

理所當然的指摘讓野崎滿面通紅，說不出話來。

伊佐山說：「我打算大幅提高收購價格來突破困境。」這是不得已的手段。

「可是部長——」

野崎正要反駁，伊佐山便粗暴地制止他，繼續說：「我打算向電腦雜技提案，把收購價格重新設定為兩萬七千日圓。」

伊佐山知道野崎瞪大眼睛，但他假裝沒看見。現在需要的不是理論，而是結果。這個價格比電腦雜技原本的收購價高出三千日圓，追加融資大概需要一百二十億日圓。這項融資案不可能輕易通過，但伊佐山卻進一步要求：

「我打算申請兩百億日圓的追加融資。畢竟無法保證還會發生什麼狀況。不過我保證，這一次一定會做個了結。」

三笠細長的手指神經質地敲著扶手。他思索片刻，然後從桌上拿了電腦雜技集團的信用檔案，開始翻閱文件。

如果決定追加融資兩百億日圓，這項收購案的總融資金額就達到一千七百億日圓。從電腦雜技的營收來看，這是破例的金額。

「那就去呈報吧。」三笠終於說。「還有，這篇報導也必須向董事長報告。反正即使不說，一定也會傳入中野渡先生耳中。我們必須讓董事長接受我們的見解，了解這是多麼卑鄙的手段。在那之後才能討論其他的。」

9

「太好了，非常順利。」

森山在東京螺旋的社長室看著螢幕上顯示的股價，握拳慶祝。他和瀨名彼此對看，舉起大拇指回應。看到過去曾是同窗的兩人興奮的表情，半澤也不覺泛起笑容。

「這是不錯的開始，不過光憑那篇報導沒辦法延續太久，接下來才是勝負關鍵。」

電腦雜技的公開收購進度雖然遲緩，但他們已經買了超過三成的股票。瀨名應該也明白，只要一次的機會，他們就能立刻攻下過半數的股票。

即使目前看似優勢，也有可能轉眼間就被翻盤，因此不能鬆懈。

半澤看看手錶，對瀨名說：「差不多該去了吧？」

搭配《白金週刊》的獨家報導，半澤還安排了收購說明會，邀請主要證券公司的五十名分析師。

做為會場的東京螺旋公司大會議室內，除了邀請的分析師之外，應該也已經擠滿了聞風而至的各家媒體財經記者。

「東京中央銀行那些傢伙，現在應該慌了手腳吧。」森山露出得意的笑容，然後像是在自言自語般地說：「怎麼可以那麼輕易就被收購。」

「這是智慧的勝利。」瀨名吐露感想。「不是依靠資金，也不是依靠既有的機制，只是善加利用目前擁有的東西——感覺和經營也有相通之處。半澤先生，謝謝你。」

「現在道謝還太早了。」半澤收起笑容，一邊確認待會要在說明會分發的資料，一邊說：「接下來必須讓大家知道，寫在這裡的收購計畫不只是虛構，而是具有實體的事業。瀨名社長，這就是你的工作了。」

「我知道。」

這場說明會有可能決定電腦雜技對決東京螺旋的勝負，然而在如此重要的場合，瀨名卻照例穿著牛仔褲與T恤，表情顯得很從容。

他過去曾經數度克服難關，以顛覆眾人想像的逆轉獲勝經營方式存活到現在。

半澤心想，這個男人有好運氣。

他也具備明星企業家的魅力。

「去一決勝負吧。」瀨名輕鬆地說完，率先走出房間。他們搭乘電梯，來到會場的大會議室推開門，裡面幾乎坐滿的人一同將視線轉向他們。

由於這是受到世人矚目的企業收購戰，因此會場的熱度也異常地高。

主持人簡單地致意之後，瀨名站到臺上，室內的燈光就變暗，在此同時中央螢幕上出現畫面。以蔚藍色天空為背景，有一棟橘色辦公建築，設計別致的LOGO和招牌的地球儀在畫面中放大。

「今天要向各位報告，我們東京螺旋公司即將和這家名為哥白尼的小公司，踏上新的冒險之旅。」

瀨名的第一句話，就讓會場籠罩在無聲的興奮當中。

10

部內的迎送會在晚上八點開始，地點是八重洲附近大廈內的居酒屋。在疲憊的氣氛中，大家不太起勁地喝酒並敷衍客套地致意，迎送會就結束了。

「再去下一家吧。」

在升上地面的電梯中，諸田像是要吹走停滯的空氣般提議。周圍有幾個人以視線表示同意，然後好像事先約好一般，前往下一家店。

三木看到這些人大多是電腦雜技的顧問團隊成員，原本想要回去，但諸田卻意外地對他說：「三木，你也來吧。」三木於是就加入他們的行列。一行人前往的是諸田自稱常光顧的銀座酒吧。

諸田坐在餐桌座位最內側的位置，臭著一張臉點了加水威士忌，然後拿下眼鏡，從口袋掏出拭鏡布仔細擦拭。低著頭的臉上，看得出累積許多壓力的表情。

《白金週刊》推出獨家報導的這一天，東京螺旋股最後更新了年初以來的最高價。雖然也曾遇到獲利拋售而稍跌的場面，不過因為被壓倒性的買單拉高，最終高價收盤。對於試圖收購該公司的電腦雜技集團顧問團隊而言，可說是惡夢般的一天。

讓事情更複雜的，就是他們必須在無法判斷股價上限的情況下，研議是否要提供追加融資給電腦雜技。伊佐山向三笠副董事長提出要抬高收購價格一事，在證券本部內成為討論話題，三木也有耳聞。

杯子端到所有人面前，進行過只是舉起又放下的空虛乾杯之後，諸田說：

「部長雖然那樣說，可是如果股價沒有穩定下來，也沒辦法呈報。這件事沒那麼簡單。」

「但是為了收購，不論價格變成多少，也只能提高收購價格了。如果得不到收購資金的追加融資，就是我們輸了。」

說話的是團隊領導者毛塚。

聽到「輸了」這個詞，酒吧內的空氣似乎變得更沉重。

「話說回來，東京中央證券還真是不擇手段。」

圍著餐桌的其中一人憤恨地這麼說，就有另一個人開口：「因為有半澤在。現在的『證券』就等於半澤吧？沒有他的話，事情就不會變得這麼麻煩。」

三木沒有說話，不過內心也覺得正是如此。

東京中央銀行的對手不是東京中央證券公司，或許其實只有半澤直樹一個人而已。

「那傢伙已經不行了。」

這時諸田以充滿憎惡的語氣說出口。三木隔著杯子想要摸索他的用意。諸田在東京中央證券是半澤的下屬，然而當立場一改變，就稱呼半澤為「那傢伙」。對於諸田來說，即使回到銀行，半澤或許仍舊是阻擋在前方的礙事者吧。

毛塚問：「你說『不行了』是什麼意思？」

諸田啜飲一口杯中的酒，上半身緩緩離開椅背。「這件事別說出去：目前董事之間對於半澤的批判聲浪很高。」

三木吸了一口氣，豎起耳朵聽諸田說話。

「證券子公司竟然跟我們作對，已經夠荒唐了，他還建議東京螺旋收購佛克斯，簡直就是要給電腦雜技和我們難堪，到最後還唆使週刊報導來拉高股價。對於這樣的做法，中野渡董事長似乎也很生氣。雖然沒有說出來，不過他內心很希望東京中央證券退出這個案子。聽說他指示兵藤人事部長，如果半澤繼續妨礙我們的收購行動，不用等結果出來就要把半澤調走。半澤很快就要被歸屬於人事部了。」

三木感覺到所有人都屏住氣息，注意力集中到一點。

銀行員最關心的就是人事。

「歸屬於人事部」意味半澤將從證券子公司再度外調到其他公司，而這次的外調一定會成為單程車票。

「有可能讓他留下來嗎？」一名年輕行員問。

「如果半澤改變態度的話。」

諸田瞥了三木一眼這麼說。

「不是只有堅持己見才是展現能力。任何事都要適可而止。」

諸田依舊擺著苦瓜臉，把杯子端到嘴邊。「他要亂搞是他的選擇，不過人事權在我們手上。」

11

《白金週刊》發行隔兩日後的星期三，三木難得主動邀約要見面。

由於獨家報導和接下來邀請各公司分析師舉辦的說明會超乎預期地成功，使得東京螺旋的股價一口氣上漲一萬日圓以上，在這個階段就已經大幅超過電腦雜技設定的收購價格，成功擊碎電腦雜技公司的計畫。半澤等人與三木約在新宿站西口的居酒屋見面。

「電腦雜技的顧問團隊正忙著爭取提高收購價的資金。」

三木告訴他部內的情況。在獨家報導刊出時，伊佐山對三笠提議的金額還來不及簽報，就已經被現實狀況推翻了。

「以現在的股價為前提，如果要設定夠吸引人的收購價格，就得追加將近五百億日圓的融資。」

半澤問：「已經簽報了嗎？」

「證券營業部似乎在今天就送出去了。」

「有希望嗎？」

半澤問的時候就覺得一定很難。果不其然，三木回答：

「不知道。不過因為要考慮到收購期限，所以他們應該會希望能夠盡快決定。還有——」三木說到這裡，猶豫了一下繼續說。「由我提出這種事或許有些不適合，不過事實上，前天部門裡舉辦迎送會，我和諸田他們去續攤，聽到關於半澤部長的一些消息。」

「關於我的消息？」

半澤只轉動眼珠子看著三木。

「聽說這次的事讓中野渡董事長非常生氣。繼續這樣下去，部長就會被歸屬於人事部。我想這件事應該讓部長知道。」

森山驚訝地把視線轉過來，彷彿緊急煞車般停在半澤臉上。

「他們那麼不滿我們成為東京螺旋的顧問嗎？」半澤絲毫沒有動搖，語氣很平淡。

「這實在是莫名其妙。」森山怒氣沖沖地說。「不然要採取什麼樣的防衛對策？憑智慧贏不了我們，就想要利用人事權把人從職位調走，這就是銀行的做法嗎？」

「別說了，森山。」

半澤面色不改，喝完啤酒杯中的啤酒，然後檢視菜單。「銀行就是這樣的組織，現在才抱怨也無濟於事。」

「可是這樣太不合理了吧？」

森山似乎無法接受，側身對著半澤抗議。「太過分了。所以我就說，公司組織根本不值得信任。」

半澤向經過的店員點了燒酒加冰塊，然後對森山說：

「你嘴裡說不信任，其實滿信任的吧？」

「我才不信任。」森山的回應很堅持。

「如果不信任，就沒理由生氣，只要想著『就是這麼回事』不就行了？」

半澤以泰然自若的口吻這麼說，森山便執拗地問：「部長，難道你不會生氣嗎？」

「我會生氣。」半澤以理所當然的表情回答。「不過即使在這裡抱怨，也沒辦法解決問題。」

「可是這樣下去，部長就要面臨被降職的危機了。」

「到時候，就由你來承接這個工作。」

森山聽到半澤的話，不禁停止呼吸。他的表情就好像因為聽到太意外的話，瞬間失去所有反駁的語言。

「我來承接？」

「你一定辦得到。你就和瀨名先生合作，打倒你所謂的『既得利益者』吧。」

半澤說完，喝了一口端上來的燒酒加冰塊。

「部長，你願意乖乖接受嗎？你搞不好會被奪走現在的職位，調到完全無關的地方。」

「那又怎麼樣？」半澤問。「那種事一點關係都沒有。就算東京中央銀行準備大筆資金、威脅動用人事權，我們當下該做的還是只有阻止收購。害怕人事的話，怎麼能當上班族？」

第八章　伏兵的一擊

1

第二營業部長內藤寬聽了伊佐山的話，臉頰上的肌肉一動也不動。

怪不得會有鐵假面的綽號——伊佐山腦中閃過無關的念頭，接著腋下冒出冷汗。內藤在董事之間也受到敬重，他的意見有可能影響電腦雜技追加融資案能否通過。這天伊佐山拜訪內藤，為的就是替證券營業部準備的追加融資案進行事前溝通。

伊佐山從褲子的後口袋掏出手帕，輕輕擦拭額頭上冒出的汗水，對難以捉摸的對象繼續說：

「雖然說是五百億日圓的追加資金，不過實際上在買下佛克斯之後，附加價值也提高了，所以不能算是昂貴的購物。這點希望你能夠理解。」

內藤仍舊在沉思。伊佐山無可奈何地繼續說：「目前已經貸款一千五百億日圓的收購資金，而且更重要的是，這是本行經手的企業收購案，備受業界矚目，可以成為很好的宣傳材料，絕對不能失敗。這是今後在這個領域成為領頭羊的大好機會。在董事會議決議時，希望你能夠充分理解這一點。」

「追加五百億日圓資金，真的就能夠成功收購嗎？有什麼根據？」

內藤提出疑問，視線在伊佐山和文件之間來回。內藤在刺中要害之後又繼續問：「原本預期收購佛克斯會讓東京螺旋股價下跌，這個預測怎麼樣了？」

伊佐山想到內藤正是半澤的前任上司，胃部感到一陣刺痛。

「這次是因為有特別因素。」伊佐山開口辯解。「不過東京螺旋股的利多似乎已經出盡，預期他們的股價應該不會再上漲了。」

「如果這個預期被推翻，股價上漲要怎麼辦？」內藤問。「行情沒有絕對，這一點你應該最明白。要是股價上漲，到時候又要追加融資嗎？」

「在收購成功之前，我們已經抱定決心要繼續支援。」伊佐山強調。

「這一來就毫無上限了。有這種授信判斷嗎？」

這句話的語氣彷彿自言自語般平靜，然而這個輕描淡寫的批判，具有從授信管理的基礎發言的份量與敏銳度。伊佐山一時說不出話來，只好改說：

「我們是經過認真討論之後，決定要提供融資。」

不論如何，他都必須取得內藤的同意。

然而內藤卻提出否定的質疑：

「基本上，對於電腦雜技這家公司，能夠容許這麼巨額的融資嗎？」

他暗指的是過度授信的問題。

伊佐山回答：「只要收購東京螺旋公司，事業規模就會變成兩倍。對於電腦雜技單家公司來說，收購資金的負債的確太大，不過假設把東京螺旋公司納入旗下，就不是這麼回事了。」

內藤看上去並沒有接受這個說法。他仍舊倚靠在辦公室的扶手椅，噘起嘴唇。

「我想要問一個很基本的問題。」他緩緩地說出這樣的開場白，然後問：「你是不是認為，如果沒有追加五百億日圓，先前的一千五百億日圓融資就會泡湯？」

他說話時瞇起眼睛，以懷疑的眼神注視伊佐山。

「請別問我這種經營學基礎的問題。」伊佐山堆起笑臉。「如果成功的可能性很低，我們也不會增加無用的融資，在提供最初的融資之後就會努力去收回。就是因為有可能成功，所以才要追加融資。這是賭上銀行尊嚴的戰鬥，希望你能夠理解。」

「話說回來，戰鬥的對象是東京中央證券。你們總不能輸給子公司吧？」

內藤以異常輕鬆的表情這麼說，眼尾擠出愉快的皺紋。這傢伙竟然在看好戲——伊佐山雖然感到生氣，但也不能說出口。

「不論對象是誰都一樣。」伊佐山回答。「我們必須謹慎地面對眼前的戰鬥。希望你能夠理解。」

伊佐山雖然低頭請求，但內藤卻只回以難以捉摸情感的視線。

「那個叫內藤的傢伙，真不知道他在想什麼。」

伊佐山離開營業本部之後，來到資金債券部長乾的面前，很受不了地嘆息抱怨。

以入行年資來說，乾比伊佐山晚一年，不過他身為舊東京第一銀行派系的鷹派，具有超群的存在感。他和伊佐山在合併前的舊銀行曾一起工作過，因此彼此熟識。

「那些土包子，原本就不適合討論證券相關的高深話題。」乾皺起鼻子，露骨地表現出憎惡。「他們明明知道我們是正確的，卻只因為內心不爽就反對，所以很難搞。」

他的言論一如平常很偏激。伊佐山也深深點頭說「沒錯」。

「根本不用討論要不要通過融資。這麼受到世人關注的案子，如果沒有成功，本行就失去未來了。即使來硬的也要持續支援。」

乾的語氣很強硬。

雖然說是賭上銀行尊嚴的戰鬥，不過在表面之下，真正賭上尊嚴的是伊佐山和乾隸屬的證券部門。以敵對派系為主流的授信部門大概只是袖手旁觀，等著看他們有什麼能耐。如果失敗了，就有可能給予對方藉此更改勢力版圖的契機，因此就這個層面來說也不能退讓。

「其他董事傾向怎麼樣？」

眉頭深鎖的乾探身向前，近到幾乎聽得見呼吸聲，壓低聲音詢問。他是個將近一百公斤的彪形大漢，襯衫的腹部彷彿隨時都要撐破。

「多虧三笠先生的幫忙，舊東京的意見幾乎已經一致。問題在於中野渡董事長和內藤那些人。老實說，這方面很難溝通。畢竟他們虎視眈眈地在等我們失敗。」

「竟然把舊銀行派系的利益放在公司利益之前，真是太不像話了！」乾滿臉通紅地起身，以符合鷹派特色的軍人口吻狠狠地說。「就是因為抱持這樣的想法，銀行內部才一直沒辦法完成融合。」

「沒錯。就這方面來看，這個案子或許是深化融合形象的好機會。」

伊佐山邊說邊暗自叫好，心想原來也有這種說服的切入方式。

「既然如此，我也會全力協助。」

伊佐山得到乾強有力的贊同，總算覺得有希望能夠通過融資案。

「辛苦了。」

伊佐山回到證券營業部自己的辦公室，諸田便探頭進來，似乎老早就在等他。

「內藤那邊有些棘手，不過姑且得到了乾的協助承諾。讓他以內部融合為切入點去遊說的話，應該可以拉攏到不少董事。對了，你那邊的情況怎麼樣？」

「前幾天的迎送會之後，我跟三木說過了。」諸田露出奸笑。

「半澤現在大概很慌亂吧。」伊佐山的嘴角泛起惡毒的笑容。

諸田推測半澤的情報來源是三木，因此這是試圖擾亂半澤的策略。把董事會的假情報告知三木，不久後就會傳到半澤耳中。

即使是半澤，一旦牽扯到自己的待遇，應該就沒辦法像現在這樣隨心所欲亂搞了。

「這一來他應該也會安靜一陣子。」

「半澤部長畢竟也要替自己著想。」

諸田表示同意，對自己前任上司的困境暗自竊笑。「他等於是被拔掉了利牙，無需畏懼。」

2

「目前為止還算順利。」

森山在和瀨名召開的收購防衛會議中這麼說。半澤和佛克斯公司的鄉田也在場。「問題是東京中央銀行會不會通過追加融資——」

森山說到這裡，以眼神詢問旁邊的半澤。

「我想應該會很困難。」半澤指著收集電腦雜技相關財務情報的文件說。「以電腦雜技集團的財務資料為基礎來考量，不可能輕易給予五百億日圓的追加資金，事實上應該說非常困難才對。不過銀行有時也會採取政治解決。」

瀨名和森山以嚴肅的眼神看著他。

「即使以授信原則來說是不正確的，只要被認為是銀行應該承接的案子，就會睜一隻眼閉一隻眼。中野渡董事長很擅長做這樣的判斷。這方面要看證券部門的主張多有說服力。譬如說，如果三笠副董事長說，他會負起完全責任、希望能夠通過這個案子，董事長有可能拒絕嗎？」

「如果通過追加融資，那就很棘手了。」森山的表情變得憂鬱。「我們只能收集對方情報，做好目前能做的工作了。」

「沒錯。」半澤點頭。

這時鄉田說：「我認識一個熟知電腦雜技的人，想介紹給你們。他之前在電腦雜技擔任財務部長，名叫玉置克夫。在那份有價證券報告書上，他的名字也以董事的身分出現。」

半澤打開電腦雜技集團的有價證券報告書，翻到最前面的部分進行確認。「對了，報紙上也報導過人事新聞。」半澤總算想起來。「你認識玉置先生嗎？」

「他曾經參與決定合併後計畫的團隊當中，能力很強。」

「像這樣的人為什麼會辭職？」瀨名以意外的語氣問。

「大概是受夠了平山夫妻獨裁的作風吧。」

瀨名忽然露出無趣的表情，或許是因為他的策略董事和財務董事也是基於類似的理由離開。兩人持有的股票以時間外交易的奇襲方式轉移到電腦雜技手上，就是這場收購劇的開始。

半澤說：「請務必介紹給我們。既然是曾經待過公司內部的人，他說的話應該能夠在計畫下一步的時候做為參考。不過也要他願意和被收購方的我們對談才行。」

「他已經辭職了，應該沒問題。」鄉田回答。「瀨名社長，你也要和他見面嗎？」

「那當然。」

瀨名回覆之後，鄉田就聯絡玉置。

「不論電腦雜技的內部狀況如何，只要東京中央銀行通過融資，就必須採取新的股價對策。如果是政治解決的話，該不會沒有上限吧？」

瀨名有些不安地問，但沒有人能夠明確回答。狀況是流動性的。

「總之，先來宣傳哥白尼的新戰略啟動了。」半澤提議。「可以安排和『Micro Device』簽字的場面，搭配瀨名先生和霍華德會長對談之類的活動。這一來也能針對機構投資者達到宣傳效果。」

「馬上進行吧。」

瀨名立刻以內線電話下達指令，一旁的森山則謹慎地看著半澤。進行新的收購防衛對策，會對半澤的人事考核造成不利。

「還有二十天。」森山喃喃自語。這是距離電腦雜技發動的公開收購期限的天數。他們沒有決定勝負的殺手鐧，只能踏實地持續努力，誰能夠得到股東認同就贏了。這將是單純而激烈的戰鬥。

瀨名說：「這次最大的威脅還是東京中央銀行吧。電腦雜技等於是握有萬寶槌（註8）了。」

---

8 日本傳說中只要揮動就會出現各種寶物、或實現願望的槌子。

半澤說：「沒這回事。銀行要通過融資沒那麼簡單。而且他們似乎以為抬高收購價格就能買到股票。我們提出了收購佛克斯之後的新事業遠景，但是電腦雜技卻沒有對東京螺旋的股東展示任何具體營業計畫。要得到股東的認同，需要的不是金錢，而是智慧。智慧勝於資金力量──這樣的信念是很重要的。」

「我完全同意。」瀨名以認真的表情點頭。「大家要問的是，東京螺旋和電腦雜技，哪一家公司的經營對股東來說更有魅力。」

「你說得沒錯。」半澤點頭。「即使銀行想要利用政治手段解決，我們也不能只顧表面或採取投機主義，而應該選擇注重本質的戰略。這才是通往勝利的捷徑。」

3

平山聽了諸田的話，臉上沒有顯露任何表情，坐在扶手椅中詢問：

「那麼追加融資什麼時候會通過？」

諸田回答：「應該會在下週三的董事會議通過。」

「這樣太晚了！」坐在平山旁邊的副社長美幸斥責。「距離收購期限只剩三個星期。可以的話，我甚至希望在這個禮拜就宣布要提高收購價格。」

不可能。

諸田瞬間判斷，不過他勉強沒有犯下說出口的愚行。個性情緒化的美幸氣得臉色發白，瞪著諸田。如果在這裡說錯話，有可能會讓女王的怒火更旺。

「本行也會盡量做到最快最好，舉全行之力，即使無法在下週一，也會讓貴公司能夠盡快宣布提高收購價格，因此請再稍等一下，副社長。」

「組織太龐大，不能當作決策太慢的理由。」美幸毫不留情地指責。

「您說得很對。」諸田承認。

美幸繼續說：「越是一流企業，組織再大，決策的時間也會越短。銀行的人真的理解這一點嗎？」

「很抱歉。」

在這種場面不宜隨便反駁，因此諸田只是道歉。美幸又說：

「不能迅速做出決定的組織，就會被社會淘汰。希望你們能有這樣的危機意識。你知道我在說什麼嗎？」

「當然了，我也深有同感。如果我擁有權限，一定會立刻做出決定。」

諸田加以附和，但美幸卻泛起嘲諷的笑容。

「你會做出決定？你什麼時候會得到那樣的權限？更重要的是，請你把這件事確實轉達給伊佐山先生。」

「好的，我會遵照吩咐。」

諸田說完，又擺出苦澀的表情繼續說：「不過這次畢竟是五百億日圓的巨額融資，考慮到面對金融廳的問題，董事會議的決定無論如何都要等到下個星期。這一點敬請諒解。」

「那麼我們就先進行準備，配合決定的時間來宣布提高收購價格。具體上要選在星期幾呢？」

「呃，這個……」諸田對美幸的意見難以回答。

伊佐山命令過他。「說明銀行的狀況，盡可能爭取時間」，理由是這項融資案未必能夠當場獲得全額通過。不，就連融資案本身也未必能夠通過。

雖然能夠理解他們對公開收購遲遲沒有進展感到焦躁，但是在此不能不提組織的原則。

諸田說：「畢竟是要經過審核的，在決定之前，最好還是先不要進行下一個動作。」

「我連一分鐘都不想要浪費。」

美幸以凶狠的眼神這麼說，然後回頭看身為社長的丈夫尋求同意。

平山接著冷靜地問：「融資案難以通過的理由是什麼？」

「手續上難免會碰到一些問題。」

事實上，這項融資案一定會非常困難，不過為了方便起見，諸田便這麼說。

「我想要確認一件事：東京中央銀行對這次的收購案件，到底是積極還是消極？」平山的眼中透露出不信任。「從剛剛聽你說話的印象，怎麼想都覺得銀行好像卻步了。」

「我們當然積極地想要進行支援。」諸田很堅定地回答。「對於本行來說，這個案子也有相當重大的意義。為此我們也研議最佳對策來報告。」

「那就快點通過貸款吧。」

平山說話時，眼中的情感被壓抑到最底層。

「我非常理解這件事的迫切性。」諸田低下頭。

這時美幸突然說：「也許還是換顧問比較好吧？」

「別這麼說，副社長，這個玩笑太狠了。」

諸田勉強要堆起笑容，但看到一本正經的美幸，臉色就變了。

「請問有其他銀行跟你們接觸嗎？」

諸田慌張地問，試圖想起電腦雜技集團的往來銀行。如果是要奪取主力銀行東京中央銀行獲得的顧問地位，大概是競爭對手白水銀行吧。

諸田緊張地吞嚥口水，以顫抖的聲音問：

「該不會是白水銀行？或是關係企業白水證券？」

「你說呢？」美幸沒有明確回答。「不論是哪一家，現在都不重要吧？只要你們能夠好好盡到顧問的職責，就不用討論這種事了，不是嗎？」

「副社長，請聽我說。」諸田無法掩飾內心的狼狽。「我們做為主力銀行，會給予適當的支援。或許還有讓貴公司不夠滿意之處，但是雙方畢竟是長期往來的關係，關於本案，我們也已經執行一千五百億日圓的融資，請你們千萬不要現在才改找其他銀行。請考慮一下我的立場。」

「你的立場不重要。」美幸的回答毫不通融。「在想到保身之前，先替客戶著想吧？你從剛剛提到的就只有你們自己的方便。在所有服務客人的生意裡，只有銀行老是拿自己的狀況當藉口。」

「拜託，下星期一定會很快就做出結論。」諸田把手放在雙膝，深深低頭。「現在更換顧問也不會有任何好處。到頭來如果沒有資金，就沒有辦法進行收購。副社長，目前能夠在最短時間提供這筆資金的，就只有本行而已。」

「沒這回事吧？」美幸的反駁隱約暗示競爭銀行的存在。「貴行的競爭對手宣稱可以隨時提供必要資金。那麼就這樣吧：如果到了下星期，貴行還是沒有做出決定，到時候就要重新檢討顧問契約，畢竟我們也不能繼續等下去了。如何？這樣你就沒什麼好抱怨的吧？」

諸田咬住嘴脣。

「我無法自行決定，請讓我先回去討論一下。」

他說完之後，就拖著沉重的步伐離開電腦雜技總公司。

「找其他銀行？別開玩笑！」

回到證券本部之後，諸田首先前往伊佐山的辦公室。他向伊佐山報告先前和平山夫妻的對話，伊佐山便勃然大怒。

「怎麼可以到這個地步才說這種蠢話！我們已經投入了一千五百億日圓。關於這一點，他們到底是怎麼想的？現在才說要改找白水，蠢話也要有一個限度！」

「很抱歉。」諸田對情緒激昂的伊佐山道歉。「我試圖說服他們，可是你也知道，美幸副社長相當強硬。」

伊佐山也深深嘆了一口氣，雙手抱頭。這天他想必也到處奔波，向董事進行溝通，臉上明顯呈現疲態。

「真是的，怎麼會有那種想法！」伊佐山啐了一聲這麼說。
「他們身為經營者，卻缺乏對於主力銀行重要性的認識。」
「這種事我也知道！」伊佐山對諸田的說明回嘴，無法壓抑內心的焦躁。「所以我才要你去說服他們。如果在這個時候被其他銀行奪走顧問契約，就已經不是和『證券』一決勝負之類的問題了。」
伊佐山以布滿血絲的眼睛看著諸田。「到時候，我們就沒有明天了。」
「總之，在下個星期的董事會議，一定要設法讓融資案通過。」諸田這麼說，伊佐山的表情就更加嚴峻。「部長，你那邊接觸到的反應如何？」
「看樣子應該可以得到過半數的同意。這不是電腦雜技狀況如何的問題，比較像是對本行證券部門的投資。我也請三笠副董事長幫忙，因此最後董事會的意見應該會傾向於同意融資。」
諸田聽到這個好消息，鬆了一口氣。
「這麼說，問題是在中野渡董事長。」
「董事長十之八九會贊成。」伊佐山的話中格外充滿自信。「如果這個案子失敗，本行證券部門的發展就會延遲好幾年。這一來，中期經營計畫就很難實現了。董事長是善於掌握機會的人。」

也因此，董事長必然會贊成五百億日圓的追加融資。

「現在已經不是對電腦雜技的授信正確與否的問題。」伊佐山斷言。「即使蠻幹也要談妥這件事，才能保障日後證券部門的收益。這一來，只顧眼前授信判斷而損失將來的利益，就是再蠢也不過的事了。考慮到銀行收益的經濟合理原則，一定會通過。還有——」

發表議論的伊佐山嘴角泛起扭曲的笑容。「這次的董事會議上，也會討論到半澤的處置方式。」

「半澤部長？」諸田驚訝地問。「這是怎麼回事？」

「如果放著他不管，不僅對於本行不利，對於證券子公司來說也沒有好處。有可能損及組織利益的因子，必須要及早拔除。我聽到消息說，人事部也已經在進行研議。半澤也是銀行員，即使嘴巴上說得很威風，也無法勝過人事令。那傢伙很快就會體悟到這一點。」

諸田說：「這等於是弄假成真了。」前幾天他們才把跟半澤有關的人事假消息透露給三木。

諸田親眼見識到組織的可怕，仍無法壓抑從肚子裡湧出的笑意。活該——他想起離開「證券」時半澤看著自己的憤怒眼神，心中喃喃自語。

到頭來，贏的還是巧妙利用權力的人。此時此刻，諸田成為勝者，而半澤成為敗者。

「也因此——」伊佐山銳利地瞪著諸田說。「絕對不能讓平山夫妻說出要改找其他銀行的蠢話。知道了嗎？」

4

玉置是個氣質敦厚的高個子紳士。經過介紹之後不到十分鐘，半澤便深深確信他是值得信賴的財務專家。

「真是諷刺。」瀨名聽了玉置簡單的自我介紹便說。「我們公司是主張多角化經營的董事離開，電腦雜技則是否定多角化的玉置先生這樣的董事離開。」

接著瀨名又皺起眉頭說：「話說回來，我沒有想到本公司前董事竟然會把股票賣給電腦雜技。如果方便的話，可不可以告訴我，你們是怎麼向他們兩人購買股票的？」

時間外交易的先發制人攻擊無疑給了瀨名強烈的印象。

玉置似乎稍微猶豫了一下，在回答之前先問半澤：「你真的不知道嗎？」

半澤問：「什麼意思？」

這時玉置說出令人意外的話：

「聯繫那兩人和電腦雜技的，就是東京中央銀行的野崎。」

森山抬起頭瞪大眼睛。玉置繼續說：「野崎和前財務董事清田在十月的創業研討會上一起擔任講師，聽說就是在那時候認識的。在那之後，野崎為清田的營業計畫提供建議，彼此建立了信賴關係。」

瀨名皺起鼻子說：「原來是這樣。」

半澤問：「玉置先生，你是什麼時候得知東京螺旋公司收購計畫的？」

「是在記者會的三天前。」玉置露出懊惱的表情嘆息。「如果我更早知道——」

「你會反對？」

半澤注視著玉置的眼睛問。

「沒錯。」玉置回答。「當時已經太晚了。不過即使我在初期階段就得知這件事，平山夫妻應該也不會聽我的意見。那家公司就是這樣。我只是個無用的裝飾品。」

「電腦雜技的財務部長職位，待遇應該很好吧？你竟然捨得辭職。」

森山因為自己在求職時辛苦的經驗，無法理解為了這樣的理由辭職的玉置。

「畢竟工作的品質會直接關係到人生的品質。」

玉置的回答讓森山若有所悟。瀨名也抬起頭，喃喃自語般地說「的確」。

「有一件事可以請教你嗎？」半澤詢問。「也許是無關緊要的瑣事，不過如果方便的話，希望你能夠告訴我。平山先生一開始為什麼會找東京中央證券處理這個案子？」

「你感到在意嗎？」玉置以格外認真的表情問。

「因為這樣不合理。」半澤直視玉置。「老實說，電腦雜技集團應該沒有很看重本公司，可是為什麼會找上我們？」

玉置沉默片刻，然後說：

「平山社長不是會毫無理由改變態度的人。恕我失禮，他之所以把重要的案子委託給之前不太理睬的證券公司，一定是因為有某種理由。」

「某種理由？」半澤重複他的話。「那是什麼？」

「這件事基本上牽涉到內部情報，所以我也不能明確地告訴你，不過我可以給你一個提示：社長在銀行自薦要當顧問的時候，我想他其實並不太願意。銀行與貴證券公司的差別，可以想成是對於電腦雜技的情報掌握程度差異。」

玉置說出謎語般的話。

「情報掌握程度差異……」半澤反覆一次，思索片刻又問：「你的意思是，我們掌握了電腦雜技相關的情報，可是銀行卻沒有嗎？」

「不對——剛好相反。」

玉置的回答令人意外，而且意有所指。

森山以嚴肅的表情沉思，然後問：

「也就是說，關於這件收購案，銀行已經掌握到不能被人知道的事情了嗎？」

「可以這麼說。」玉置的回答含糊其詞。「很抱歉，這基本上是內部情報，我也不能說得更多，敬請諒解。」

「是什麼樣的情報？不用說得很具體，給我們一點提示吧。」森山執拗地追問。

「這一定是很重要的事，對不對？」

玉置猶豫片刻，接著短促地嘆息。「那麼我就只提一件事。」他以此做為開場白，繼續說：「銀行應該握有電腦雜技子公司相關的情報，只是——」玉置注視森山，似乎要強調這裡是重點。「東京中央銀行並沒有善用這個情報。」

「子公司……？」

半澤看到森山臉上閃過某種表情。

森山敲門探頭進來時，時間已經過了半夜十二點。

半澤不知道自己埋頭處理文件多久。他用手指按著疲憊的眼睛抬起頭。他的肩膀很酸，沿著脖子感覺到麻痺般的痛楚。

桌上擁擠而雜亂地擺了許多文件。對於平常把辦公桌整理得「像飛機場一樣」的半澤來說，算是很罕見的光景。

「怎麼樣？」半澤邊轉動肩膀，邊用呻吟般的聲音問。

森山遞到半澤面前的是一封文件。

「總算找到了。」

「怎麼會有這種東西？」半澤拿起文件，問了很單純的問題。這也難怪，文件左上角有「東京中央銀行鈞鑒」的收件人名稱，右上角則有「嚴禁外流」的紅字。

森山回答：「這是以前電腦雜技公司的三杉係長給我的。我聽說他們要成立新的子公司，請他給我詳細的資料，他就偷偷印了這份文件給我。剛剛聽玉置先生說的話，我就想起這件事，只是不知道跟這個案子有沒有關係——」

他似乎花了一番工夫才找到，雖然是冬天，但額頭上卻冒著大顆汗珠。看來他在保存舊資料的書庫奮鬥了很久。

這份資料說明的子公司是在距今兩年前設立的，名叫「電腦電設」，是一家承包企業內部網路建構周邊業務的公司。

「照例又是發展新事業嗎？」

對於電腦雜技來說，這並不是罕見的例子。

電腦雜技集團憑著企業網路建構事業成長為上市公司，可說是衝在直線道路上，然而在成功之後卻開始發展各種事業，成立各式各樣的子公司。

這家公司大概也是其中一家。

「這家公司有什麼特別的意義嗎？」

半澤提出疑問，森山便指出：「這家公司和之前的子公司比起來，規模不是大了很多嗎？這家叫『電腦電設』的公司是買下其他公司的營業權、並且繼續雇用原來的員工設立的公司。」

森山翻開文件，指著記載於該頁的前公司資料。

通用電設。欄外的說明提到，這家公司是以通用產業為中心的通用集團成員。

「通用電設？」半澤瞥了一眼，露出詫異的表情。

森山問：「你知道這家公司嗎？」

「我還在銀行的時候，曾經參與過通用產業相關的計畫。雖然不是直接的承辦人員，不過我知道通用產業因為業績不振，為了刪減成本而試圖進行事業的集約化。」

「所以通用產業才會把子公司等同於賣給電腦雜技吧。」

半澤問：「通用產業和電腦雜技之間有沒有生意往來？」

森山打開電腦雜技集團主要客戶的清單給他看。

「有的。電腦雜技集團來自通用產業的營收，去年一整年總計有七十億日圓，可以說是大客戶。」

根據電腦雜技集團的資料，電腦電設的設立費用約為三百億日圓。

「其中二十億日圓應該是業務轉讓的商譽費。」

聽了森山的說明，半澤感到疑惑：「為什麼要做那麼麻煩的事情？」

「麻煩？」

「他們只要單純地收購這家公司就行了。與其成立公司、接受業務轉讓，不如直接收購比較簡單吧？」

半澤的提問聽起來也像是在問他自己。

「也許是盡職調查太麻煩了吧？成立新公司的話，也不用擔心隱藏債務。」

半澤說：「原來如此，也有這種可能。」

盡職調查（due diligence）是指企業併購時進行的詳細調查，需要耗費一定的成本與時間。可以省略這個過程，的確可能具有重大意義。而且如果成立新公司的話，就不用擔心財務報表上沒有列出的債務（譬如連帶保證債務等）存在。

森山詢問：「另外還有什麼可能性？」

半澤把身體靠在椅背，想了一下，說：

「也許是不想太張揚收購通用產業子公司的事。」

森山凝視著半澤，咀嚼這句話的意思。

「為什麼？」森山似乎產生興趣，詢問半澤。「為什麼必須要隱藏？」

半澤回答：「我知道通用電設的情況。這家公司的營收大概只有一百五十億左右，資產價值應該是一百億到一百幾十億，絕對沒有三百億日圓的價值。」

森山沉默地瞪大眼睛。

「玉置先生說的子公司，大概就是這家『電腦電設』。」

半澤如此斷言。這其中一定有什麼祕密。

5

「溝通工作辛苦你了，伊佐山。這一來，董事會議應該也能通過。」

在距離董事會議還有兩天的夜晚，三笠主動邀伊佐山吃飯。

「謝謝。」

伊佐山雖然顯出疲態，不過臉上還是浮現安心的笑容，是因為他確實感受到這陣子進行的事前溝通工作很成功。

「透過這個案子，我似乎理解到，大家對於證券部門勢力衰退的危機感有多麼根深柢固。」伊佐山說出率直的感想。「董事們應該都同意，不能因為執著於單一的授信，而做出損及本行整體利益的錯誤判斷。正義是屬於我方的。」

「只要知道表決時可以得到過半數，就可以鬆一口氣了。我方的支持者越多，就能更有利地展開討論。」

三笠很滿意地這麼說，瞇著眼睛想像屆時的光景。兩人之間的靜默，反倒更呈現出他們此刻堅強的決心。

「最有可能提出反對意見的是誰？」

「最可能多嘴的，應該是內藤。」

伊佐山回答。他想到與內藤面談時的情形便皺起眉頭。

當時內藤的反應相當冷淡，不論費盡多少脣舌都無法讓他改變意志，越是想要籠絡他，越是讓伊佐山心情慘澹。現在想起這件事，仍舊讓他感到不愉快。

「他雖然口才很好，終究還是勝不過人數。」

伊佐山點頭表示同意，不過聽到三笠接著說「但是今後的手續絕對不可以掉以輕心」，他的表情就變得嚴肅。

「我知道。」

董事會議的裁決是在後天。只要一舉提高收購價格，絕對可以在期限之內買進目標股數。

他們勝券在握。

伊佐山此刻相當確信這一點，心中頓時充滿活力。

這種感覺在伊佐山腦中產生化學反應，變化為對東京中央證券——不，是對半澤——扭曲的優越感。

三笠或許是察覺到伊佐山內心在竊笑，繼續說：「人事部也在調整『證券』那邊的人事，最後應該會讓半澤重新外調。」

伊佐山問：「重新外調是調到哪一個單位呢？」

三笠說出口的是一家和銀行沒有資金關係、連聽都沒聽過的公司。

「這是未上市的公司嗎？」

「這是員工人數三百人左右的融資客戶，目前大概已經確定要讓半澤外調到那家公司，擔任財務部長。這是一家很有發展前途的公司。」

最後補上的一句話充滿嘲諷意味，兩人一起笑了。

「半澤那傢伙為了達成目的會不擇手段，只是這次他似乎做得太過火了一點。」

「雖然遇到很多狀況，不過真的非常感謝您的幫忙，副董事長。」伊佐山鄭重地鞠躬道謝。「電腦雜技收購東京螺旋的案子，這一來應該也能上軌道了。」

「你不需要向我道謝。」三笠儼然一副德高望重者的姿態回答。「基本上，能夠找到這個案子，要多虧你的本事。世上的一切即使會花點時間，最後總會得到該有的結果。我只是稍微縮短了這件事需要花費的時間。」

「非常感謝您的這番話。」

伊佐山重新倒了酒，和三笠乾杯。

6

「阿雅，謝謝你幫了我這麼多忙。」

到了續攤的酒吧，瀨名鄭重地道謝。森山受邀和瀨名一起吃飯，地點是元麻布的一家義大利餐廳，接著又來到位於飯倉片町的這家瀨名常光顧的店。

「怎麼突然這麼說？事情還沒有結束。」

「我知道。我只是對你之前替我做的事道謝。」

瀨名在第一家店一直忍耐，現在則一根接著一根抽菸。從他的側臉，可以看到經營者的精悍表情。

今天是週一，因此吧檯沒有太多客人。瀨名與森山在格外沉寂的氣氛中喝酒。

「這是現代的侵略戰爭。」瀨名瞪著正前方櫃子上密集排列的酒瓶這麼說。「這場侵略戰爭不僅合法，還在眾目睽睽之下進行。或者也可以說，這是在名為證券市場的現代競技場進行的拳擊賽。就像是必須打到一方死亡為止的殊死戰。」

「你絕對不能輸。」森山以低沉的聲音這麼說。

瀨名平靜地改變臉部角度，看著既是朋友、現在又成為事業夥伴的這個男人。

「我才不會輸。」

瀨名朝著酒杯說話，但森山說：

「我指的還有別的意思。」

這句話讓瀨名轉過頭來。

「別的意思？」

「我們這個世代不是一直都被糟蹋嗎？在我的周遭，還有仍舊只能靠打工賺錢的大學朋友。雖然被迫接受不合理的待遇，但是我一直想要找某個機會報復。」

瀨名沉默不語。

他把酒杯端到嘴前，再度把視線停留在前方的酒瓶，靜靜地思考。

「這樣啊。不過我的想法不太一樣。」瀨名發表意見，森山則默默聆聽。「不論在哪一個時代都有勝利組，而且即使把自己目前的處境歸咎給社會，到頭來也只會感到空虛而已。話說回來，我說的勝利組不是指大企業的上班族，而是對自己的工作感到驕傲的人。」

森山默默地在腦中反芻瀨名的話。

「不論是多小的公司，或者是類似自營業的工作，我認為最重要的，就是能夠對自己的工作感到驕傲。到頭來，只要能夠抱持自尊、做自己喜歡的工作，應該就很幸福了。」

自己又是如何——森山捫心自問。

不久之前，森山心中仍懷著失敗組的自卑。他進入東京中央證券工作已經快八年，可是他卻一直對學生時代連續應徵幾十家公司受挫的事耿耿於懷。

他覺得自己一直都在無法擺脫的挫折感，以及精神上的消化不良當中工作。

「該道謝的是我。」森山說。「我真的很感謝你讓我做這件工作。說這種話感覺很不好意思，不過我覺得，能夠做這麼充實的工作很幸福。我把現在的一切都賭在這件工作上，也能很肯定地說，自己抱持著自尊在工作。我真的很高興。」

瀨名輕輕舉起手邊的杯子，森山也跟著做，同時感覺到心裡很滿足，面對即將來臨的最終決戰，激起高昂的鬥志。

有人敲門，接著祕書探頭進來。

「部長，東京中央證券的半澤先生來訪。」

東京中央銀行的內藤此時正在辦公室閱讀文件。

「半澤來了？」

他們並沒有事先約定見面。看看牆上的時鐘，已經過了晚上八點。內藤說：「請他進來吧。」

祕書才剛退下，內藤就看到昔日的下屬大步走入辦公室。

「好久不見。」半澤鞠躬。

「你的工作表現還真是引人注目。」內藤嘲諷地說，並示意他坐在沙發。

「事實上，我是聽說明天要召開董事會議才來的。」

正要坐到扶手椅的內藤停了一下。

「你的消息還真靈通。」

內藤說完，照例以有些慵懶的姿態坐在椅子上，翹起二郎腿。兩人彼此都很熟，不需拘泥小節。

「順帶一提，在那場會議中預計也會討論到你的人事案。你是為了這件事來的嗎？」

內藤猜測半澤的來意，不過半澤卻很果斷地否決：「不是，是關於對電腦雜技集團追加融資的事。」

「原來你是來談這件事的。」內藤的表情變得嚴峻。「如果你是希望我在董事會議反對這個案子，那就沒必要特地來找我談，我本來就打算要反對了。不過根據我的觀察，董事會的過半數應該會支持追加融資。即使我一個人努力，也沒辦法改變結果。」

內藤好似在打量突然來訪的半澤內心一般，注視著他的臉說：「如果追加融資的案子通過，收購案勢必會成功。你身為東京螺旋的顧問，也難免會陷入困境。」

「不，會陷入困境的不是我，而是貴行。」

聽到這句意想不到的話，內藤不禁盯著半澤。

「我先前想要和伊佐山先生談，但是他不願意聽我說話，把我趕走了。」

「所以你才特地來找我吵架嗎？」內藤感到傻眼。

「怎麼可能。我只是來說明為什麼貴行會陷入困境。」

半澤說完，就在桌上展開帶來的資料，緩緩地開始說明。

第九章　失落一代的反擊

1

東京中央銀行的董事會存在著不成文規定，最重要的議案總是放在最後討論。上午九點開始的董事會總共有六項議案。依序討論完五項議案、進入最後的議案時，已經過了一小時半左右。

伊佐山一站起來，室內的氣氛就立刻緊張起來。

「證券營業部要提出的議案，是關於先前徵得各位同意的電腦雜技集團追加融資案。」

伊佐山的表情充滿自信。他已經事先進行溝通，爭取到過半數的贊成票，因此感到從容不迫。

「該公司打算收購並稱ＩＴ業界雙雄的東京螺旋公司，並且在大約兩個月前將這個案子委託給我們。在那之後，我們證券營業部就集結企業收購的智慧，運用領先業界的情報收集能力，接觸東京螺旋公司的前董事，利用時間外交易成功取得將近三分之一的股份，在證券業界獲得極高的評價。在這種大型收購案件取得成功，對於今後的證券事業會有很大的幫助，我們有自信絕對足以贏得將來的營收機會。」

伊佐山得意地誇耀自己的功績之後，把話題帶回今天的議案。

「在那之後，東京螺旋收購案進入公開收購的階段，我們也努力想要盡速取得過半數股份；然而在此很遺憾地要向各位報告，因為出現不曾預期的問題，導致現在必須再次由董事會進行決議。」

伊佐山停頓下來，然後開始述說東京中央證券擔任東京螺旋顧問的經過。

「以一般常識來說，身為母公司的本行在進行收購案時，證券子公司絕對不可能去擔任被收購方的顧問。這不僅是利益衝突的行為，也會破壞業界的信任及秩序。站在證券營業部的立場，就如先前已經表明的，對於東京中央證券的處置感到強烈的遺憾。此外，對於東京螺旋明知東京中央證券是本行相關企業、卻委任為顧問一事，也不得不強烈懷疑其見識。還有——」

伊佐山說到這裡，語氣變得更加高亢：「東京中央證券不僅主導收購與電腦雜技往來密切的佛克斯，還動用媒體宣傳實現可能性極低的營業計畫，藉此拉高股價。他們利用這些稱不上正當證券業務的手段，展開迷惑投資者的策略，結果導致東京螺旋的股價以遠遠背離實力的程度急速上漲，使得當初設定的公開收購價無法吸引到願意出售者。根據本部的預測，像這樣的股價上揚當然會隨著時間而漸趨平穩，但是為了在公開收購期限內確實購入必要的股票，不能只是等待，而應該把收購價格拉到符合目前實際價格的程度，迅速完成收購。為此我們計畫對電腦雜技進行五百億日圓的追加融資，做為支援收購的資金。關於這項融資案的細節，就如已傳送到各位手中的資料——」

所有人都邊聽伊佐山說話、邊開始翻閱厚厚的書面請示書影本。

「對電腦雜技集團這家公司提供總額兩千億日圓的融資，或許看似太過誇張，不過考量到可以在大型企業收購領域確立地位，絕對不算是過度的融資。這個案子可以成為證券部門——不，應該說是本行確保將來營收的橋頭堡。請各位理解這一點，從綜觀大局的立場贊同本案。」

伊佐山結束了近似演說的說明之後，稍稍鞠躬回到座位，感受到會議室頓時充滿熱度。

「剛剛的議案說明非常精采。聽完之後，大家有什麼意見嗎？」中野渡環顧會議室。

「我也有些話想說，請容我發言。」以平靜的聲音要求發言的，是副董事長三笠。「就如伊佐山發表時提到的，像這樣的收購案能夠賺取大筆手續費，當然是求之不得的營收機會。請各位想想，對於今後打算收購企業的顧客來說，什麼樣的銀行或證券公司才是合適的夥伴——是堅持艱澀的理論、死腦筋的金融機構嗎？恐怕不是吧？他們想要尋求諮詢的，應該是具有確實完成這類大型案件經驗的金融機構。這次的收購案件會是本行絕佳的宣傳機會。為了成為真正具有競爭力的綜合金融機構，這個案子可說是絕對必須完成的試金石。」

在三笠發表意見之後，又有幾名董事發表贊成融資的意見。

「關於贊成的意見，我已經大概了解了。」中野渡聽了一陣子之後說，然後環顧會場。「有沒有反對意見？」

「可以容我發言嗎？」

有人發出聲音，所有人的視線都朝向發言者。

第二營業部長內藤舉手，伊佐山則暗自皺起眉頭。

「您剛剛提到這是銀行的營收機會，但是事實真是如此嗎？」

內藤提出質疑，彷彿是要挑戰傾向支持的董事會。

三笠問：「內藤，你要說什麼？」他的口氣雖然平和，但是注視內藤的眼中卻閃爍著敵意。

「我在問，讓電腦雜技集團成功收購東京螺旋，真的會成為本行的營收機會嗎？」

「成功和失敗，哪一個才能得到收入？」三笠將問題簡化並反問。「如果想要推展企業買賣顧問的業務，一定是有實績比較好吧？難道你不這麼認為嗎？」

「關於這一點我完全贊同，不過必須是受到肯定的實績。」內藤老神在在地回答。

「受到肯定的實績？」三笠皺起眉頭。「難道你認為這項收購案無法獲得肯定嗎？理由是什麼？」

「關於這一點，接下來會詳細說明，不過與其由我來報告，不如請熟知本案的人來說明吧。」

內藤說完，在牆邊的座位待命的調查役便站起來，打開背後的門。

看到此刻從這道門走進來的男人，三笠明顯感到錯愕，伊佐山也睜大眼睛，露出驚訝的表情。

「我知道這樣做屬於特例，不過還是請他過來了。這位是東京中央證券公司營業企劃部的半澤部長。」

「內藤，這是怎麼回事？」三笠以不悅的聲音問。「他是局外人，而且不正是利益衝突的當事人嗎？」

「恕我直言，這並不是利益衝突。」半澤代替內藤斷言。「本公司的立場是要阻止電腦雜技集團收購東京螺旋。在此同時，這件事也符合東京中央銀行的利益。」

「董事長，可以讓他繼續說下去嗎？」內藤問。

中野渡原本以嚴肅的表情觀望事態發展，此時面無表情地靠在椅背上。

「希望這不會是白費時間。」

「謝謝。」內藤泰然自若地回答。

「請等一下！」出面制止的是伊佐山。「讓敵對的東京中央證券的人進入會議室，等於是把董事會議的內容流出到公司外。站在本行擔任電腦雜技集團顧問的立場，這是很不妥當的做法。」

「請把他看作是我的代言人。」內藤說。「而且他雖然是東京中央證券的人，工作身分卻仍舊留在本行，隨著接下來要討論的人事案，就連這一點也不知道會怎麼變化。也就是說，不論他在這裡得到什麼樣的情報，都可以輕易地憑我們的決策使它失去力量。這一來應該就沒什麼問題了。」

「內藤，你能把這件事告訴電腦雜技集團的平山社長嗎？」伊佐山挑釁地問。

「被收購方的顧問來到這裡，誰知道他的意圖是什麼？」

接著他以凶狠的眼神看著半澤。「即使不論這一點，讓這傢伙來到這裡也大有問題。我真懷疑你有沒有常識。」

「發言似乎得到許可，那麼我就接著說下去吧。」半澤不以為意地這麼說，然後朝向伊佐山問：

「銀行員的常識是什麼？以收購成功為先決條件，隨隨便便決定追加融資，真的算是常識嗎？伊佐山部長，你主張要對電腦雜技集團這家公司進行總額兩千億日圓的融資，對於該公司來說，真的是妥當的融資嗎？」

「是否妥當，不容你提出疑問。」伊佐山高聲駁斥。

「你說得的確沒錯。但是沒有確實分析該公司財務狀況、以收購成功為前提的態度，不僅無法得到營收機會，還有可能傷害貴行的信用，導致巨額損失。」

「沒有確實分析？你在說什麼？」

緊咬不放的不只是伊佐山。從排列在他背後的輔助座位，部長代理諸田以挑釁的眼神盯著半澤。

半澤對上證券營業部——之前在市場上戰鬥的雙方，此刻彷彿站上了會議室這座拳擊場。

「我大概可以想像你想要說什麼，所以我先說吧。」伊佐山繼續說。「我也知道對於電腦雜技集團的授信額有些過高，但這是為了促進該公司發展、並開拓本行證券事業未來的投資，具有經營策略上的明確意義。像你說的那種普遍理論，只能說是見樹不見林。這個案子絕對不能從那麼微小的觀點來討論，相信在座的董事應該都明白這一點。」

半澤知道有幾個董事點頭表示同意。每一張臉上都對眼前意外的發展皺眉，並且對來自證券子公司的闖入者感到憤怒與焦躁。

半澤問：「證券營業部在說這種話之前，有好好去了解電腦雜技集團這家公司嗎？」

「你把銀行當白痴嗎？」

伊佐山燃起怒火，高聲怒吼。副董事長三笠冷冷地注視半澤。

「如果你想要討論基礎的問題，那就不用多說了。」三笠插嘴。「那不是現在要討論的問題。有關財務評價，也如發給各位的請示書上記載的，不會更高也不會更低。我們是基於這樣的認知來討論是否要進行融資，董事會議也不是討論這些細節的地方。你是不是搞錯了什麼？」

「我必須明確指出，證券營業部提出的請示書有嚴重的瑕疵。」

半澤的發言讓會議室中的人紛紛交頭接耳。「即使以那份請示書為基礎來討論，也只能導出錯誤的結論。從垃圾箱裡只能找到垃圾。」

「你把我們的請示書當作垃圾嗎？」

伊佐山飛沫四濺、激動地喊，但半澤只是泰然自若地看著他。

「我不是把它當作垃圾，而是指它就是垃圾。」

「什麼！」

伊佐山怒氣沖沖，彷彿隨時要踢倒椅子撲過來。他的怒氣感染到支持三笠、伊佐山的所有舊東京派系的董事，會議室中瀰漫著劍拔弩張的氣氛。

「內藤先生，你把這種人帶到重要的會議中，到底在想什麼？」

伊佐山的怒火也朝向內藤，但是內藤並沒有理會他。

「好好聽人把話說完吧？」內藤說完之後，催促半澤：「繼續說吧。」

半澤點頭，接著說下去：

「證券營業部的這份請示書，是以收購成功的前提製作，疏忽了授信管理部門原本應該進行的基本判斷，以至於在電腦雜技集團的評價上忽略了重要因素，導出錯誤的結論。」

「半澤先生，你這話說得很嚴重，可是你沒有看過證券營業部的請示書吧？怎麼能說出這種話？」

三笠以禮貌但宛若刀刃般冰冷的眼神看著他。

「因為如果你們發現到了，就不可能主張要貸款給電腦雜技。」

「可以請你說明嗎?」伊佐山挑釁地說。「你似乎以自己的分析能力為豪,不過你只有和電腦雜技集團應酬程度的往來,並沒有直接深入的認識。這樣的你,卻批評我們證券營業部傾全力分析製作的請示書是垃圾。那麼你就親眼看看這是不是垃圾吧!」

伊佐山站起來,特地繞過圓桌,將請示書丟在半澤面前。

半澤拿起請示書,迅速瀏覽內容。這時會議室內宛若所有人都屏住氣息般安靜無聲。

不久之後,半澤把請示書放在桌上,詢問布滿血絲瞪著他的伊佐山:「只有這樣嗎?」

「什麼意思?」伊佐山的表情因惱怒而扭曲。

「這份請示書上,完全沒有提到通用電設的業務轉讓和資金回流的事。為什麼?」

半澤的問題讓伊佐山臉上首度浮現困惑的表情。他回頭看諸田,但諸田也只是同樣露出詫異的表情,歪著頭表示不解。

「你到底在說什麼?」

「看來你似乎不知道,那麼我就來說明吧。」半澤這句話成為信號,開始有人分發新的資料。

「兩年前，電腦雜技集團成立『電腦電設』這家新公司，從某家公司接受包含員工在內的業務轉讓。這家公司就是因為業績不振重整中的通用產業的子公司，名叫『通用電設』。根據當時的資料，通用電設的評價總額是一百二十億日圓，然而這家公司在轉讓時，電腦雜技集團支付給通用產業的金額卻高達三百億日圓。」

伊佐山以警戒的眼神注視半澤，沒有說話。一聽到三百億日圓的金額，會議室內開始瀰漫著懷疑與疑惑的氣氛。

「這是怎麼回事？」坐在會議桌中心位置的中野渡發言。「和評價金額差太多了吧？」

「正是如此。關於這一點，我現在就來說明。」

半澤回答之後，繼續說：「電腦雜技集團在這兩年當中，來自通用產業的積欠訂單總額超過一百五十億日圓。順帶一提，在這之前他們與該公司並沒有生意往來。另一方面，通用產業則因為兩年前這家子公司的交易而迴避了赤字，順利向準主力銀行白水銀行調度到資金。」

聽到半澤的說明，會議室宛若被壓入黏土底層般，令人感到窒息。

「電腦雜技集團前年的淨利是二十五億日圓，去年度是七十億日圓。在近年來的過度競爭當中，獲利能力雖然降低，但是這兩年勉強維持利潤。但是真的是這樣嗎？電腦雜技真的在困境中維持了這樣的淨利嗎？伊佐山部長，你認為呢？」

伊佐山被詢問，以極度警戒的眼神看著半澤。

「那、那當然。」

「原來如此。」

半澤靜靜地說。「證券營業部的請示書當中，的確完全接受了這樣的數字。但是從結論來說，這是錯誤的。評價金額和買賣價格之間一百八十億日圓的差額，其實只是以營收的形式，把資金回流到電腦雜技集團。」

「不可能！」這時伊佐山高喊。「我完全沒聽過這回事。基本上，你怎麼會有這份資料？你從哪裡得到的？如果是從電腦雜技非法取得的，那會是很嚴重的問題。」

「這份資料是兩年前電腦雜技集團送來的，做為新公司成立的相關說明資料。」

這正是森山保管的資料。

「收件人是東京中央銀行吧？」指出這點的是三笠。「你為什麼會得到我們的資料？可以說明清楚嗎？」

「因為電腦雜技的承辦人員把交給銀行的資料影本交給我的下屬。也就是說，同樣的資料應該也有交給貴行才對。」

伊佐山的臉色很明顯地變得蒼白。

「電腦雜技的平山社長一開始是委託本公司擔任收購案顧問，後來因為坐在那裡的諸田洩漏情報，使得這個案子被貴行強奪；不過電腦雜技一開始會找上過去沒什麼交易的本公司，理由就在於這份資料。」

半澤環顧會議室中在座的董事，停頓了一下。

「東京中央銀行是通用產業集團的主力銀行。也就是說，持有這份資料的銀行如果詳細檢查，就會發現對電腦雜技不利的事實。這個不利的事實究竟是什麼？」

半澤依序檢視伊佐山、諸田，最後是三笠的臉。

「那就是虛飾報表。」

2

在這個瞬間，不只是伊佐山，整個董事會議彷彿都像被瞬間冷凍般靜止，所有人都像浮雕中的人物般停止動作。

「這筆資金以股票售出資金的形式回流到通用產業，然後成為電腦雜技集團來自該公司的虛構營收。」

半澤揭露的事實，就好像在靜寂的董事會議敲入木樁。

「上半年度電腦雜技集團的淨利是二十五億日圓。報表中列入的通用產業虛構營收七十億日圓，既沒有進貨也沒有外包，屬於純粹的營收，因此可以直接對淨利灌水。也就是說，電腦雜技上半年度的決算應該是將近五十億日圓的赤字。」

半澤的資料最後一頁，還特地附了通用產業與通用電設、電腦電設與電腦雜技集團之間的資金流動示意圖。原本支持融資案的董事當中，有人一臉呆滯地抬起頭，有人交叉雙臂沉思，全都啞口無言。

「電腦雜技集團在近年來的過度競爭當中落敗，被逼到出現虧損的地步。平山社長向通用產業承諾將來會收購子公司，然後先利用子公司業務轉讓形式使資金回流，再以列入營收的方式替淨利灌水，實行虛飾報表的計畫。然而他們的業績至今仍舊沒有改善。該公司之所以堅持要收購東京螺旋，正是為了掩飾自己的困境，隱藏虛飾報表的事實。和業績良好的東京螺旋公司在一起，本業的虧損和有價證券報告書的虛偽記載都能蒙混過去——這就是該公司平山社長……不，應該說是平山夫妻真實的目的。」

在眾人注目當中，伊佐山茫然若失地坐在位子上。

「你剛剛說明的內容，有多少可靠的證據？」

突然變得嘈雜的會場內，傳來中野渡的聲音。

「我向電腦雜技集團的前財務部長玉置克夫確認過，不會有錯。」

半澤和森山發覺到這個詭計之後，次日就去向玉置確認。玉置一開始不願說出來，直到半澤質問他，是否有必要為了隱匿此事而違反商法，他才總算說出真相。

「有什麼問題嗎？」

中野渡詢問在場的人，但沒有人舉手。

「沒有發覺到這項造假，是證券營業部徹底的失敗。」

伊佐山承受董事長的視線，面色鐵青，說不出反駁的話。

副董事長三笠彷彿氣力用盡般垂下頭的瞬間，之前縈繞的種種打算、事前溝通及合意都化為烏有，彷彿變成看不見的殘骸，拋棄在厚厚的地毯上。

「對於電腦雜技集團的追加融資，不予通過。有沒有異議？」

中野渡詢問圍坐在會議桌前的董事，但沒有人反駁。「證券營業部馬上去確認虛飾報表的事實，迅速收回已貸款的金額。還有，半澤——」

中野渡轉向站著觀望事情發展的半澤。「辛苦你了。」

半澤默默地敬禮，然後轉身從先前進來的門走出會議室。中野渡目送他離開，直到看不見身影，然後瞥了一眼之前拿到的議案，繼續說：

「本議案還包含對於外調到東京中央證券的某行員人事案。兵藤，你有什麼意見？」

人事部長兵藤深深吸了一口氣，思索片刻。

「關於這一點，請讓我帶回去研究。」

「我知道了，那就從今天的議案刪除吧。還有什麼問題？」

中野渡詢問眾董事，確認沒有人舉手要求發言，便嘆了一口氣。

「那麼董事會議就到此結束。我做了這麼久，還是第一次碰上這麼徹底的大逆轉，不知道應該高興還是難過。」

中野渡面帶苦笑站起來，瞥了一眼半澤離去的方向，然後以展現急躁性格的快速步伐離開會議室。

3

會議之後留下來的，只有挫敗感。三笠目送宣布會議結束的中野渡背影，用眼神催促伊佐山，然後先行回到自己的辦公室。

伊佐山被意想不到的會議發展與結果徹底擊敗，回頭朝著背後的諸田喊了聲

「喂」，然後抬起沉重的屁股。

原本深信進行過周全的事前溝通、一定會通過的案件，卻以不曾預期的形式遭到否決，連殘骸都沒有剩下。

對於證券部門來說，這是很嚴重的一敗。

伊佐山進入副董事長的辦公室，三笠已經坐在扶手椅中，沉默地用右手的手指按著額頭。伊佐山從他這副模樣感受到非比尋常的徵兆，和諸田並肩坐在沙發上等他開口。

「伊佐山部長，這是怎麼回事？」

三笠的用字遣詞雖然客氣，但眼中卻燃燒著藍色的憤怒火焰，讓伊佐山看了不禁緊張地吞下口水。

「非常抱歉。」

伊佐山必須忍受宛若千刀萬剮的屈辱。

「你在企業分析這種最基本的地方，輸給了那個半澤。還有比這個更可恥的事嗎？為什麼沒有發現？」

三笠提的不是東京中央證券，而是半澤。從這裡可以看出他的懊惱。

「替證券部門撐腰的我，也很沒有面子。」三笠的聲音因為無法按捺的憤怒而顫抖。「關於這件事，我希望你立刻交出整理前因後果的報告。為什麼沒有分析透徹、為什麼會被東京中央證券指出錯誤、你們的缺失在哪裡，請你仔細分析原因，由你來好好處理善後。」

伊佐山感到背脊一陣冰涼。

這等於是要由證券營業部——或者應該說是由伊佐山——背負所有責任。

伊佐山咬住嘴脣，三笠又繼續說：「這次的事件完全是你們的過失，更何況已經有一千五百億日圓的資金流到電腦雜技那裡。信任你們，是我太愚蠢了。」

三笠做出這樣的結論，以有些空虛的側臉朝著他們，沒有宣布談話結束，只是從扶手椅站起來，走向辦公桌。

伊佐山起身時觀察到副董事長異乎尋常的表情，感受到他非同小可的挫敗感，不禁暗自屏住氣。

這個男人企圖升上董事長的野心，此刻即將宣告終結。

證券部門出身的三笠之所以全力支援這個案子，應該是希望完成收購東京螺旋這筆大生意，當作自己的功績來爭取繼承中野渡的位子。

然而他的野心卻以能夠想像到的最惡劣的形式結束了。

在先前的董事會議中，發表贊同意見的董事此刻感受到的不愉快與焦躁，隨時都會轉變為對三笠與伊佐山的不信任。

伊佐山鞠了一個躬，注視著仍用指尖按著額頭的三笠，然後關上門。

「完了。」伊佐山在心中喃喃自語。

不只是三笠，伊佐山也一樣。短短一個小時之前還顯得光輝燦爛的通往未來之路消失了。他此刻的心情就像在冰凍的大地迷路而呆呆站立的旅人。

伊佐山和諸田一起走向電梯，看到從不遠的前方會客室走出來的人影，立刻停下腳步。

對方也發覺到他們，望著他們的方向。

站在那裡的是半澤、看起來應該是東京中央證券員工的年輕男子，以及第二營業部長內藤。

「嗨，辛苦了。」

內藤的口吻很平和，彷彿是在談論天氣一般。

伊佐山與諸田歪了一下嘴當作回應，正要默默地走過三人面前，這時——

「諸田。」半澤從伊佐山的背後呼喚。「你應該有話要跟我們說吧？」

諸田緊張地停下腳步。伊佐山不禁回頭，看到下屬冰凍般的側臉。

「你背叛了夥伴，既沒有道歉也沒有反省。來到這裡，你也沒有看出電腦雜技的實際狀況，因為半吊子的工作表現而造成困擾。對你來說，工作到底是什麼？」

諸田臉上血色全無，帶著挫敗的表情，面對半澤卻說不出反駁的話。一度注視著半澤的視線無力地落在董事樓層的地毯，不過半澤已經離開，似乎打從一開始就不期待諸田的回答。

我自己是在哪裡出了問題——伊佐山邊走邊想。

是在諸田告訴他電腦雜技集團的收購計畫就撲上去的時候嗎？是在利用時間外交易取得大量股票、得意忘形的時候嗎？還是因為計畫失敗而狼狽不堪、無法看出電腦雜技本質的時候？

然而到現在，一切都太遲了。

「喂，諸田。」

伊佐山對垂頭喪氣的下屬開口，沉重地嘆了一口氣。「我現在要去電腦雜技。幫我約時間。」

4

過了上午十一點，東京中央銀行依舊沒有聯絡。

「乾脆先宣布提高收購價格吧？」

就在美幸等得不耐煩而這麼說的時候，彷彿聽到她的抱怨一般，平山的手機響了起來。

「是諸田打來的。」

平山在接起電話前告訴美幸，然後按下通話鈕。通話時間短短幾十秒就結束了。

「伊佐山現在要過來。」

平山邊折起手機邊說，表情顯得很僵硬。

美幸問她：「發生什麼事了？」

平山喃喃地說：「他沒有說已經通過了。」

兩人等候的社長室陷入凝重的沉默。

「這是什麼意思？」

美幸以尖銳的聲音問，但沒有得到回應。平山噤口不答，注視著牆壁上的一點，坐在扶手椅中沉思。

「你應該要問他才對。」美幸以責難的口吻說。「為什麼不問他？不問他還說這種話。現在就打電話問他吧。」

然而平山沒有動作。

「諸田到底是怎麼說的？」

平山依舊沉默而沒有回答。

「喂，你說話——」

個性強悍的美幸正要繼續說下去時，平山怒吼：

「吵死了！」

「什麼嘛！這麼凶。」

美幸雖然感到焦躁，但還是忍住沒有再抱怨，只是坐在沙發上生悶氣。這種時候去頂撞平山也沒有任何好處。

平山感到不安。

而雖然美幸不願承認，但她自己也感到不安。

她知道平山在想什麼。

收購東京螺旋公司的這個策略，可說關係到電腦雜技集團的存亡。不論發生什麼事，都必須實現這起收購案。之前宣稱白水銀行要提供貸款，也只是為了催促東京中央銀行而撒的謊。除了得到東京中央銀行的貸款之外，電腦雜技集團沒有其他脫離目前困境的方式。

平山沉默不語之後，社長室突然變得很安靜。美幸不由自主地感覺到胃部被扭轉般的緊張。

等候諸田等人到達的時間感覺格外漫長。

沒有銀行的支援，絕對不可能脫離這個困境——這個事實沉重地壓在他們身上。

「只不過是銀行而已。」

美幸試著喃喃說。她不是對平山說話，而是自言自語。當公司輝煌地成長為IT業界領頭羊時，銀行在他們眼中只是拜倒在腳邊的奴僕而已。資金調度的主要戰場是證券市場，平山夫妻也透過上市，得到巨額的創業者利益。

然而後來因為競爭激烈化，本業的營收逐漸惡化。他們為了追求新的收入支柱而成立各種公司，甚至還投入個人資產。這些投資目前有許多都尚未回收。他們雖然接二連三地投資別人推薦的生意，但現在回想起來，這樣的行為就像是把水倒入底部破洞的水桶般愚蠢。

疲勞宛若看不見的薄衣般披覆在美幸身上，而平山想必也是如此。

這是長年經營公司累積的疲勞。

憑藉擅長的領域以及優異的技術，他們的確讓電腦雜技集團這家公司得到輝煌的成長，但如今已經是過往的榮光。在那之後，電腦雜技集團的經營老實說敗戰連連，完全沒有可看之處。

即使否定並避免正視，他們所面對的嚴峻現實也不會改變。

只不過是銀行而已。

美幸再度在心中喃喃自語。

不論如何，一定要買下東京螺旋公司。為此必須讓銀行提供必要的資金。銀行沒有資格抱怨。要抱怨的話，就立刻跟他們斷絕往來，去找其他銀行。

除了YES之外，她不容許其他回應。

這時有人敲門，祕書告知銀行員的到來。

首先進入室內的是部長伊佐山，諸田跟在後面。兩人像進行某種儀式般整齊地敬禮，然後以謹慎的表情坐到沙發上。

「很抱歉在百忙之中來打擾。董事會議剛剛結束了。」

緩緩開口的是伊佐山。他輪流注視平山和美幸，眼中絲毫沒有平時的活力。「我先報告結論吧。五百億日圓的融資沒有通過。非常抱歉。」

他說完，就和諸田一起深深鞠躬。

平山注視著伊佐山的銀髮與諸田日漸稀疏的頭頂，彷彿沒有聽到剛剛的話一般面無表情。

「這是怎麼回事！」

美幸揮去開始占據內心的絕望情緒，發出憤怒的聲音。「可以不要開玩笑嗎？是你們說想要當顧問的，這樣等於是違反契約了！」

美幸以強悍的眼神瞪著兩名銀行員抗議。伊佐山和諸田都遭受嚴重打擊而狼狽不堪，臉上失去表情，但原本以為會拚命道歉的兩人卻沒有說出美幸期待的臺詞。相反地，伊佐山以鉛一般平板的眼神看著他們。

「事實上，主張反對意見的人提出了這樣的資料。」

伊佐山從公事包拿出一份資料，放在矮桌上滑向對面。

「請過目。」

然而平山和美幸都沒有伸手去拿那份資料。

因為在打開的那一頁上，清楚地描繪出資金從通用產業回流到電腦雜技的示意圖。

美幸心中勉強維繫的希望火焰搖晃一下就消失了，眼前突然出現一片黑暗。這是照亮未來的最後一道微弱光芒消失後形成的黑暗。

她發覺自己坐在椅子上的身體不知何時開始顫抖。室內明明有開暖氣，她卻像被冬天冰冷的北風長時間吹拂般，腦筋朦朧不清。

伊佐山問：「這是真的嗎？」

「我不知道。」

美幸回答的聲音宛若隨風飛舞的枯葉般乾燥，就好像有人拋出的不負責任玩笑話般飄落在現場。

「副社長，這種事不能用『不知道』來解決。」

伊佐山挺直背脊，以不容分說的嚴肅聲音這麼說。

美幸靠在扶手椅的椅背上，鼓起臉頰，像是在鬧彆扭般把臉轉向旁邊。美幸這副任性女高中生般的態度，與其說是在思考該如何回答，反倒比較像是一心一意為這件事發脾氣。

「這是真的嗎？——社長。」

伊佐山改變詢問的對象。被問到的平山梳著七三分的髮型、戴著銀邊眼鏡，儼然一副上班族的姿態，面部肌肉文風不動，板著臉沉默不語。

「資產評價是交給會計去做的，我現在沒辦法回答。」

平山過了好一陣子才開口，但伊佐山顯然不接受這個答案。

「那麼可以讓我看會計師的報告嗎？」

「辦不到。報告不在這裡。」

「那麼可以請你調出來嗎？」

伊佐山執拗地追問，平山便聳聳肩，發出焦躁的笑聲。

「反正你們已經不打算提供融資了吧？憑什麼要我提供資料給不幫忙的銀行？」

「針對本案，我們已經貸款一千五百億日圓。」伊佐山用沉重的口吻說。「另外還有營運資金。我們當然會想要知道財務內容，而貴公司也有回應的義務，社長。這是關係到交易基礎的問題。」

「你就算這麼說，我也沒辦法立刻拿出來。報告不在這裡。」

平山擺出很冷淡的態度，靠在椅背上。

「那麼去年度通用產業的訂單明細和出貨單呢？」伊佐山堅持不肯退讓。「如果是這些資料，現在應該就能拿出來了吧？我們接下來要去拜訪貴公司的會計人員，希望你能事先打一通電話。」

「如果你那麼不信任我們，我就要解除顧問契約了。」

平山瞪著對方，不客氣地說。然而出乎意料的是，伊佐山和諸田都面不改色。

「事實上，我們就是為了報告這件事而來的。」伊佐山告訴他。「既然有如此不明確的交易行為，今後包含本案在內，我們都沒辦法繼續提供支援。如果貴公司無法證明沒有造假，那麼包含營運資金在內，請全額歸還。從法遵的角度來看，這樣的違法行為是不容忽視的。」

「真是了不起啊！」平山以豁出去的口吻指責。「這個案件我們原本是委託貴行子公司的，是你們硬要接這個案子，結果卻這樣對待我們。只要一有不利就立刻翻臉。你們是因為認可本公司的業績才當顧問的吧？這根本就不是身為顧問應有的態度。像你們這樣，今後誰都不會想要請東京中央銀行當顧問。這份工作一開始對你們來說，就是太沉重的負擔。」

「也許吧。」伊佐山不以為意地回應。他已經完全拋開自尊心，來到這裡的目的只剩下一個：「請問什麼時候可以歸還貸款？」

5

「這次我真的以為要完蛋了。」

渡真利把燒酒加熱水的杯子舉到嘴邊，喝了一大口。半澤也默默地喝著酒。

這裡是神宮前他們常光顧的那家串燒店。因為是星期四，晚上九點多來到店裡時雖然坐滿了人，不過現在已經稍微少了一些。

「因為這件事，三笠副董事長在銀行內的評價跌落谷底。他那麼積極溝通的電腦雜技融資案被徹底推翻了。那是絕對沒辦法辯解的錯誤，差點就要發生嚴重的金融事故了。」

電腦雜技集團在前天發表放棄收購東京螺旋，各家報紙也同時報導東京中央銀行在顧問業務輸給子公司的東京中央證券，並列舉各種對比結構來討論這起收購案。

電腦雜技的平山和東京螺旋的瀨名，剛好是新舊ＩＴ企業家的對比。上班族風貌的平山和打破成規的瀨名，不論是外觀或言行都處於兩個極端，支持的年齡層也不同。相對於平山推動多角化經營，瀨名則不輕率擴張事業版圖而專注於本業。「既得利益世代」對上「失落世代」的對決架構也受到很大的矚目。

半澤問：「貸款有望收回來嗎？」

「勉強可以。」渡真利邊嘆息邊回答。「多虧你的努力，東京螺旋公司的股價大漲，所以就慢慢釋出到市場上，每次賣出就拿來還債。因為股價上漲而收購失敗，可是卻因此得以收回資金、甚至還賺到價差，真是諷刺。」

東京螺旋的股票在新聞報導電腦雜技要賣出持有股份之後，曾經一度被賣出，不過後來股價又重新恢復。

「問題在於虛飾報表的部分。」渡真利壓低聲音，表情變得嚴肅。「管理單位遲早會來搜查。」

「我想也是。問題在於到時候電腦雜技會變成什麼樣子——」半澤轉動杯子，聽著冰塊的聲音看著渡真利。「會終止上市嗎？」

「很有可能。」渡真利以苦澀的表情同意。「這麼一來就會造成本行很大的損失。」即使收購資金全額收回，過去貸款的營運資金餘額還有數百億日圓，要是全額變成呆帳，就會影響到銀行業績。

「中野渡先生也真倒楣。」

「半澤，你說得好像事不關己一樣。」

渡真利說到這裡，突然沉默下來。半澤瞥了他的側臉一眼，敏銳地問：「有什麼事嗎？」

「我只是聽到傳聞。」

渡真利說了這句話，就開始咬剛剛放到盤子上的雞心串。消息靈通的渡真利常常接收到銀行內部的各種祕密。這回看來也是類似的情況。

「有人主張要把你送到電腦雜技。」

「把我？」半澤放下喝到一半的杯子。

「他們的理由是，你對電腦雜技比任何人都有研究，今後不論是要由銀行管理重整，或是要收回貸款，你都應該是最適當的人選。」

半澤聽了也感到傻眼，問渡真利：「是誰在說這種話？」

「是三笠先生。他對於你破壞了電腦雜技的收購案，似乎非常惱火。其實他根本沒有怨恨的理由。不過即使是這樣，副董事長如果親自對人事部施壓，兵藤先生也不能置之不理。你知道我要說什麼吧？」

「那些傢伙真是爛到極點。」

半澤擺出不敢置信的表情，然後用裝傻的口吻問：「所以說，我接下來要去那裡上班嗎？」

「別開玩笑。你接受這種事嗎？」

「可是也沒辦法拒絕人事令。銀行員就是這樣。」

渡真利的表情變得嚴厲。

「人事令又不一定永遠正確！」

渡真利的這句話，似乎也反映出長年的銀行員生活。

「這次的案件，我認為你做的事情才是正確的。可是有很多人因為你，踩空了升遷的階梯，前途蒙上陰影。尤其是證券部門的傢伙，全都是反半澤派的。對他們來說，重要的不再是正確與否，而是要如何處置你。三笠副董事長也一樣。這已經是面子問題了。」

「他們還真不死心。」

「沒錯！」渡真利握緊拳頭說。「銀行員就是一群執念很深的人種。順帶一提，沒有實力、自尊心卻很高的傢伙是最棘手的。更何況那種人多到掃都掃不完。」

半澤只是搖晃著肩膀發笑，沒有回答。渡真利重新面對他說：「銀行也有理由要早點做出決定。人事令大概下星期就會發布了。」

半澤問：「已經跟電腦雜技談好要派出董事了嗎？」

渡真利大動作點頭。

「一切都已經準備妥當了。真是一波剛平一波又起，請節哀。」

6

「恭喜你成功阻止了收購。」

森山舉杯祝賀，心中充滿了不曾體驗過的充實感。

「謝謝。這都要多虧阿雅。」

瀨名說完，以深刻的表情嘆了一口氣。

在電腦雜技集團突然發表收購宣言之後，這兩個月來他連喘口氣的時間都沒有，一直在工作。

「正義屬於我們這一方。」

森山用有些滑稽的口吻回應，然後以鄭重的態度對瀨名說：「我才應該要謝謝你。你讓我做了最棒的工作。我很感謝你。」

「那真是太好了。」瀨名一本正經地看著森山，說：

「這世上本來就應該這樣。雖然未必永遠都公平，或許追求公平本來就是錯誤的，可是有時候，努力還是會得到報償。所以我們不能放棄。」

這句話深深沉入森山的心底。

「對了，有一件事我想要告訴你。」瀨名從容地轉變話題。「昨天清田和加納兩人來找我。」

森山聽到這兩人的名字，花了一點時間才想到他們是離開瀨名的前財務董事和前策略董事。

「就是賣掉東京螺旋股票的傢伙吧？他們為什麼又要來找你？」

「他們說，想要回到原本的董事職位。」瀨名回答。

「他們是認真的嗎？」

森山驚訝地問。實在是太扯了。那兩個人和瀨名分道揚鑣就算了，之後還把大量股票賣給競爭公司，背叛了瀨名，現在卻想要回復職位，這樣的請求未免太可笑了。

「他們賣掉我們公司股票之後，好像想要拿那筆資金開創通訊事業。他們把賣掉股票的資金直接投入基礎設備，可是發展卻不如預期。他們說只要有資金一定會成功，希望可以由本公司來接收這項事業。」

「哪有這麼好的事。」森山充滿輕蔑地說。「你打算怎麼做？」

「我會拒絕。」瀨名很果斷地回答。「我心中已經有別的財務董事人選。」

「是玉置先生嗎？」

森山原本以為猜中了，但瀨名卻搖頭。「不是。玉置先生已經預定要擔任佛克斯的財務了。我想找的人——是你，阿雅。要不要到我們公司？」

森山一時說不出話來。他被紊亂的思緒翻攪，不知道該說什麼，感覺好像後腦勺遭到不曾預期的一擊。

瀨名以熱烈的口吻說：「我還是想要和可以信任的人一起工作，你又有在證券公司工作的經驗和知識，希望你一定要到我們公司擔當財務董事。一起來奮鬥吧！」

「等一下，這件事太突然了。」

森山感到困惑，但瀨名以認真的表情說：

「我從稍早之前就在考慮，打算等這次的事件告一段落，就要邀請你。如果你有意願的話，我想要跟你討論條件方面的事。儘管提出你的希望吧。」

「你突然提起這種事，我也不知道該怎麼回答。」

「你不需要現在回答。」瀨名說。「這是很重要的事情，你就慢慢想吧。我會等你。」

瀨名說完，一口氣喝完杯中的啤酒，然後按下包廂的呼叫鈴，點了兩人份的續杯。

7

「喂，難得的慶功宴，你怎麼還是一副撲克臉？」

尾西發現森山從剛剛就在會場角落沉默寡言，便對他說話。

「嗯，因為發生了很多事。」

「你一定是累了。」尾西自顧自地認定。「最近幾乎都是搭最後一班電車回去。」

這是整個營業企劃部的慶功宴，由岡社長親自籌劃舉辦派對，包下公司附近一間小酒吧當作會場。此刻在靠近中央的餐桌周圍，半澤被幾名下屬圍繞，愉快地聊天。

平日嚴肅的岡這天晚上心情似乎也很好，從剛剛就對討好他的董事大發議論。在乾杯的演說中，他像是換了一個人般直誇半澤，讓下屬感到錯愕。平日一再宣示「不能輸給銀行」的他，在受到世人矚目的案子中擊敗銀行，大概沒什麼比這個更痛快的事了吧。

「對了，昨天我難得和東京中央銀行人事部的朋友喝酒，聽到一件讓我有點在意的事情。」

尾西稍稍瞥了半澤一眼，然後壓低聲音說：「半澤部長搞不好會回到銀行。」

「什麼？」森山說到這裡就閉上嘴巴。

「怎麼可能？他不是不久前才到我們公司嗎？」

「說是要回去，其實也只是暫時隸屬於人事部，馬上又要被外調了。你猜他要被派到哪裡？」

森山完全無法想像。

「派到哪裡？」

尾西的回答摻雜著困惑的語氣：「聽說竟然是電腦雜技。」

「怎麼可能？」森山一時無法相信。「他先前一直和電腦雜技敵對，現在卻要外調到那裡，太亂來了吧？」

「部長在銀行內部似乎有很多敵人。」尾西擺出一副了解內情的表情。

「部長知道這件事嗎？」

森山為不合理的狀況感到憤怒，詢問尾西，但尾西卻搖頭說：

「很難說。這是人事方面的消息，所以他大概不知道吧。銀行還真是夠狠，就算輸了，也不能用這種方式報復吧？」

事情誇張到讓森山無言。

太過分了。

森山完全失去慶祝的心情。接下來還要繼續參加這場宴會，對他來說只剩下痛苦的折磨。除此之外，瀨名對他的提議也持續占據他一半的腦袋，因此他完全沒有心思加入夥伴的談話。

半澤是值得尊敬的上司。

他以客戶為優先，連自己的地位都不顧，工作態度勇敢而堅毅；他憑著智慧與努力戰勝對手，具備從僅有的線索讓局勢翻轉的能力。和半澤工作，是森山重要的人生資產。

可是半澤卻因為成功而遭受反感，面臨上班族人生的絕境。

森山的胸口幾乎因為不甘心的情緒而迸裂。

半澤對他說話，是在愛唱KTV的岡帶領一大群員工前往附近KTV店的時候。尾西雖然邀他「你也一起去吧」，但森山沒有心情繼續陪他們胡鬧。

「怎麼了，森山，你不去嗎？」

「部長，你呢？」

森山以為岡一定有邀他，但半澤卻只回答：「我現在沒有唱歌的心情。」

部長一定知道。

森山直覺地這麼想。這時半澤主動邀他：「要不要到附近喝一杯？」

他們進入附近的居酒屋，在吧檯座位輕輕地乾杯。

「我剛剛聽尾西談到令人在意的傳言。是有關部長的人事。」

「你不用在意。」半澤笑著回答。他的笑容顯得有些寂寞。

「可是如果這件事是真的，那就太過分了。已經有人跟部長提過了嗎？」

「沒有正式的通知。」半澤泰然自若地喝著酒說。「不過那家公司目前處於不容大意的狀況，不論是誰要去都越快越好。」

「我認為部長完全沒有必要過去。這根本就是因為這次案件輸了在報復嘛！」

「你不高興嗎？」半澤挑起一邊的眉毛問。

「當然不高興了。」森山不甘心地回答。

瀨名說過，這世上並非總是公平的。

或許如此，但也不代表這樣是正確的。

「那就由你來改變吧。」

聽到半澤的話，森山驚訝地抬起頭。

「什麼意思？」

半澤說：「要哀嘆很簡單。對世界感到絕望，抱怨或臭罵——這種事誰都會。你也許不知道，不論在什麼時代，這世上都有很多只會抱怨的傢伙。可是這樣有什麼意義？比方說，如果你們是受到欺壓的世代，就應該去思考怎麼做才能避免這樣的世代再度出現才對。」

半澤繼續說：「再過十年，你們就會成為這個社會真正的中流砥柱。到那個時候，正因為你們一直對這個社會抱持疑問，所以才能進行一些改革。那正是你們失落世代讓社會與組織承認你們真正存在意義的時候。我們泡沫世代出社會的時候，只是遵循既有的架構。因為景氣很好，對於社會完全沒有疑問或不信任。也就是說，我們對前一個世代建立的架構毫無抗拒，乖乖地被納入裡面。但那是錯誤的。當我們發覺到錯誤時，已經處於無從挽回的狀況，被逼入絕境。」

半澤稍稍望向遠方，嘆了一口氣。「可是你們不一樣。你們對這個社會抱持著疑問與反感，那是我們這個世代所沒有的濾鏡，而你們想必也具有強烈的問題意識。要改變這個社會的話，就要靠你們這個世代了。或許只有在『失落的十年』進入社會的世代、或者是接下來的世代，才具有在未來十年當中改變世界的資格。我期待失落世代的反擊即將開始。不過要讓世人接受，不能只是靠批判，必須要找到所有人都能認同的答案。」

「所有人都能認同的答案……」

森山在口中反覆了好幾次。

「批判已經夠多了，我希望你們能拿出對未來的構想。為什麼團塊世代是錯誤的？為什麼泡沫世代沒用？要改革成什麼樣的社會，才能讓大家認同並得到幸福？包含公司組織在內，你們應該能夠建立那樣的框架。」

「部長，你也有自己的想法嗎？」森山問。「你也想過應該要建立什麼樣的框架嗎？」

「我沒有可以稱得上框架的想法，只有信念而已。」半澤說。「這當然只是泡沫世代，或者應該說是我個人的想法。但是我相信這是正確的，也一直為此而戰鬥。」

「如果可以的話，可以告訴我那是什麼樣的信念嗎？」森山問。

「很簡單，就是能夠把對的事情說成是對的，讓一般社會的常識與組織的常識變得一致。就只是這樣而已。認真誠實工作的人能夠得到應有的評價——即使是這麼理所當然的事情，現在的組織也沒有實現，所以才會有問題。」

森山又問：「你認為原因是什麼？」

「因為很多人是為了自己在工作。」半澤的答案很明確。「工作是為了顧客而做的。更進一步地說，是為了這個社會。忘記這個大原則的人，就會只為了自己而工作。為自己做的工作只會在意內部、卑躬屈膝，因為自私的理由扭曲成醜惡的型態。像這樣的傢伙如果增加，組織當然會腐敗。組織腐敗，社會也會腐敗。你了解嗎？」

森山以認真的表情點頭。半澤微笑，拍了一下他的肩膀說：「歸根究柢，招致就業冰河期的愚蠢泡沫經濟，就是只為了自己工作的傢伙製造出來的。忽視顧客的金錢遊戲讓社會變得腐敗。你們首先要做的，就是重新找回原則，絕對不能忘記。話說回來，這只是泡沫世代的我設想的假說，你一定能夠找到更精確的答案。我期待有一天你能夠告訴我你的想法。」

森山聽到半澤的說法似乎預告著離別，連忙想要從他的表情猜測他內心的想法。

「戰鬥吧，森山。」半澤說。「我也會戰鬥。只要有人像這樣持續戰鬥，這個世界就還有希望。這樣的信心才是最重要的吧。」

8

人事部長兵藤搭乘中野渡的專用車離開銀行，是在晚上六點四十五分。董事長對他說有事想要談，希望可以邊用餐邊討論。這樣的邀約並不罕見。既然是要找兵藤談，應該是人事方面的話題，不過從邊用餐邊談這一點，似乎看得出中野渡心中的猶豫。

這次的事件讓東京中央銀行的證券部門失去了大幅發展的良機。除此之外，電腦雜技集團的法遵問題也浮出檯面，出現呆帳的可能性也仍舊無法否定。

更大的問題是，銀行缺乏解決這種危機的人才。證券部門支持者兼代言人三笠副董事長的信用大跌，已經無法再期待他的領導能力。伊佐山沒有發現電腦雜技虛飾報表，在銀行內也被冷眼相待，大家一致認為憑伊佐山無法度過這個難關。

放眼今後發展，要如何安排人事——此刻在兵藤旁邊閉目養神的中野渡內心真正用意，大概就是要參考兵藤的意見來做決定吧。

載著中野渡和兵藤的車開往平河町，不久之後停在他們預約的中式餐廳進駐的大廈前方。

兩人搭乘電梯到樓上餐廳，由店員引導到包廂。

兵藤跟著中野渡進入室內，看到裡面已經有先到的客人，表情就變得僵硬。在那裡的是三笠和伊佐山兩人。

「讓你們久等了嗎？」

「我們也才剛到而已。」

三笠以平時文質彬彬的態度回應，並讓中野渡坐到最裡面的座位。兵藤感到氣氛變得有些詭異。三笠先前才提出某個建議。

讓半澤外調到電腦雜技集團擔任董事如何——

兵藤嘴巴上說會考慮，巧妙地迴避話題，然而此刻這兩人在場的目的，該不會是要和董事長直接談判？如果是這樣的話，或許會變得很麻煩。

「非常感謝您的邀請。」

中野渡董事長坐下之後，三笠便開朗地說，並拿起端來的啤酒乾杯。

董事長找他來？

兵藤小心不讓心中產生的疑惑表露在臉上，開始懷疑這場聚餐的舉辦目的。為了今後的證券部門強化對策要推心置腹地談，卻找這兩個人來，意味著中野渡將兩人也納入今後的戰力構想。

不可能吧——兵藤心中暗想。就算不去回顧先前發生的事，憑這兩人也很難撐過當下的困局。

不過聽到中野渡接下來的話之後，兵藤內心的疑問就解除了。

「我之所以找你們來，是想讓你們也有辯解的機會。」

三笠的臉頰抽搐，伊佐山銀邊眼鏡後方的眼中也失去了表情。

「非常感謝您。」

三笠勉強裝出平靜的態度低頭，然後以眼神示意坐在旁邊的伊佐山說話。

「就結果而論，造成這麼難堪的局面，非常抱歉。」伊佐山謝罪。「只是這次的案件在經過反省之後，還是不得不說，以我們的立場是不可能看破的。」

「哦？為什麼？」中野渡不甚關心地詢問。

「通用產業集團是營業本部負責的客戶。半澤剛好擔任過第二營業部的次長，知悉通用產業集團的情報。我們證券本部很難有機會接觸到那樣的情報。就結論來說，應該是無法避免的情況……」

這是很勉強的藉口。伊佐山從口袋掏出手帕擦拭額頭。房間裡雖然不熱，他寬廣的額頭上卻閃爍著汗水的光亮。

「原來如此。」

中野渡瞥了一眼伊佐山，把喝完的杯子放在桌上發出「咚」的聲音。「關於這一點，副董事長也抱持同樣意見嗎？」

「證券部門有許多優秀的人才。」三笠表達對自己下屬的深厚信任，言下之意透露出證券部門出身的自傲。「如果在同樣的條件之下，本行絕對不可能會被證券公司搶先。兩邊的人才數量差太多了。我認為的確是半澤上一份工作影響到分析結果。」

「畢竟證券本部是腦筋僵化的集團。」中野渡說出口的是充滿諷刺的一句話。「你們如果面對桌上的試題和答案用紙，一定能夠得到不輸任何人的分數，但是這次的考試等於是要從尋找待解決的問題開始。你們輸在這個關鍵的地方，結果去研究錯誤的問題，提出錯誤的答案。相對地，東京中央證券的做法雖然可能異於一般程序，卻掌握了正確的問題，導出該導出的結論。沒錯吧，伊佐山？」

「您說得沒錯。」

伊佐山因為反省與後悔而咬著嘴脣，承認敗北。「是我的能力不及，非常抱歉。」

「本案也是我監督不周。」

三笠表達反省之意，然後突然改變話題。

「在此有件事想要和董事長討論。和電腦雜技談過之後，為了今後的因應措施，決定由本行調派人員過去，目前正由在座的兵藤進行人選安排。」三笠瞥了一眼兵藤，繼續說：「我事先也跟他談過，我們有一個提案：為了重建電腦雜技、確保能夠收回貸款，應該要任命最熟知該公司情況的人。也因此，我認為最佳的人事安排，就是讓外調到中央證券的半澤到電腦雜技任職。」

中野渡靜靜地聆聽。三笠繼續說：「關於這個方案，我也對兵藤提過，並且請他研議。希望能夠得到董事長的意見，盡速確定人事。」

「電腦雜技提供的職位是什麼？」

中野渡問兵藤。

「目前談到的是財務部長。」

「你贊成嗎？」

中野渡直接詢問兵藤。

「老實說——我並不贊成派半藤過去。他才剛調到中央證券不久，而且這次的事件他也有功勞。」

「我認為說他有功勞並不正確。」三笠委婉地更正。「身為正派的銀行員，不應該透過那樣的形式，而應該在更早的階段提供情報給銀行才對。」

「我聽內藤說，董事會議的前一天，半澤曾經為了這件事要求和伊佐山部長面談，不是嗎？」兵藤詢問伊佐山。「可是你卻說不想聽。」

伊佐山感到慌張，更加頻頻用手帕擦拭額頭。

他顯然沒有向三笠報告這件事。副董事長的表情變得嚴峻，憤怒的視線朝向伊佐山。

「很抱歉。我誤以為他是為了別的事來陳情的。半澤並沒有提到他要談什麼內容。」

「這種事又不能在電話裡談。」兵藤對於伊佐山把一切過錯都推給半澤的說法很傻眼，便這麼說。

「可是兵藤，如果因為半澤有功，就反對把他外調到電腦雜技，那就偏離了重視人盡其才的人事制度了。」三笠頑強地反駁。「人事部的工作，不就是要思考目前對本行最佳的選擇嗎？如果優先考量行員的情況，就沒辦法處理人事了。人事終究是要以組織的情況為優先的。電腦雜技的重建工作，除了半澤以外沒有其他適任人選。董事長，您認為呢？」

這兩人的目的分明是要拉下半澤。惡質的是，他們巧妙地以似是而非的組織理論為盾牌，讓人很難去反對。

中野渡在三笠與伊佐山兩名銀行員充滿期待的視線中，靜靜地思考。

「如果沒有半澤，現在會怎麼樣？」

不久之後，中野渡開口。「本行差點就要成為電腦雜技虛飾報表的共犯，加上追加融資，總計就會提供他們兩千億日圓的不當投資資金。如果在通過那筆融資案之後，虛飾報表的事實被揭穿了，那麼身為董事長的我，還有主張提供投資資金的你們，都無法避免引咎辭職的命運。我們現在還能掛著董事長、副董事長、證券營業部長這些了不起的頭銜，都是多虧了誰？關於這一點，你們應該再稍微想一下吧？」

面對中野渡義正辭嚴的言論，三笠的詭辯黯然失色。他和伊佐山兩人此刻只能尷尬地沉默不語。

「我想要快點決定派到電腦雜技的人選。就如三笠剛剛說的，證券部門有許多優秀的人才。現在問題和答案紙都已經發下來了，至於接下來要託付給誰——」

董事長喝了一口啤酒潤喉，然後繼續說：「我認為在座的伊佐山很適合。」

伊佐山迅速抬起頭，明顯感到狼狽。

「不，董事長，我——」

他想要尋找辯解之詞，但是慌亂的腦袋卻似乎喪失了邏輯思考能力，什麼話都說不出來。

「這是洗刷汙名的大好機會吧？」中野渡以輕描淡寫的態度這麼說。「經過半澤的說明，你應該已經理解到電腦雜技的內部狀況了。希望你能夠確實重整這家公司，展現你優秀的能力。」

伊佐山表情凝重，臉色變得像瓷器般蒼白。

「還有，研判今後的發展，平山社長已經確定要退職，必須由銀行主導重整。三笠，到時候希望你能夠擔任社長來進行這項工作。」

聽到這段意想不到的話，兵藤連忙轉頭注視中野渡。

「董事長，以電腦雜技集團的規模來看，需要特地讓我外調過去嗎？」

三笠以尖銳的語調提出反駁。副董事長的下一個職位降調到電腦雜技等級的公司，屬於很反常的例子，因此他的語氣顯得焦躁。

「規模不是問題。」中野渡注視著三笠，很有威嚴地說。「三笠，是你說要負起所有責任，希望包含方案在內都能夠全權交給你，那麼重整電腦雜技就是留給你們的工作，也是身為正派銀行員的職責，不是嗎？」

三笠的臉上失去血色。他緊閉嘴脣，握緊拳頭放在膝上，以凶狠的眼神看著中野渡。

在這當中，中野渡繼續說：「不論在什麼樣的地方、即使失去大銀行的招牌，仍舊能夠發光發亮的，才是真正的人才。所謂的優秀人才不就是指這樣的人嗎？」

兵藤悄悄觀察董事長嚴肅的側臉。

這段話大概深深刺入兩名銀行員的心中，不過在此同時兵藤也發覺到一點。

中野渡的這段話，是給不在場的某個男人最高的讚詞。

9

「抱歉，洋介，我想了很多，還是決定留在現在的公司努力。」

看到瀨名原本充滿期待的表情瞬間變得沮喪，森山心中充滿歉疚之情。

「我們公司跟東京中央證券比起來，畢竟只是一間小公司。」

瀨名把身體倒向椅背，像是在鬧彆扭般地說。

「不是這樣的問題。」森山說。「老實說，我對現在的公司一直抱持不滿。長久以來，我一直懷著『不應該是這樣』的心情在工作。不過參與這次的收購案之後，我覺得自己好像理解到工作的意義。公司的大小或招牌都不重要。我當然也有很強烈的意願想要到東京螺旋公司。可是更重要的是，我好不容易發覺到現在這個工作的趣味，想要更進一步去體會，所以我現在不會轉職。不過我有一個請求：可以由我來負責東京螺旋的事務嗎？」

森山說完低下頭。「即使不當你的員工，我還是希望能以證券公司員工的身分幫你的忙。拜託，答應我吧。」

瀨名抽出香菸點燃，從口中吐出一團白煙，然後說「我知道了」。他伸出右手說：「今後也要請你多幫忙。」

這就是瀨名風格的歡迎方式，直爽而隨興。「首先就要請你來幫忙發展哥白尼的事業。我希望在討論過合作內容之後，能夠讓這家公司從日本和美國市場調度資金。你可以幫我嗎？」

「當然了。」森山回答。

瀨名從辦公桌搬來厚厚的文件給他。

「這是根據我的意見製作的營業計畫書，我希望你能夠研究財務部分實現的可能性。」

「什麼時候要完成？」

「越快越好。」瀨名說。「你最好想像在我們現在聊天的時候，這世上就有十個人產生同樣的想法。方向一旦決定了，接下來就是動作快的人獲勝。」

「知道了，我會立刻開始。這份資料我就帶回去詳細檢查吧。」

森山把營業計畫書放入公事包，正要站起來，瀨名便說：「我也希望可以給半澤部長看。那個人具有獨特的嗅覺。」

森山的表情突然變得憂鬱。

「部長可能會被調職。」

「真的假的？」

瀨名皺起了臉。從他驚訝的程度，可以窺見他對半澤有多麼信任。

「後天好像就會發布人事令了。」

這天上午，半澤被銀行人事部叫去的消息就傳遍公司。大概是某個董事不小心說溜嘴，接下來他可能被調到電腦雜技集團的情報迅速擴散，使得公司內部人心惶惶。不過半澤本人倒是完全沒有顯露出相關的訊息，依舊像平常一樣工作。

「調職？調到哪裡？」瀨名詢問，森山只能含糊其詞地回答：「這個我就不知道了，那是人事單位決定的。」

他沒辦法說出有可能是電腦雜技集團。

一方面也是因為這只是公司內部的傳言，不方便說出口，但更重要的是，他不希望承認這是真的。

為了保護東京螺旋公司，半澤賭上了自己的上班族人生。

不論到頭來面臨什麼樣的狀況，他應該都不會後悔才對。

這樣的信念和乾脆的態度，才是半澤直樹這個男人的真正價值。

此刻森山懷著最大的敬意與憧憬，重新確認這一點。

10

「明天終於就要揭曉了。」

人事令發布的前一夜，渡真利邀半澤吃飯的說詞是：「去吃最後的晚餐吧。」

半澤問他：「你說最後的晚餐，也就是說我很快又要被外調了嗎？」

這時他們喝的酒剛好從啤酒切換到第一杯燒酒。

「我也不知道。這次是兵藤部長直接在處理，完全得不到事前的情報。」

自認消息靈通的渡真利似乎很不甘心，搔搔後腦勺。「人事部似乎也變得很敏感。我反而想要問你，他們有沒有跟你說什麼？」

「沒有。」半澤回答。「他們只叫我十點過去。反正船到橋頭自然直。」

半澤說完，把隔著吧檯端出來的章魚放入嘴裡。這裡是他們常光顧的銀座壽司店。隔壁是Live House，每當有客人出入，就會聽到歌聲傾瀉出來。

「不論是什麼樣的人事案，大家都承認你的實力。第二營業部的半澤人氣還是很高。這次的案件，聽說營業部裡也為你的表現拍手叫好。」

「聽你這麼說，滿開心的。」

半澤懷念地想起昔日下屬的面孔，有些寂寞地笑了。

「總之，我明天就會去拿人事令。」半澤說。「雖然不知道會被調到哪裡，不過我會在被派去的地方盡最大的努力。不論是新人或老手，做的事情都一樣。」

「希望是好的人事安排。」

渡真利舉起燒酒的酒杯，半澤也把自己的杯子敲過去。他決定不再去想明天的人事令。

想再多也沒有用。這幾個月，半澤已經為了東京螺旋公司盡最大的努力。

不論多麼不合理，都必須遵從公司發布的人事令。對於銀行員來說，人事是絕對的，半澤當然也不例外。

這一天，半澤在指定的時間來到人事部，卻意外地被帶到董事長的辦公室。

「不是要發布人事令嗎？」他詢問走在前方的兵藤。

「因為這不是常例。」兵藤短促地回答，完全不提即將發布的人事令。看來要到正式發布時才能揭曉了。

電梯停在董事樓層，半澤邊走出電梯邊說：

「我以為事前會得到徵詢，問我對調派單位的意見。」

兵藤回答：「別抱怨。我們這裡也遇到很多狀況，沒辦法一一詢問你的意願。」

「恭喜你們，有那麼多工作要忙。」

半澤露出嘲諷的笑容，兵藤只說「真是愛耍嘴皮的傢伙」，然後就走向最後方的董事長室，無言地對祕書點頭。

這是充滿特例的人事案。把外調中的銀行員叫來，由董事長親自交付人事令，可說是史無前例。

「哦，你來了。」

坐在辦公桌後方的中野渡戴著老花眼鏡站起來，默默接過兵藤恭敬地遞上去的人事令公文。

他在半澤面前展開公文，然後直接開始閱讀：「人事令。」

中野渡的作風總是如此單刀直入。

「茲任命半澤直樹為第二營業部第一小組次長。」

半澤驚訝地抬起頭，直視中野渡淡然的表情。

「等於是請你復職。還有，這次的事——做得很好。」

「我很榮幸接受這份工作。」半澤握住中野渡伸出的右手回應。

「快去營業部露個面吧。應該有很多人在等你。」

中野渡說完就迅速折起人事令，還給兵藤，接著若無其事地回到辦公桌，拿起大概是先前在閱讀的文件，繼續進行中斷的工作。

半澤默默敬禮之後走出辦公室。「謝謝你。」他向兵藤道謝。

「不關我的事。」

個性嚴謹的人事部長直視前方踏出步伐。

半澤離開兵藤，獨自下樓到第二營業部的樓層，緩緩推開直到半年前還每天經過的門。

他踏入第一到第四營業部並排的辦公室，不禁停下腳步。

昔日的下屬紛紛站起來迎接半澤。掌聲響起，宛若漣漪般擴散到整個辦公室。

「歡迎你回來，次長。」

他來到第二營業部的辦公區時，聽到這樣的聲音。

他稍稍舉起右手，在掌聲中走向盡頭的門。那裡是部長室。

「半澤，你還真受歡迎。」

迎接他的內藤照例板著臉，但嘴角帶著笑意。半澤等這位洗練的總部菁英典型化身般的內藤總算恢復平時深思熟慮的表情，然後才說：

「我剛剛接到第二營業部次長的人事令，到此就任，請多多指教。」

「恭喜你升遷了。」內藤伸出右手。「還有，歡迎你回來。你不在的這半年，本部門發生了很多事，你遲早也會知道。雖然才剛上任，不過很遺憾沒時間讓你休息。」

「我知道。畢竟這裡是銀行。」

「沒錯，這裡是名為銀行的戰場。」內藤嚴肅地點頭。「只要日本經濟繼續發展，我們就沒有休息的時刻。還有，這世上沒有安穩的發展這種事。繁榮是要去爭取的，銀行也一樣。為此我們需要你的力量，半澤。」

不用內藤說，半澤也知道。

自己為什麼在這裡。別人對他的期待是什麼。

他回到這裡，是為了實現目標。

在這個瞬間，半澤即將迎接新的戰鬥。

逆思流

半澤直樹3 失落一代的反擊

（原名：ロスジェネの逆襲）

作者／池井戶潤　譯者／黃涓芳
發行人／黃鎮隆　副總經理／陳君平
總編輯／洪琇菁　國際版權／黃令歡
執行編輯／呂尚燁　美術主編／李政儀
企劃宣傳／邱小祐
發行／英屬蓋曼群島商家庭傳媒股份有限公司城邦分公司　尖端出版
台北市中山區民生東路二段一四一號十樓
電話：（〇二）二五〇〇—七六〇〇（代表號）
傳真：（〇二）二五〇〇—一九七九
中彰投以北經銷（含宜花東）／楨彥有限公司
電話：（〇二）八九一九—三三六九
傳真：（〇二）八九一四—五五二四
雲嘉經銷／威信圖書有限公司　嘉義公司
電話：（〇五）二三三—三八五二
傳真：（〇五）二三三—三八六三
客服專線：〇八〇〇—〇二八—〇二八
南部經銷／威信圖書有限公司　高雄公司
電話：（〇七）三七三—〇〇七九
傳真：（〇七）三七三—〇〇八七
香港總經銷／城邦（香港）出版集團有限公司
香港灣仔駱克道193號東超商業中心1樓
電話：（八五二）二五〇八—六二三一
傳真：（八五二）二五七八—九三三七
E-mail：hkcite@biznetvigator.com
馬新經銷／城邦（馬新）出版集團　Cite(M)Sdn.Bhd.
E-mail：Cite@cite.com.my
法律顧問／王子文律師　元禾法律事務所
台北市羅斯福路三段三十七號十五樓
二〇二〇年二月一版一刷

■中文版■

郵購注意事項：
1. 填妥劃撥單資料：帳號：50003021戶名：英屬蓋曼群島商家庭傳媒（股）公司城邦分公司。2. 通信欄內註明訂購書名與冊數。3. 劃撥金額低於500元，請加附掛號郵資50元。如劃撥日起 10～14日，仍未收到書時，請洽劃撥組。劃撥專線TEL：(03) 312-4212 ・ FAX：(03) 322-4621。E-mail：marketing@spp.com.tw

國家圖書館出版品預行編目資料

失落一代的反擊 / 池井戶潤著 ;
黃涓芳 譯.--1版. --臺北市：尖端出版, 2020.02
面 ; 公分.--(逆思流)
譯自:ロスジェネの逆襲
ISBN 978-957-10-8795-5(平裝)

861.57　　108018395